Sparkys Edition

# Zum Buch

Die Welt bereitet sich auf die Weltmeisterschaften der Berufe vor. Die Besten ihres Landes werden in wenigen Wochen bei der größten Veranstaltung ihrer Art in Kolumbien antreten. Doch ausgerechnet im Betrieb eines der deutschen Teilnehmer geschieht ein grausamer Mord. Der unglückliche Tote ist niemand Geringeres als der Bundestrainer und Ausbilder für die Polymechaniker.

Kommissar Plodowski taucht im oberschwäbischen Ravensburg in eine Welt der internationalen Mafia und Industriespionage ein, die unglücklicherweise kollidiert mit den Weltmeisterschaften der Berufe und den Vorbereitungen für die Veranstaltung in Kolumbien. Mittendrin Julian, einer der besten Polymechaniker Deutschlands. Die Ermittlungen drohen ihm den erhofften Sieg bei den Meisterschaften zu rauben.

Für Plodowski entwickelt sich aus einem Mordfall eine dramatische wirtschaftspolitische Affäre, die ihn selbst in große Gefahr bringt – und sein Leben verändert.

Paul Steinbeck

# Geheimcode WorldSkills

Steven Plodowski ermittelt

Alle Handlungen und Personen sind frei erfunden. Zwar ist die WorldSkills-Bewegung eine faszinierende Realität, doch sind Ähnlichkeiten mit lebenden Personen oder Unternehmen reiner Zufall.



3. Auflage Mai 2021, überarbeitete, ungekürzte Taschenbuchausgabe. Ursprünglicher Titel: Der Tod kam in der Nachtschicht.



E-Mail: service@sparkys-edition.de
Lektorat: Dorthe Teßarek, Augsburg
Korrektorat: Redaktionsbüro Diana Napolitano, Augsburg
Umschlaggestaltung: Designwerk-Kussmaul, Weilheim/Teck, www.designwerk-kussmaul.de
Ausschnitt Titelbild: Encaustic-Kunst anlässlich der WorldSkills Leipzig 2013, Monika Romer

ISBN: 978-3-9810604-5-4

# Inhaltsverzeichnis

*Gewidmet allen WorldSkillern dieser Welt,*
*die mich inspiriert und begeistert haben*

# Winterkalt

Steven Plodowski wunderte sich gewaltig, als ihm die bulligen Sicherheitsleute den Zugang verwehrten.

»Ich darf überallhin!« Er blaffte den Sicherheitsmann missgelaunt an.

Doch die Antwort war knapp und zackig. »Hier nicht! Selbst der Papst gilt bei uns als Sicherheitsrisiko.«

Der Blick des Beamten streifte die hohen Sicherheitszäune, die das Werksgelände umfingen. Gerade mal dreißig Autominuten südlich von Ravensburg lag die massige Ansammlung von strahlendweißen Fabrikhallen an der Gemeindegrenze einer kleinen oberschwäbischen Stadt. Ausgedehnte Fichtenwälder zogen sich hinter dem Gelände die Hänge hoch. Dem Kommissar schien es, abseits von Ravensburg in einer vollkommen anderen Welt gelandet zu sein. Diese harten Kontraste zwischen Industriekultur und reinster Natur entwickelten eine ungewöhnliche Szenerie.

Er wandte sich wieder dem bulligen Wachmann zu. »Und dann gibt es einen Toten? Wie geht das? Sowas dürfte es doch nicht geben, bei so viel Hochsicherheit, könnte man meinen.«

Kalter Nieselregen benetzte an diesem Morgen im März seinen beinahe kahl geschorenen Schädel. Ungeduldig schaute er dem Pförtner hinter der Panzerglasscheibe zu, wie dieser behäbig mehrere Formulare ausfüllte.

»Geht es nicht schneller? Ich muss zum Tatort!«

Ein halbes Dutzend dunkelgekleideter Sicherheitsbeamter tummelte sich an der Eingangspforte. »Best Secure« prangte auf deren gut wattierten Jacken.

Plodowski zog unwillkürlich seinen dünnen Trenchcoat enger zusammen. Es war zu früh gewesen, als der Anruf ihn erreichte, um über korrekte Kleidung an einem jener matschig kalten Wintertage nachzudenken. Tage, an denen man zu vergessen schien, dass es je einen Sommer gegeben hatte. Überraschend für den März. Nebel waberte durchs Schussental. Einfach nur nass grau.

»Gehen Sie nach hinten in Halle 11«, knackte es metallisch aus dem Lautsprecher. In der Luke vor ihm tauchte ein Besucherausweis auf.

Trotzig nahm Steven das zerknitterte Papier heraus und pinnte es sich an seine Jacke. Summend öffnete sich die schwere Sicherheitsschleuse.

»Wartet, euch werde ich es heimzahlen«, schwor sich ein in seiner Ehre gekränkter Beamter. In Ravensburg wäre das nicht passiert. Doch er nickte nur stumm und folgte den zwei bulligen Kerlen, die sich links und rechts von ihm positionierten.

Sie überquerten einen kleinen Platz hinter den Gittern. Ein grünes Schild mit weißen Pfeilen verdeutlichte, dass sich hier in Gefahrensituationen der Sammelplatz befand. Kleine Wasserlachen bildeten sich auf dem frischen Teer. Das Licht der Laternen schimmerte in dem kühlen Nass. Die zu dünnen Lederschuhe sogen die Feuchtigkeit und Kälte in Sekunden in sich auf. Neidvoll schielte Steven auf die dicken Springerstiefel der Wachleute. Mit seinen knapp 1,80 m Größe wirkte Steven Plodowski klein neben den bulligen Typen.

Das Tor des nächstgelegenen Gebäudes öffnete sich und nahm die kleine Gruppe in sich auf. Erstaunt blickte der Kommissar im Gewirr der mit haushohen Maschinen vollgestopften Werkshalle umher.

»Wo sind die Menschen?« In Gedanken begann er die gigantischen Roboteranlagen zu zählen. Es mussten mehr als sechzig derer sein, die sich in der zweihundert bis dreihundert Meter langen Halle in exakter Reihenfolge formierten. Das Zischen und Fauchen der Ungetüme konnte einschüchtern, zumal nicht zu sehen war, was sich hinter den Schutzplatten der Maschinen alles abspielte. »Haben die Pause?«

Seine Begleiter lachten. »Pausen gibt es hier nicht. Diese Arbeiter hier brauchen so etwas nicht. Das ist alles voll automatisiert.«

Wie von Geisterhand lösten sich zur Bestätigung aus den riesigen Regalen an den hinteren Wänden überdimensionale Metallstücke, wurden in die Produktionsstraße eingeführt und tauchten nach gut zwanzig Metern wieder als fertige Produkte auf. Dazwischen zischte, funkte und fräste es an eng aufeinanderfolgenden Arbeitsstationen. Roboterarme hoben, schoben, fixierten und platzierten unermüdlich die Werkstücke.

»Selbst die Wartung und kleinere Reparaturen können sie selbst ausführen. Die Menschen werden nur noch für ernste Fälle und als Alibi benötigt.« Konnte Steven neben Stolz genauso Sorge in der Stimme des Wachmannes vernehmen?

»Scheint, dass es mehr Wachleute als Arbeiter auf diesem Gelände gibt. Was wird denn produziert?« Ihm fiel auf, dass er noch gar nicht nach dem Namen des Betriebes geschaut oder sich gefragt hatte, was man hier überhaupt herstellte.

»Geheimsache. Technik vom Rang der nationalen Sicherheit.« Mehr gab es nicht zur Erklärung.

Sie durchquerten die Halle, gelangten durch weitere Schleusen in eine benachbarte, nicht weniger große Produktionseinrichtung. In ihr verriet die mit Lösungsmittel geschwängerte Luft, dass Lack und Farbe verarbeitet wurde. »Hier ist Halle 10, die vorletzte Fertigungsstufe, bevor es in die Qualitätsprüfung in die Elf geht.«

»Dort ist auch der Tatort?« Ihm taten bereits die Füße weh.

Ein lauter Hupton schmetterte durch die Hallen, just als sie endlich an ihr Ziel gelangten. Der Kommissar zuckte unwillkürlich zusammen. Hatten sie einen Alarm ausgelöst? »Es ist das Ende der Nachtschicht. Sie ist um sechs fertig.«

»Ach, gehen die Roboter jetzt mit ihren Produktionsstraßen nach Hause?«, scherzte Steven. Keine Reaktion. Nur wenige Menschen kamen ihnen entgegen, nur wenige überholten sie. Das war also die Fabrik der Zukunft? Kaum mehr Menschen in den Hallen, und die, die da waren, verstarben auf eigentümliche Weise.

»So, hier sind wir. Er liegt noch da, wo wir ihn gefunden haben – schlimm zugerichtet. In einer der großen

Roboteranlagen eingequetscht.« Seine Begleiter entließen Steven mit einem kurzen Nicken. Andere Kollegen in der Halle übernahmen die Überwachung. Sie waren so maulfaul wie ihre Vorgänger. Obendrein schienen sie geklont zu sein, mutmaßte Steven beim Anblick der bulligen Typen mit ihrem Kurzhaarschnitt. Das markante Logo »Best Secure« schien nicht nur auf der dunklen Jacke zu prangen, sondern auf deren Gemüt eingeprägt.

»Wo sind wir hier nur gelandet?« Kriminalhauptkommissar Plodowski schüttelte die letzten Tropfen Regen von seiner kahlen Stirn. Seine nassen Schuhe hinterließen hässliche Flecke auf dem glatten Fabrikboden.

Kollegin Kerstin Neumann nickte ihm freundschaftlich zu und nahm ihn beim Arm: »Komm, ich führ dich rüber. Hast du schon was im Magen? Er sieht nicht wirklich appetitlich aus.« Sie scherzte: Wer konnte schon frühstücken, wenn um 4:30 Uhr das Telefon klingelte? Zumindest er war da gewöhnlich noch im Bett. »Wir sind übrigens im Ausbildungs- und Trainingscenter.« Sie zeigte mit einer Hand nach vorn, und wies auf ein überdimensionales, fensterloses Gebäude, das einem Würfel ähnelte. »In diesem Bereich auf der rechten Seite sind Qualitätssicherung, Ausbildung und Training untergebracht – links die Forschung.« Sie sezierte mit ihren Armen die Halle und teilte die einzelnen Abschnitte fachgerecht ein. Einer exakten Symmetrie folgend trennten breite Gänge die Bereiche voneinander ab. Die Decke dieses Gebäudes war deutlich niedriger als in den vorangegangenen Produktionsbereichen.

Kleinere Kabinen und mit Raumtrennern errichtete Büros innerhalb der Halle erzeugten einen Eindruck wie bei einem Tetris-Spiel. Alles irgendwie ineinander und miteinander verschachtelt. Die ersten Ingenieure erschienen in weißen Kitteln gekleidet und verschwanden in den Boxen. Sie nahmen keine Notiz von dem, was hinter dem Absperrband geschah. Steven sog die Stimmung auf. Der erste Eindruck war bei einem Kriminalfall besonders wichtig.
Und hier drängte sich unweigerlich das Gefühl von Sterilität und menschenfeindlicher Kälte auf.

»Tobias Strecker.«

»Was?«

»Na, das war sein Name. Der Tote.« Mit einer ausladenden Bewegung zeigte Kerstin zu einer etwas entfernt stehenden Maschine, die von einem weiteren Absperrband umgeben war.

»Ah, verstehe.« Sein Blick betrachtete unwillig die Silhouette des vermeintlichen Leichnams, der aus der Ferne eher einem geschredderten Fleischberg glich.

Sie gingen langsam auf die Anlage zu. Die zerfetzten Überreste des Toten befanden sich in einer durch einen Metallkäfig geschützten silbergrau lackierten Ansammlung mehrerer Maschinen. Die Walzen, Fräsen, Schneidwerkzeuge und Pressen waren dabei kreisförmig im Käfig aufgebaut. Im Zentrum aber herrschte ein gut drei Meter hoher, mit zahlreichen Gelenken ausgestatteter orangefarbener Roboterarm, der drei kräftige Greifzangen besaß. Steven erinnerte das Ungetüm an ein urzeitliches Hollywoodmonster.

Druckluftschläuche schmiegten sich an seinen stählernen Torso und verschwanden im Boden in Versorgungsschächten. Gelbschwarze Warnschilder prangten an allen Seiten der Anlage, für jeden gut sichtbar. Bei Betreten im Arbeitsbetrieb drohte Lebensgefahr. Ein rotes Signallicht blinkte im Alarmmodus an der Vorderfront des Gitters, dort, wo sich die Eingangstür in die Monsteranlage befand.

»Die haben eine Mordskraft, diese Dinger – und wenig Sensibilität, wenn es um Menschen geht.« Kerstin zeigte auf den Roboter, der trotz seiner aktuellen Starre das Zentrum beherrschte.

»Wie konntet ihr ihn überhaupt identifizieren? Da ist ja nicht wirklich viel übrig geblieben, was noch an eine menschliche Kreatur erinnern könnte.« Blässe machte sich auf Stevens Gesicht breit.

Kerstin beobachtete besorgt die Wandlung bei ihrem Chef, wies dann aber auf einige Stofffetzen am Boden: »An seiner Arbeitskleidung. Alles personalisiert hier. Sein Name stand drauf. Näheres bringt die Obduktion.«

Plodowski spürte seine Knie nun doch weich werden. Solch ein Anblick auf nüchternem Magen tat nicht gut. Der Geruch stieg in seine Nase. Ein typischer Geruch, der solchen Tatorten eigen war. Und wenn man im idyllischen Oberschwaben ohnehin nicht oft damit konfrontiert wurde, dann …

»Gibt es hier einen Kaffee?«

»Jepp, komm mit. Dann können wir auch gleich den Spind prüfen.«

Sie staksten vorsichtig durch das Labyrinth umhergeschleuderter Metallteile und Körperreste in Richtung Kantine.

»Was liegt denn hier überall herum?« Steven blieb stehen. »Na, Reste vom Toten.« Kerstin blickte ihn verständnislos an. »Nein, ich meine dieses Metall. Kommt das aus der Maschine?« Er blickte sich um.

Seine Kollegin zuckte mit den Schultern. »Keine Ahnung.« Sie wollte ihren Weg fortsetzen, doch Steven deutete auf eine benachbarte Anlage: »Habt ihr diese schon untersucht? Die Teile scheinen von hier zu stammen.« Zielstrebig bewegte er sich auf die besagte Maschine zu. Offenbar eine Lackieranlage, wie farbige Sprühköpfe in ihrem Inneren vermuten ließen.

»Nein, haben wir noch nicht. Wie kommst du darauf?« Kerstin gesellte sich zu ihm.

Er deutete auf herunterhängende Schläuche, aus denen noch immer Farbe tropfte. »Abgerissene Ventile, Diffuser und Kompressoren. Eingedellte Abdeckplatten an der Anlage, siehst du? Dann hier die Kratzspuren auf dem Boden. Die Farbtanks dieser Lackieranlage wurden kräftig verschoben. Da ist was mächtig dagegen geknallt und hat ordentlich Schäden angerichtet. Hat hier eventuell ein Kampf stattgefunden?«

Sie beobachtete fasziniert, wie er mit seinem für ihn typisch schräg gestellten Kopf und der fahrig über den glatten Schädel streichenden Hand dastand und jedes Detail musterte. Unentwegt wanderten seine tiefbraunen Augen von der Lackieranlage hinüber zum Käfig und zurück. »Die KTU soll das hier auch prüfen, sprichst du bitte mit den Kollegen?« Und schon marschierte er, Kerstin im Gefolge, zur Kantine.

Deren Tür öffnete sich mit einem sanften Surren von selbst und empfing die beiden Kriminalbeamten mit feinstem Weiß, möbliert mit modischem Holzinterieur. Schick, modern.

»Mit einer echten WMF-Maschine. Unfassbar. Warum haben wir die nicht auf der Dienststelle?« Steven inspizierte aufmerksam die Einrichtung.

»Ganz einfach, weil ein zufriedener Arbeiter auch ein effizienter ist. Die Investitionen in diese Bereiche erzeugen Mehrwert in den Produktionsbereichen. Scheint bei uns auf dem Revier nicht ganz so wichtig zu sein …« Kerstin streckte sich nach zwei weißen Porzellantassen und drückte auf »Latte Macchiato«. Die Maschine summte, als sie das Mahlwerk startete. Der Duft von Kaffee erfüllte den Raum. Die Kommissarin lächelte, als sie ihrem Chef die erste Tasse rüberschob: »Du siehst nicht wirklich gut aus. Alles okay zu Hause?«

Der Schluck tat gut, beruhigte den Magen. Beide lehnten sich gemütlich gegen den Tresen. Stevens rechte Hand wanderte heimlich nach hinten zu einem Körbchen mit Keksen.

»Wo ist eigentlich Kollege Valmir?«, entgegnete er, darauf bedacht, ihre Frage zu ignorieren.

»Chef, Kekse muss man nicht heimlich klauen! Gehört hier zum Hausservice.« Verschämt schob er sich das ergatterte Stück in den Mund, während sie lächelnd fortfuhr. »Valmir ist auf dem Weg hierher. Wir mussten erst in einem seiner Clubs nach ihm suchen.«

Ein Lebemann und Kripobeamter, wie mochte das zusammengehen? Offenbar gut. Beide lachten sich an, keiner musste ein weiteres Wort verlieren. Der junge Kerl galt als großes Talent in der Abteilung. Aber auch als Hallodri.

»Lass uns die Tassen mit zu den Umkleideräumen nehmen, damit wir keine Zeit verlieren, Steven.«

Er nickte und grabschte nach einem Stapel weiterer Schokokekse. »Auch einen?«

»Nein – meine Gluten-Geschichte! Geht nicht.«

Auf dem Weg zu den Aufenthaltsräumen der Mitarbeiter roch er wieder jenen Duft nach Arbeit, wie er ihn schon als Kind geliebt hatte. Dieser Geruch nach Schmieröl und gefrästen Metallen. Sein Vater war Arbeiter in einer Fabrik für Schiffsmotoren gewesen. Damals, im letzten Jahrtausend, was ja eigentlich noch nicht einmal zwanzig Jahre zurücklag. Maschinenschlosser nannte sich sein Beruf. Dies klang so magisch in Stevens Ohren. Sein Vater war für ihn noch immer der Held, mit dem blauen Arbeiteranzug und den überdimensionalen Werkzeugen, mit denen er hantiert hatte. Er war der Herr der großen, lauten, schnaufenden und manches Mal gefährlich kreischenden Maschinen. Ein echter Dompteur eben. Ein Einwanderer, der in den Siebzigerjahren hart hatte kämpfen müssen, um sich gegen grobschlächtige deutsche Kollegen durchzusetzen.

Doch der stolze Pole schaffte es im tiefsten Schwaben

und sollte am Ende zum Abteilungsleiter in seiner Fabrik aufsteigen.

Heute Morgen entdeckte Steven außer des Geruchs jedoch nichts mehr von dem, was er als Erinnerung an jene Zeit in sich barg. »Alles so sauber hier. Man könnte ja ohne Weiteres auf dem spiegelglatten Boden frühstücken.« Er blickte den langen Gang hinunter. Kerstin konnte sich ihr Lächeln nicht verkneifen. »Nein, ehrlich. Kein Gestank, kein Rauch, kein Lärm, wie man sich eine Fabrik sonst vorstellt.« Stattdessen beobachteten sie Roboterarme, deren Bewegungen so unfassbar schnell waren, dass man sie mit bloßem Auge nicht mehr wahrnehmen konnte. »Früher konnte man noch erkennen, was die ganzen Maschinen herstellten. Irgendwie waren damals die einzelnen Bauteile größer, und Menschen montierten die fertigen Produkte zusammen. Heute aber ist alles so winzig klein und hinter irgendwelchen Abdeckungen versteckt. Man sieht gar nicht, wie das alles geschieht. Ist am Ende einfach fertig. Wie von Geisterhand.« Steven kam aus dem Staunen nicht heraus.

Seine Kollegin nickte zustimmend: »Es ist wie bei Raumschiff Enterprise. Die Dinge kommen fertig aus dem Zauberapparat. Aus diesem, diesem ...«

»Replikator?«

»Ja! Stimmt, Replikator. Scheinbar sind wir nicht mehr weit davon entfernt.« Sie fasste Steven beim Arm und zog ihn mit sich fort: »Wie geht es denn nun zu Hause?«

»Was?« Steven blickte irritiert zu seiner Kollegin.

»Na, wie geht es mit eurem Kunsthappening weiter? Wirst du nun in das Hasenkostüm klettern?«

Steven Plodowski wandte unwillkürlich den Blick ab. Kein gutes Thema! »Nie in diesem Leben – und nie in einem der folgenden!« Die Kunsteskapaden seiner Frau sollten andere Verrückte mitmachen, nur nicht er selbst. Kerstin gluckste vor Freude. »Der Anblick mitten in der Fußgängerzone hätte mir schon ganz gut gefallen. Den Kollegen sicherlich auch.«

Ein solcher erschien gerade in Begleitung zweier Personen, in deren Gesichtern sich das triste Winterwetter zu spiegeln schien. »Guten Morgen, Valmir. Kann man schon wach sein?«

Der Angesprochene fuhr sich verlegen mit der Hand durch die zerzausten Haare. Sein leichtes Nicken war lediglich eine Andeutung. Schwerfällig lotste er seine beiden Kollegen von ihrer geplanten Route weg hinüber zum Tatort, wo einige unruhige Gestalten warteten.

»Dies sind die Herren Schichtleiter und Standortleiter. Herr …« Er kam nicht mehr zum Weiterreden.

Der kleinere, etwas dickliche Mann schoss mit schneidender Stimme heraus: »Wie lange werden Sie brauchen? Wir müssen die Produktion schnellstens wieder anlaufen lassen!«

»Oh, … ich weiß nicht. Hauptkommissar Plodowski vom Kommissariat Ravensburg – so nebenbei. Und das ist meine Kollegin, Frau …«

»Neumann, ich weiß. Wir haben die Besucherprotokolle.« Verblüfft wandte sich Steven an den etwas hinter der Gruppe stehenden Herrn. Offenbar der Betriebsleiter. »Sind die Kollegen hier immer so forsch?« Dessen verständnisvolles Lächeln war Antwort genug.

»Es ist der Menschenschlag hier, Herr Plodowski«, erklärte der Schichtleiter selbst sein Verhalten. »Wir sind klar und direkt. Und wenn jemand seinen Tod selbst provoziert hat, dann erst recht.«

Kerstin blickte auf. »Wie meinen Sie das?«

»Nichts meine ich! Ich sage ja nur, manche Menschen haben sich eben auch Feinde geschaffen und stolpern am Ende über ihren Ehrgeiz!«

Der Betriebsleiter machte einen Schritt nach vorn und drückte seinen Mitarbeiter kräftig zur Seite. »Guten Morgen, Karl-Heinz Hepp, ich leite hier die Produktion. Wissen Sie schon, wer der Mörder ist? Es müssen Fremde gewesen sein. Wir haben Einbruchsspuren sichergestellt.« Das wurde ja immer wunderwitziger hier. »Sie haben was?« Steven wurde langsam ungehalten. Durcheinander und sich androhendes Chaos konnte er ganz und gar nicht ertragen. Vor allem wenn andere meinten, seine Arbeit machen zu müssen.

»Na, der Wachschutz. Unser Wachschutz. Sie haben das Gelände abgesucht. An der Südseite der Fabrik. Dort, wo früher einmal das Militärgelände war. Da haben sie was entdeckt.«

Ruhig bleiben und sammeln, sprach die innere Stimme in Steven. Den Bienenschwarm im Kopf erst einmal bändigen. »Wir werden jetzt eins ums andere machen, meine Herren.« Er wies auf seine Kollegen. »Können Sie bitte mit meinen beiden Partnern in die Kantine gehen und dort Ihr wertvolles Wissen zu Protokoll geben? Ich komme dann gleich zu Ihnen. Wo sind denn die Umkleideräume?«

Gleichzeitig hoben beide Manager ihren Arm und zeigten auf eine doppelflügelige Stahltür hinter ihm.

»Dort. Gleich nach der Tür rechts. Die Männer.« Der Schichtleiter gab per Hand noch ein paar Befehle an einen der umstehenden Mitarbeiter, und schon marschierte Steven mit diesem zum Ausgang. »Und dass mir niemand hier umherläuft. Verstanden? Bleiben Sie vom Tatort und dem ganzen Bereich fern!«

»Aber die Produktion …«

»Nichts ›die Produktion‹! Herrschaftszeiten. Es geht hier um einen Todesfall. Mord womöglich! Verstanden? Wenn ich will, dann lass ich die ganze Fabrik sperren!« Heftig stampfte Plodowski auf den Boden und stieß die Tür auf, gefolgt von weiteren Aufpassern. Die kühle frische Luft, die sie dort empfing, ließ ihn wieder ein wenig ruhiger werden.

»Kannten Sie den Toten?« Er wandte sich einem seiner neuen Bewacher zu.

Der jedoch schüttelte den Kopf. »Nicht wirklich gut. So, wie man sich eben bei der Arbeit kennenlernt. Privat gab es keinen Kontakt.«

»Das heißt? Wissen Sie nun etwas, oder wissen Sie nichts?«

»Nichts, was die anderen nicht auch wüssten.« Warum mussten diese Schwaben immer so wortkarg sein? Arbeitsam, aber wortkarg. Auffordernd blickte er ihn an. »Ein Spieler soll er gewesen sein. Alles Geld, was er verdient hat, soll er verspielt haben, in Lindau im Casino. Und ...«

»Und?«

»Ja, mit den Frauen soll er es gehabt haben. Alle, die da so unterwegs waren. Auch die von Kollegen – sagt man.«

»So, sagt man.« Steven versuchte, so teilnahmslos wie möglich zu wirken. Vielleicht hielt das den Redefluss aufrecht. »Aber ein hervorragender Fachmann war er – trotz allem.«

Sie kamen vor einem Schrank mit der Aufschrift »Tobias Strecker« zum Stehen. Steven rüttelte an der Tür, ohne Erfolg.

»Wie gehen die Spinde auf?« Er ärgerte sich über die Passivität des Herrn, der ihn begleitete. Langsam und wortlos öffnete der Angesprochene mit einem Transponder den Schrank des Toten. »Wie konnten Sie den jetzt öffnen?« Misstrauen lag in des Kommissars Stimme.

»Na, weil ich der Facilitymanager bin, also der Hausmeister. Ich dachte schon, dass sie an den Schrank wollen.« Der Angesprochene lächelte ihn unverbindlich und distanziert an. »Bitte, hier der Spind von Herrn Strecker, schauen Sie sich gern um.« Sprach's und trat zu Seite.

Steven zog Latexhandschuhe aus seiner Jackentasche, um sie umständlich über die Hände zu stülpen. Zunächst ziellos wanderten diese von Fach zu Fach. Strecker hatte nicht viel in seinem Schrank deponiert. Die Alltagskleider hingen fein säuberlich auf den Bügeln. Schicke Lederschuhe standen unten auf dem Boden. Oben befanden sich eine teure Schweizer Uhr, ein Ring, Smartphone, Geldbeutel und einzelne Papiere.

»Was ist das denn für eine komische Urkunde?« Er zog einen dicken Karton im Format A4 heraus. Ein fächerartiges Logo zierte oben rechts das Dokument. »Ernennungsurkunde« prangte groß im oberen Drittel. »Was ist denn bitte schön ›WorldSkills‹?« Fragend blickte er den Hausmeister an. Doch dieser zuckte mit den Schultern. Eine Loge? Ein Arbeitergeheimbund? Oder ein Geheim-Code?

»Ich weiß es wirklich nicht. Strecker machte einige eigenartige Dinge. Hing hier immer bis spät in die Nacht mit seinen Lehrlingen rum – alles möglich.« Der Hausmeister zog theatralisch die Schultern hoch.

Plodowski nahm das Dokument an sich. Auch die Metall-Anstecker mit demselben Logo. Mit einem Dank verabschiedete er sich vom Hausmeister und marschierte mit den Fundstücken in die Kantine.

Bei aller Professionalität, die Steven als Ermittler auszeichnete, so emotional konnte er auch reagieren, wenn etwas am Tatort nicht zusammenpasste. Und das tat es hier mitnichten. All das hier war so perfekt, so klinisch rein – oberflächlich gesehen. Aber unter der

Oberfläche, da schien was faul. Diese Menschen spielten ihm etwas vor, da war er sich sicher.

Kerstin und Valmir befanden sich noch in der Zeugenbefragung. Steven nickte ihnen zu, holte sich einen frischen Kaffee und setzte sich an einen freien Platz am Fenster. Nur wenige Mitarbeiter hielten sich im Raum auf. Sie tuschelten leise miteinander und beobachteten den Kripobeamten, wie er die Gegenstände aus dem Spind fein säuberlich vor sich ausbreitete. Steven stierte gedankenverloren das fächerartige Logo von »WorldSkills« an. Schick sah die Urkunde aus und wichtig. »Ernennung zum Bundestrainer« war zu lesen. Steven verlor sich in seinen Überlegungen. Worin mochte denn Strecker Bundestrainer gewesen sein? Der Kommissar nippte an seinem Kaffee. Seine Kollegen wurden lauter und energischer. Ihre Stimmen drangen über die Tische hinweg zu ihm. Störrische Zeugen offenbar. Steven wandte den Blick zum Fenster hinaus. Er kannte keine Bundesligamannschaft aus der Region, mit Ausnahme der Volleyballer aus Friedrichshafen. Was mochte Strecker also trainiert haben? Sollte sich mal der Praktikant im Büro um dieses Thema kümmern.

Die Tür öffnete sich, und der zweite Trupp der KTU erschien. Sie sollten die Spuren an der Einbruchsstelle am Zaun untersuchen, zumindest das, was noch davon übrig war. Steven grüßte aus der Ferne, erhob sich rasch und gesellte sich zu ihnen. »Grüß euch, Kollegen, ich komme mit, um mir das auch mal anzuschauen.«

Lukas staunte nicht schlecht, als er an der Pforte seiner Firma, in der er seine Ausbildung machte, das inzwischen auf gut ein halbes Dutzend Fahrzeuge angewachsene Polizeiaufgebot sah. Die Autos standen allesamt außerhalb des Betriebsgeländes und versperrten ihm den Zugang zum Tor. Offenbar ein Verkehrsunfall auf der Umgehungsstraße, auch wenn Lukas nichts erkennen konnte. So grüßte er kurz die Kollegen im Pförtnerhäuschen und hielt seine Chipkarte vor den Sensor, um durch die Drehtür ins Innere des Betriebes zu gelangen, ganz in seine eigenen Gedanken versunken. Ihn beschäftigten die Erlebnisse der vergangenen Wochen. Sie nahmen seine ganze Aufmerksamkeit in Anspruch. Warum hatte ihn sein Ausbilder gestern überhaupt noch gezwungen, die ganzen Filmaufnahmen im Unternehmensmuseum zu machen? Wahrscheinlich nur deshalb, damit die Arbeitsgruppe der anderen Azubis ihren Produktionsplan für ihr Abschlussprojekt erfüllen konnte. Jede Ausbildungsgruppe hatte ihre eigenen Abschlussprojekte zusätzlich zur staatlichen Prüfung zu absolvieren. Die blöde Abschlussprüfung. Sie stand ihm auch noch bevor. Doch das Training für die Weltmeisterschaften fraß ihn beinahe auf, ließ keine Luft zum Atmen. Als Deutscher Meister der Polymechaniker lastete ein enormer Druck auf ihm. Wer hätte je gedacht, dass das Training für die Weltmeisterschaften der Berufe einem Leistungssport gleichkam? Er nicht im Leben! Dabei konnte sich Lukas nicht des Gefühls erwehren, dass er gar nicht auf diese Position gehörte, die die Teilnahme bei der WM ermöglichte. Dieser Rang gebührte eigentlich jemand anderem. Doch seinen Ausbilder störte kein ›eigentlich‹. Ihn interessierten nur die Schwächen der Gegner, die es auszunutzen galt, und die absolute Befriedigung seines unbändigen Ehrgeizes.

Lukas grüßte die Wachmannschaft am Eingang und ließ die Sicherheitsprüfung geduldig über sich ergehen. Wie ferngelenkt ging er seines Weges. Exakt auf derselben Route wie zwei Stunden zuvor der Kommissar. Seine schweren Arbeitsschuhe pressten mit jedem Schritt das Wasser aus den kleinen Pfützen.

Endlich raus hier aus diesem engen Tal, das war sein Plan gewesen, als er sich bereit erklärt hatte, bei diesem Trainingswahnsinn mitzumachen. Mit den Weltmeisterschaften den Absprung schaffen – und nicht mehr zurückkommen. Raus in die Welt.

»Halt, Sie können hier nicht durch. Dieser Hallenbereich ist gesperrt.«

Lukas blickte ungläubig die Polizistin an. Die Hoheit auf diesem großen Gelände oblag sonst dem Wachschutz. Hier befand man sich in einer anderen Welt mit eigenen Gesetzen und Regeln. »Was ist denn los? Was machen Sie hier?« Er musste sich erst sortieren, um aus seinen Tagträumen zurück in die Gegenwart zu gelangen.

»Hi, Luc, ein Toter – hinten in eurer Halle.« Sensationsgierig rannte eine junge Ausbildungskollegin von ihrer Anlage zu ihm rüber. »Die Roboter müssen ihn zerfetzt haben. Glaub mir, die killen uns alle. Wie in meinem Game. Ich sag's dir.«

Er wandte sich genervt von ihr ab und blickte die Polizistin an. »Wer ist der Tote? Gibt es einen Namen?« Doch die schüttelte den Kopf. »Ich muss aber da durch. Dort ist mein Ausbildungsplatz, und mein Ausbilder wartet sicher schon auf mich.« Lukas unternahm einen letzten Versuch durchzukommen.

»Vergiss es, Luc. Sie lassen niemanden mehr in euren Bereich rein. Wahrscheinlich liefern sie sich einen Schusswechsel mit den Maschinen.«

»Sarah, du hast einen an der Waffel. Echt!« Er boxte sie in die Schulter und marschierte eilig in Richtung Ausgang.

Plodowski stieß mit ihm unmittelbar zusammen, als er gerade von der Einbruchstelle am Außenzaun zurückkam. »Nanu, warum so ungestüm der junge Herr?« Aufmerksam musterte er den auf ihn zustürmenden Azubi. »Gehören Sie auch zu den Auszubildenden in Halle 11, zu Herrn Strecker?«

Lukas nickte verärgert: »Ja, das tue ich, und ich will nun verdammt noch mal wissen, was hier los ist.«

Plodowski freute sich über diesen willensstarken jungen Kerl. Eine erfrischende Begegnung in diesem für den Kommissar so ungewöhnlichen Betrieb der Sterilität, der Kälte und dem sehr eigenmächtigen Wachschutz. Eifrig rieb er sich die taubgefrorenen Hände: »Kommen Sie mit. Reden wir bei mir im warmen Büro weiter«, lud er ihn ein und ging voraus, ohne sich umzuschauen, ob Lukas folgte. Steven wusste selbst nicht, warum er ihn zu sich ins Büro mitnehmen wollte. Vielleicht lag es daran, zu vermeiden, dass der junge Mann von anderen vom Tod seines Ausbilders erfuhr. Vielleicht war ihm auch einfach nur danach, weg von hier und ins Warme zu kommen.

***

Lukas schwitzte vor Eifer. In voller Arbeitsmontur saß er auf der Vorderkante des alten metallenen Stuhls im Büro des Kommissars. Seine Hände fuhren wild gestikulierend durch die leicht abgestandene Luft des Präsidiums. Er konnte noch immer nicht voll erfassen, was ihm gesagt worden war.

Seine Stimme überschlug sich mehrfach, als er dem Kommissar vom Vorabend berichtete. »... dann habe ich ihn verärgert allein gelassen.« Er stieß mit dem Fuß gegen den Tisch. »Ich war einfach nur sauer. Es ging doch nur darum, dass er es selbst nie geschafft hatte, und deshalb sollte ich seinen verhinderten Wunsch erfüllen.« Lukas zitterte vor Erregung, sein Herz raste. Erst allmählich drang in sein Bewusstsein, dass sein Ausbilder tot sein sollte. War er etwa der Letzte, der ihn lebend gesehen hatte?

Steven ließ ihn reden und setzte sich auf die abgewetzte Platte seines Schreibtisches. Mühsam versuchte er, seine nassen Schuhe auf dem Heizkörper zu platzieren. Er balancierte dabei gefährlich über dem grauen, verbeulten Papierkorb unter ihm. Sie auszuziehen traute Steven sich nicht.

»Was genau macht ihr denn da? Ich verstehe es noch immer nicht.« Schwerfällig drehte er seinen Kopf Lukas zu, der schräg hinter ihm saß.

»Wir sind eine der führenden Firmen weltweit in Sachen Future-Factory! Verstehen Sie?«

Steven schüttelte den Kopf. »Nein, verstehe ich nicht. Wahrscheinlich bin ich zu dumm – oder habe einfach keine Ahnung. Was in Gottes Namen ist eine Future-Factory?« Lukas blickte ihn ungläubig an. »Nee, oder?« Er beugte sich nach vorn.

»Doch, mein Ernst. Ich habe keinen blassen Schimmer, so, wie bestimmt achtzig Prozent aller Menschen in diesem Lande. Erzähl's mir.«

Lukas räusperte sich. »Nun, was ist eine Future-Factory? Eine Produktionsstätte, in der die Maschinen immer mehr das Sagen haben. Sie bestimmen die Produktionsgeschwindigkeit, sie lenken vollautomatisch die Produktion, sie geben den Menschen den Takt vor, wenn überhaupt noch Menschen beim Produktionsablauf benötigt werden. Und in Firmen wie der unseren produzieren eben diese Roboter Produkte wie Sensoren, also intelligente Apparate, um noch intelligentere Systeme zu entwickeln.«

Steven legte die Stirn in Falten: »Und der Mensch? Wo findet der statt?«

»Die Frage stellen die Leute immer. Keine Sorge, die Menschen finden immer ihren Platz. Es gibt auch in der Zukunft Bedarf an guten Fachkräften. In der Forschung, Entwicklung, in neuen Arbeitsbereichen, die wir heute noch gar nicht kennen. Alles ist im Fluss. Es ist eine spannende Zeit, in der wir leben.«

»Macht dir das keine Angst?« Steven versuchte, sich in die Welt von Lukas hineinzudenken.

Doch der schüttelte den Kopf. »Nein, absolut nicht. Ich bin sicher, je besser wir ausgebildet sind, desto besser wird die Zukunft. Unsere Firma ist jetzt schon eine Pilgerstätte für Industrietouristen. Aber auch ein Anziehungspunkt für Gegner der Digitalisierung und Automatisierung. Menschen, die nicht nur Angst haben, sondern die Zukunft verteufeln. Radikale, verstehen Sie? Haben die Tobias umgebracht?«

Steven zuckte mit den Schultern. »Gut möglich. Aber wenn wir schon dabei sind: Was ich ebenfalls nicht verstehe, sind eure komischen Trainingsprogramme und Wettbewerbe. Was ist das?«

»Ach die! Darüber grüble ich selbst die ganze Zeit nach.« Lukas schnaufte tief durch. »Manches Mal weiß ich es selbst nicht: eine Anleitung zum Masochismus? Zum sich Quälen?«

Ungeduldig wandte sich Plodowski Lukas gänzlich zu. Erst jetzt nahm er dessen etwas eigentümliche Figur wahr. Schlaksig, dürr; eine Bohnenstange, wie man hier so sagte. Dennoch drahtig. Dünnes Haar schmiegte sich in Strähnen glatt am Kopf an. Das kantige Kinn wurde von spitzen Backenknochen flankiert. War dieser junge Mann willens, gewalttätig zu werden? Steven stellte seinen Kaffeebecher ab und fragte unvermittelt: »Jetzt erzähl doch endlich, Lukas. Was habt ihr da immer spätabends noch angestellt?«

»Er war mein Trainer für die WorldSkills. Ich bin aussichtsreicher Kandidat. Aber glauben Sie, der Mord hat was mit dem Wettbewerb zu tun?«

»Das kann ich dir noch nicht sagen. Wir stehen ganz am Anfang dieser Geschichte. Erzähl mir einfach, was du und Strecker genau gemacht habt, oder haben sie dir auch einen Maulkorb verpasst wie allen dort in eurer Firma?«

Lukas lächelte verlegen. »Nein, keine Sorge. Ich erzähl ja schon.« Er setzte sich aufrecht hin und blickte über das mittelalterliche Ravensburg hinweg hinüber zum großen Turm, »Mehlsack« genannt. Petra, seine Freundin, kam aus Ravensburg. Oder besser gesagt, das Mädchen, das er gern zur Freundin hätte. »WorldSkills, das sind die Weltmeisterschaften der Berufe. Da triffst du junge Talente aus der ganzen Welt. Die Besten der Besten, sag ich nur – wenn du es wirklich geschafft hast, auf nationaler Ebene der Beste zu werden. Das ist wie im Leistungssport. Du musst wirklich fit sein in deinem Beruf. Und wer es auf die internationale Ebene geschafft hat, dessen beruflicher Karriere steht dann nichts mehr im Wege.« Seine Augen verengten sich. »Doch das hat nicht immer nur etwas mit fachlichem Talent zu tun. Da kommt so viel zusammen.« Zum Beispiel die Kollegen, die einen unentwegt hänselten, gar mobbten, weil sie das so gar nicht verstanden, warum er privilegiert sein sollte.

»Bekommt man denn da auch Medaillen und Preisgelder?« Steven versuchte, sich das alles im Geiste vorzustellen.

»Ja sicher. Medaillen, Urkunden und in manchen Ländern richtig viel Geld vom Staat. Nur in Deutschland nicht. Aber, wie gesagt, es ist gut für die eigene Karriere. Strecker – Tobias, meine ich, war mein Trainer. Er war selbst einmal Teilnehmer an diesen Weltmeisterschaften, wurde damals aber leider nur Vierter, was er nie wirklich verwunden hat.«

Die Tür öffnete sich, und ein junger Kollege überreichte Steven Dokumente aus der Autopsie.

»Tod durch brachiale externe Gewaltanwendung, na so was. Wer hätte das beim Anblick des Fleischberges gedacht?«

Lukas spürte, wie sich sein Magen umdrehte. Das Würgen trieb in Wellen das Frühstück nach oben.

»Oh, entschuldige.« Der Kommissar legte die Unterlagen weg, nicht ohne messerscharf jede Reaktion seines Gegenübers zu registrieren.

Der Beamte zeigte auf die Akte. »Es lohnt sich weiterzulesen, Steven. Sind weitere interessante Details zu finden.« Der Kommissar nickte ihm freundlich zu, gab aber mit einem Augenzwinkern zu verstehen, dass das nicht der richtige Zeitpunkt war. Er wandte sich wieder Lukas zu. »Erzähl weiter.«

»Nun, ich sollte halt zu Ende führen, was er nie geschafft hatte: die Goldmedaille nach Deutschland holen für die Polymechaniker.«

»Was offenbar keine einfache Sache ist, wie ich vermute?«

Ein tiefer Seufzer entfuhr Lukas. »Nein, wahrlich nicht. Man muss trainieren, trainieren und nochmals trainieren. Doch Tobias wollte immer noch eins mehr. Nichts reichte ihm. Ich musste alle Aufgaben und Projekte einmal mehr durchgehen als die anderen. In kürzerer Zeit, noch genauer arbeiten und überall besser werden.«

»Und deine Eltern?«

»Die stehen voll hinter dem Gedanken. Wenn schon der Junge nicht studiert, dann soll er wenigstens in seinem Ausbildungsberuf der Beste werden.«

»Arbeiter-Eltern?«, fragte Steven mitleidig. Er kannte das.

»Ja, beide. Und beide wollten, dass ich auf die Uni gehe. Doch das liegt mir nicht. Ich will anpacken, was Handfestes machen. Später kann ich ja immer noch studieren.«

Nun blickte auch der Kommissar zum großen Turm hinüber. Der Märztag entschied sich gerade, ein paar Schneeflocken ins Tal zu schicken.

»Ich will sie nicht enttäuschen. Deshalb tue ich mehr als alle anderen. Und ich bin gut. Verdammt gut. Alle Vorentscheide habe ich gewonnen. Es war nur noch eine Frage der Zeit, bis ich die Nominierung in die Nationalmannschaft erhalten hätte. Nur einer war hin und wieder besser als ich.«

»Ist mir irgendwie noch zu abstrakt, ehrlich gesagt! Wie muss man sich das konkret vorstellen?«

Lukas gratulierte ihm symbolisch mit einem Handschlag durch die Luft. »Willkommen im Club. Auch ich kannte das zuvor nicht. Erst über Tobias kam ich dazu. Er erzählte mir von WorldSkills, wollte mich zu den regionalen Wettbewerben anmelden, aber ich fand das alles komisch und wollte zunächst nicht. Doch wenn man sich mal die Bilder und Videos anschaut, dann haut es dich um! 2013 waren die Weltmeisterschaften in Leipzig. Mehr als tausend Wettkämpfer aus aller Welt. Mehr als zweihunderttausend Besucher und Politiker; Journalisten ohne Ende. Wie man da eigentlich einen Wettkampf machen kann bei all dem Rummel, weiß ich noch nicht. YouTube ist aber voll davon.«

»Aber was macht ihr denn da genau? Ich glaube, ich bin einfach zu weit weg von eurer Welt, um das zu verstehen.« Wie die meisten Bürger in Deutschland wahrscheinlich auch, setzte der Kommissar in Gedanken noch dazu.

»Vielleicht stellen Sie sich einfach die Olympischen Spiele vor. Das ist immer ein guter Vergleich. Nur sieht man bei WorldSkills keine Speerwerfer, Leichtathleten oder Ruderer, sondern Wettkämpferinnen und Wettkämpfer, die in ihren Berufen wetteifern. Sie müssen Projekte realisieren, Probleme lösen, kreativ sein, schnell und vor allem sehr exakt vor Publikum arbeiten. Und während ein 100-Meter-Läufer nach wenigen Sekunden schon seine Medaille bekommt und ein Fußballspieler nach neunzig Minuten in die Kabine darf, müssen wir eben vier Tage kämpfen und arbeiten wie die Wilden. Und glauben Sie mal ja nicht, dass man nachts im Bett nicht weiterarbeitet – in Gedanken. Da kann man nicht abschalten.«

Steven beobachtete den klaren, aber auch knallharten Blick des jungen Mannes. In ihm steckten so viele unterschiedliche Emotionen. Sicherlich auch eine typische Erscheinung in diesem Alter und der damit einhergehenden Umbruchphase.

»Im Vergleich zum Leistungssport sind für mich die Weltmeisterschaften aber die wahren Wettkämpfe. Hier wird wirklich Großes und Sinnvolles geleistet.«

Der junge Auszubildende stolzierte inzwischen durch den Raum und referierte wie ein Professor im Hörsaal. Der Kommissar und die hinzugekommenen Kollegen lauschten aufmerksam noch einige weitere Minuten seinen Ausführungen zu den Weltmeisterschaften der Berufe, die aus jungen Fachkräften aus der ganzen Welt offenbar Helden und Stars machten.

Erst nachdem Plodowski Lukas an der Tür verabschiedet hatte und dieser aufgekratzt den Gang hinunterschritt, bemerkte er, dass er vergessen hatte, nochmals im Detail nachzufragen, warum Lukas mit seinem Trainer Streit gehabt hatte. War es wirklich nur, weil dieser den Jungen zum Sieg hatte treiben wollen oder steckte ein anderer Grund dahinter?

Steven goss den letzten Rest Kaffee aus der Kanne in seinen Becher und beschäftigte sich mit den Unterlagen der KTU. »Farbflecken auf Haut und Textilresten. Ein eingeritztes Symbol auf einem Hautstück, das wohl zum rechten Oberarm gehörte.«

Steven inspizierte aufmerksam das Foto, das dem Bericht beigelegt war. Ein Geräusch im Nebenzimmer ließ ihn aufblicken. Durch die offene Glastür beobachtete der Kommissar, wie Kerstin und Valmir dort an der großen weißen Pinnwand die ersten Bilder aufhängten, mit unterschiedlichen Farbmarkern Verbindungsstriche zogen, in Rot Ausrufungszeichen setzten, mit Grün Fragezeichen positionierten oder in Schwarz Namen und Kommentare niederschrieben.

»Was haben wir denn bisher?« Er hielt die Mappe der KTU weiter in der Hand und stakste mit etwas steifen Beinen zu ihnen hinüber.

Kerstin schüttelte den Kopf. »Noch nicht viel Konkretes. Die Chefs dieser Firma FuSchKa blockieren gewaltig. Ihnen passt das gar nicht, dass wir im Haus ermitteln. Der Wachschutz saß uns unentwegt im Nacken und überwachte jeden Schritt den wir machten. Doch wir sortieren.«

Sie beobachteten schweigend die sich füllende Wand.

»Apropos überwachen, was geben die Kameraaufnahmen in der Halle her?«

Wieder ein Kopfschütteln beider Kollegen. »Erst beriefen sie sich auf oberste Geheimhaltung, dann als wir hartnäckig blieben, gab es die Information, dass die Festplatte mit den Aufnahmen verschwunden wäre. Geklaut scheinbar.« Valmir deutete mit dem Finger auf die Wand, dort, wo mit roter Farbe umrandet »Rolle der Unternehmensführung?!« geschrieben stand. »Sie behindern uns ganz offensichtlich, und ich denke, denen müssen wir gewaltig auf den Zahn fühlen.«

Immer wieder durchzogen lange Pausen das Gespräch, in denen sie sich an der langen weißen Notizwand hin- und herbewegten, die Köpfe mal nach rechts, mal nach links kippten und in den Fall hineinsanken. In Gedanken schwebten sie durch die Fabrikhalle zum Zeitpunkt, als Strecker noch lebte, gingen in ihrer Fantasie die Szene entlang, bis zu seinem Tod. Jede und jeder in einer anderen Version dieser Gedankenwelt.

»Was noch nicht ganz reinpasst, ist die Farbe an den Kleidungsresten. Vermutlich stammt diese von der kaputten Lackieranlage, die nebenan stand. Meint ihr, es könnte vorher ein Kampf stattgefunden haben? Aber mit wem?« Steven zeigte auf den Erstbericht der KTU. »Das würde dann darauf hindeuten, dass jemand nachhalf und der Tod Streckers kein Unfall war.«

Valmir schüttelte den Kopf. »Wir dürfen nicht zu früh solche Vermutungen anstellen. Aber die Tendenz in Richtung Fremdverschulden ist auch bei mir gegeben.«

Steven folgte ihm nicht mit voller Aufmerksamkeit. Ihn beschäftigte noch das Bild in der Akte. »Seht ihr das Zeichen auf dem Teil des Oberarms? Scheint reingeritzt zu sein. Die Blutkrusten zeigen, dass er wohl noch gelebt hat, als das gemacht wurde.« Er betrachtete lange die Aufnahme und hielt sie seinen Kollegen hin. »Was könnte das sein? Ein schräg gestelltes Z in einem Dreieck?« Sie schwiegen einige Minuten und betrachteten das Bild aus allen möglichen Winkeln.

»Gut möglich«, erwiderte Kerstin schließlich. »Wir müssen das recherchieren. Der Praktikant soll im Internet danach schauen.«

Eine kleine Figur erschien im hinteren Bereich des Raumes über mehreren dort aufgereihten Bildschirmen und nickte. »Wird gemacht.«

»Und wir prüfen, welcher Zusammenhang zwischen dem Schaden an der Lackiermaschine und dem Toten besteht. Valmir, kannst du nochmals bei der KTU nachfragen, was sie wissen und gegebenenfalls zu dieser Firma fahren – wie hieß sie noch? Ach ja, FuSchKa. Kann jemand zu ihr rausfahren? Kerstin, lass uns beide mal die Gruppen der Verdächtigen sortieren, wenn es wirklich Mord gewesen sein sollte. Da wartet einiges an Arbeit auf uns.«

# Undercover

Wie konnte er auch glauben, der Idee seiner Frau zu entkommen, wenn sie sich etwas in den Kopf gesetzt hatte? Keine Chance. Wenigstens würde ihn niemand erkennen in diesem affigen Hasenkostüm inmitten der Kälte. Und gut auch, dass sie vor der Basilika in Weingarten ihr Unwesen trieben und nicht in Ravensburg. Er und noch elf andere Hasen: »Die apostolischen Hasen«, wie seine geliebte Frau bedeutungsschwanger meinte.

In Weingarten sah man keine Ravensburger. Normalerweise. Und somit auch nicht Freunde und Bekannte. Oder noch schlimmer: Kollegen! Der einzige positive Aspekt an dieser Verkleidung war, dass das grauweiße Kostüm sehr gut wärmte und die eigenen Ohren gut geschützt wurden, während die großen Hasenohren stolz auf seinem Kopf prangten. Zumindest das eine. Das rechte, das wollte bei ihm nicht so richtig in die Luft ragen, sondern hing etwas traurig direkt ab dem Kostümansatz nach unten. Als besonderer Akzent wurde jedes der Kostüme mit einem kleinen Rehgeweih ergänzt. Steven hätte nach Sinn und Hintergrund der Akti on fragen sollen. Tochter und Sohnemann hatten dies offensichtlich getan. Denn sie waren klugerweise nicht hier!

»Ach, schau einmal, noch ein Karnevalskostüm. Ist in Schwaben der Karneval immer länger?« Entmutigt drehte Steven ab. Eine Hochdeutsche aus dem hohen Norden, das war ja noch schlimmer als ein Stuttgarter, ein sogenannter norddeutscher Schwabe. Und dann keine Ahnung! »Meine Dame, das nennt sich bei uns Fasnet! Und die ist schon lange rum«, belehrte statt seiner ein rothaariger Junge die Touristin. Dankbar strich Plodowski ihm über den Kopf.

»Ja, und warum dann dieses komische Hasenkostüm mit dem Geweih?«

»Auch hier, meine Dame, handelt es sich um etwas Besonderes der Region. Einen Wolpertinger. Ein ganz arg seltenes Tier.«

Steven freute sich über die altklugen Ausführungen des Kleinen. Vor allem darüber, dass die offensichtlich aus dem Rheinland stammende Frau höchst interessiert lauschte. Sie glaubte, was sie hörte. Das gefiel ihm.

»Und wir demonstrieren für die Erhaltung und für den Schutz dieser seltenen Tiere. Sie sollen nämlich just zum Blutfreitagsritt in den nächsten Monaten geopfert werden. In dieser Basilika.« Steven deutete auf den stolzen Kirchenbau hinter ihm. Und noch bevor die Touristin ihren Mund aufmachen konnte, verwies er sie schnell an seine Frau in etwa zwanzig Metern Entfernung. »Diese Dame kann Ihnen absolut verlässliche Informationen zu allem geben. Wir sind nur die eingekauften Demonstranten.«

Und tatsächlich stakste die Fragende in die angegebene Richtung davon und gesellte sich zur Gruppe der Stadtjournalisten, die gerade von Dagmar, Stevens Frau, Details zur Kunstaktion hören wollten.

Beide Lausejungen aber standen da, grinsten und genossen ihren Triumpf.

Just als Steven seinem Komplizen eine kurze Auszeit im Café nebenan vorschlagen wollte, drang eine vertraute Stimme an sein Ohr: »Siehst du, Marta, er ist es doch! Herr Plodowski?«

Irritiert wandte sich der Angesprochene der Stimme zu. »Guten Morgen, Herr Staatsanwalt – Herr Westphal … Ähm … schon so früh auf den Beinen ... Was machen Sie denn in Weingarten?« Sein Blick wanderte vom Staatsanwalt zu dessen Frau und wieder zu ihm zurück. Diese stöhnte unter der Last der Taschen, die wie bei einem Weihnachtsbaum an Händen, Schultern und Rücken baumelten.

»Wir kommen immer hierher. Hier gibt es noch gute Schlachter und Bäcker – und schöne Cafés. Wo wir auch gerade hinwollten.« Der Staatsanwalt nickte in Richtung des nächstgelegenen Geschäfts. »Was macht der Fall? Schon eine Spur?«

Steven schüttelte seinen Kopf. Die kleinen Hörner des Wolpertinger-Kostüms wackelten gefährlich. Der Winterspeck ließ ihn in dem Kostüm recht pummelig aussehen. Verlegen versuchte sich der Kommissar so hinzustellen, dass seine bestmögliche Kontur zur Wirkung kam. »Nein. Viele Motive, aber keine Hauptverdächtigen. Einige Mitarbeiter sind der Ansicht, es sind die Maschinen. Sie denken, es ginge eine Verschwörung um. Es könnten aber auch Linksterroristen sein. Gegner der Globalisierung. Oder eine unsichtbare höhere Macht. Verstehen Sie?«

»Nein, tue ich nicht. Heißt das, oberschwäbischer Aberglaube nun auch im Hightechbereich? Kommen

Sie, Plodowski. Lassen wir uns nicht davon beirren.« Die Ehefrau wurde unruhig. Sie wollte wenigstens am Wochenende etwas von ihrem Gatten haben. »Suchen Sie schnellstmöglich den Täter. Ich muss es Ihnen sicherlich nicht sagen, was die letzten Tage bei mir im Amt los war. Die obersten Chefs von FuSchKa sind mit uns eng verbunden. Ihre Beziehungen reichen über uns hinaus in die Ministerien in Berlin. Da steckt mehr Politik drin, als manchem in der Region lieb sein mag. Wir treffen uns überdies noch regelmäßig bei den ganzen Wohltätigkeitsveranstaltungen. Eine Hand wäscht halt die andere. Und in diesem Fall: Indem wir mein Versprechen einlösen, schnell alles aufgeklärt zu bekommen, um Skandale von dieser Vorzeigefirma abzuwehren. Die Zukunft Oberschwabens kann von Unternehmen wie diesem abhängen – Plodowski. Verstehen Sie?«

Und was machte die andere Hand? Steven wollte es nicht direkt fragen. Aber könnte es mit der anstehenden Wahl zum Vorstand der regionalen Abteilung des Stifterverbandes zusammenhängen, jenem honorigen Club, dem alle wichtigen Persönlichkeiten der Region angehörten? Höchstwahrscheinlich – und er hatte ebenfalls verstanden, dass mit der Zukunft Oberschwabens indirekt seine eigene Zukunft im Kommissariat in Ravensburg gemeint war. Er folgte dem sehnsüchtigen Blick der Ehefrau des Staatsanwaltes in Richtung Café.

Vorsichtig warf sie ein: »Antonius, es wäre gerade ein Tisch frei geworden.«

Wann würde die Last der Taschen und Einkäufe sie wohl in den Pflasterboden unter ihren Füßen drücken?

Steven ließ sich von ihrer Unruhe anstecken und tippelte unvermittelt von einem Fuß auf den anderen. »Versprochen, Herr Staatsanwalt. Wir werden den Täter schon in den nächsten Tagen dingfest machen und der Öffentlichkeit einen wahrhaftigen Mörder präsentieren. Und alle sind zufrieden.«

Anerkennend klopfte ihm der ungebetene Gast auf die Schulter. Das war ganz in dessem Sinne. »Sagen Sie noch einen lieben Gruß an Ihre Frau! Wir bewundern ihre künstlerische Gabe sehr.«

Geplättet setzte sich Plodowski auf die Mauer der Terrasse unterhalb der Basilika. Ob das Blut Christi dort drinnen genauso in Wallung geraten war wie seines ob der Notlüge, die er gerade in Sachen Ermittlungsstand im Fall »Tobias Strecker« von sich gegeben hatte?

Aufgeregtes Winken riss Steven aus seinen Gedanken. Seine Ehefrau signalisierte ihm, dass es nun galt, in die finale Formation der »zwölf Apostelhasen« einzusteigen. Der Höhepunkt ihrer Kunstaktion nahte. Sie verlas ihr Manifest. Artig erhob sich der Kommissar und begab sich in die Linie der Hasenkostüm-Träger. Kleine Kinder zupften interessiert an dem Puschelschwänzchen, das ihm traurig hinten runterhing. Doch auch das ertrugen die tapferen Kämpfer für die Kunst, genauso wie die Verlesung des Manifests. Es störte nicht, dass nur eine Handvoll Neugierige bei ihnen standen, um zuzuhören. Steven senkte schamvoll den

Kopf, nicht dass noch jemand von der Presse ein Bild von ihm aufnahm. Aus dem Augenwinkel heraus sah er den Staatsanwalt mit Ehefrau an einem der Kaffeetische sitzen, ihnen freundlich zuwinkend.

»Antonius, was für ein Vorname«, presste Steven durch die Zähne. »Aber er passt!«

# Kampf

»Julian!«

Schnell beschleunigte er seine Schritte an diesem frühen Sonntagmorgen. »Julian, jetzt warte doch!«

Keuchend bemühte sich der Angesprochene, seinen schnellen Schritt aufrechtzuerhalten. Doch Jessica holte mit ihrem Mountainbike auf.

»Was soll denn das? Ich will doch nur reden!«

Ja ja, reden. Davon hatte er genug! Das letzte lange Reden hatte das Aus seiner Beziehung und das Aus für WorldSkills bedeutet! Auf Höhe des Eriskircher Riedes bog er eilig auf einen matschigen Trampelpfad ein. Die Kälte dieses Wintermorgens stach in seinen Lungen. Aber Jessica ließ nicht ab. Sie erkannte seinen Plan, wollte ihm den Weg abschneiden, schoss über Wurzelwerk, schlitterte durch den Morast und knallte kurz vor dem Bodenseeufer mit ihm zusammen.

»Spinnst du?!« Er rieb sich heftig den Oberschenkel, humpelte zwischen dem Treibgut am Kiesstrand entlang und gab den Versuch auf, ihr zu entkommen.

»Tut mir leid! Aber was musst du denn vor mir wegrennen?«

»Weil du mir Unglück bringst! Weil du mich unglücklich machst!« Mit einem tiefen Stöhnen ließ er sich auf einem langen, quer liegenden Baumstamm nieder. Noch immer versuchte er, den Schmerz wegzureiben. »Lass mal sehen. Blutest du?« Mit diesen Worten setzte sie sich neben ihn. Doch er wehrte ab und wandte sich dem Wasser zu. Spiegelglatt lag es vor ihnen. Nebel verhinderte den Blick zu den Schweizer Bergen. Gespenstische Ruhe umgab sie.

»Stimmt das mit dem Ausbilder bei FuSchKa? Ist Tobias Strecker wirklich tot?«

»Was willst du?! Du hast ihn und unser Projekt eh nie gemocht.« Julian ging es nicht darum, Strecker zu verteidigen. Doch bei diesem Thema hatte dieses Mädchen schon immer seinen Widerstand geweckt, weil sie sich von Beginn an gegen seine Teilnahme am Weltmeisterschaftsprojekt gestellt hatte.

Jessica versuchte, eine Hand auf sein Knie zu legen, aber Julian entzog sich ihr ruckartig. »Er und dein eigener Ausbilder haben dich mir weggenommen, Julian. Das ist es. Beide waren von Beginn an besessen von ihrer Idee.«

»Tssss«, zischte er. »Du hast es einfach nie verstanden. Es geht um mehr als nur das Training und den Wettbewerb! Es geht um meine Zukunft, um mein Leben und wie ich es gestalten will.«

»Nein, es ging um seinen grenzenlosen Ehrgeiz! Und der hat ihn nun aufgefressen.«

Ein Film startete in Julians Kopf. Diese letzten Wochen voller Emotionen. In Gedanken durchwanderte der durchtrainierte Blondschopf nochmals die Wettkämpfe. Die nationalen Meisterschaften der Polymechaniker in Thüringen. Sein Ausbilder Jens Heber und Tobias Strecker, der Trainer von Lukas, hatten den festen Vorsatz, dass die Trophäe nach Oberschwaben ins

Schussental zu kommen hatte. Das gelang ja auch. Aber nicht, wie alle erwartet hatten.

»Woher weißt du überhaupt das mit Tobias?« Misstrauisch beäugte er sie.

»Lukas hat es mir gestern Abend erzählt.«

Und wieder bohrte sich Stahl in seine Brust. Der Schmerz schnürte diese zu, nahm ihm die Luft. »So, jetzt wirft man sich also gleich dem vermeintlichen Sieger an die Brust, was?« Seine Stimme versagte. Er, Julian, war der Favorit gewesen. Was hatte man ihm alles vorausgesagt – vor dem Wettkampf. Was er alles könne und was alles möglich wäre. Die Fernsehinterviews mit den Lokalsendern, die vielen Fragen der Redakteure der Schwäbischen Zeitung. Er hatte sich schon wie ein Held und Sieger gefühlt, bevor alles überhaupt losgegangen war. Sicher, er hatte Jessica ein wenig aus den Augen verloren. Doch das hätte sie verstehen müssen, oder? Es ging schließlich um ihn und um seine Karriere. Es ging um die Repräsentation Deutschlands durch ihn für die Polymechaniker.

Seine Freundin hatte aber kein Verständnis gezeigt, hatte ihn stattdessen unter Druck gesetzt und ihn vor die Wahl gestellt: sie oder der Wettbewerb. Ihm blieb aber keine Wahl. Und dennoch hatte ihn ihr Entschluss, die Beziehung zu beenden, tief ins Mark getroffen. Ungeschützt drang der Dolch der Trennung in sein innerstes Gemüt und brachte ihn vollkommen aus dem Lot. Dann die weite Reise nach Thüringen zur deutschen Meisterschaft und alles Fremde dort. Ihn hatte das verwirrt. Julian sackte massiv in der Leistung ab – und versagte im

Finale der besten Polymechaniker Deutschlands. Wie sollte er jemals diese Enttäuschung in den Augen seines Ausbilders Jens Heber vergessen können? Sie sprach Bände. Er hatte ihn enttäuscht, genauso wie seine Familie und alle anderen. Der erste Platz hätte es werden sollen. Denn davon hing die Übernahme in ein festes Arbeitsverhältnis nach der Abschlussprüfung ab. Das war viel! Dazu die Teilnahme an der Weltmeisterschaft. Was wäre das für eine grandiose Sache geworden. Stattdessen kam das schwarze Loch. Julian hätte psychische Unterstützung gebraucht. Jemanden, der ihn aufgebaut und aus seinem emotionalen Tief geholt hätte. Doch da war weit und breit niemand, dem er sich hätte anvertrauen können.

Tobias Strecker aber witterte die Chance für sich und seinen Schützling Lukas. Er tat nichts, um Julian zu helfen, aber alles, um Lukas nach vorn zu schieben. Mit bohrenden Fragen nach Julians zerbrochener Beziehung und seinem großen Heimweh nach Oberschwaben schien es fast, er hätte gern und ganz bewusst den Finger in die Wunden gelegt. Damit sie ja keine Chance auf Heilung hatten. Das führte zu einem unsäglichen Streit zwischen beiden Ausbildern. Jens Heber konnte schnell jähzornig werden. Zudem war er ein Exzentriker. Da trafen zwei echte Alphatiere aufeinander, die allen Ehrgeiz auf ihre Schützlinge übertrugen. Keiner konnte das Verhalten des anderen dulden oder akzeptieren.

Die Erinnerung an diese Tage schmerzte wahrlich noch immer. Tief sog Julian die nasskalte Winterluft, die direkt aus den Schweizer Alpen zu ihnen herüberwehte, in seine Lungen hinein. Er wusste: Noch war es nicht zu spät. Immerhin war er Teil des Nationalteams seiner Disziplin. Und noch konnte er als Zweiter Deutschland vor den Augen der Welt vertreten – falls der Erste ausfiel!

»Julian, komm doch zur Besinnung. Ich will dich noch immer. Aber als ganzen Menschen. Nicht als einer, der mit Kopf und Gedanken nicht bei mir ist.«

Diesmal ließ er es zu, dass sie ihre Hand vorsichtig auf sein Bein legte. Die Emotionen warfen ihn in Wellen innerlich hin und her. Ganz anders als die ruhige, spiegelglatte Oberfläche des Schwäbischen Meeres vor ihnen.

»Jessica, ich liebe dich! Ich will dich!« Er stockte kurz. »Doch ich will auch diese Welt dort. Du kennst das nicht. Die Begegnung mit den anderen jungen Leuten. Diese prickelnde Stimmung, diese Massen an Menschen, die Besten der Besten aus der ganzen Welt. Und ich mittendrin, mit dabei. Die unzähligen Besucher kommen wegen uns. Stell dir vor, wegen uns jungen Kerls und Mädels! Sie wollen sehen, wie wir in unseren Berufen zur Höchstleistung auflaufen. Das macht stolz, das ist mit nichts zu vergleichen.« Durchdringend schaute er sie mit weit geöffneten Augen an. »Stell dir vor, ich würde auf dem Siegerpodest stehen. Die ganze Welt würde mir zujubeln. Mir, Julian Jäger aus Oberschwaben.«

Unwillkürlich zog sich Jessica zurück. Sie löste ihre Hand von seinem Schenkel und schwieg einige Zeit, bevor sie fragte, was sie fragen musste: »Julian, hast du, habt ihr etwas mit dem Tod von Strecker zu tun?« Ihre Stimme zitterte. Ängstlich beobachtete sie, wie er energisch seinen Kopf herumwarf.

»Spinnst du?« Wütend schmetterte er einen schweren Stein, den er unbewusst in den Händen gehalten hatte, aufs Kiesbett. »Hast du sie noch alle?« Er erhob sich abrupt. Der Baumstamm wankte.

»Julian, wenn ihr da mit drinsteckt, dann sagt es der Polizei. Die Leute reden über euch.«

Wortlos ging er zurück ins Dickicht des Eriskircher Riedes. Nicht ein einziges Mal drehte er sich nach ihr um. Das wuchtige Stampfen seiner Schritte spürte man auf dem lehmigen Untergrund des Trampelpfades vibrieren. Dann, wie von einer Tarantel gestochen, rannte er unvermittelt los und schoss durch Sträucher und Gestrüpp hindurch. Den Schmerz der peitschenden Äste auf Gesicht und Händen spürte er nicht. Jessica ergab sich zurückgelassen einem heftigen Weinkrampf. Was war nur aus ihrer heilen Welt geworden?

Die Grenzkontrolleure an der Schweizer Fähre in Friedrichshafen blickten irritiert über ihre Schultern, als Julian mit voller Geschwindigkeit eine Abkürzung durch die wartenden Autos nahm und über die Ketten der Absperrung sprang. Verärgert brüllten sie ihm hinterher. Doch ihm war das egal. Die Wut trieb ihn voran. Sein Herz raste, tausend Nadeln stachen ihm in die Brust. Noch war die Uferpromenade nur dünn mit Touristen besiedelt.

Er nahm die wenigen Gäste als Slalomstangen und hangelte sich nun, seiner schmerzenden Lunge Rechnung tragend, mehr schlecht als recht durch sie hindurch. Das Zeppelin-Museum, einst sein Lieblingsgebäude mit all den spannenden Technik-Geschichten, interessierte ihn heute null. Er wollte nach Hause. Weit weg von allem, was ihn quälte. Kurz vor dem Freibad bog er in die Zielstraße ein und freute sich beim Betreten des Gartens sehr über den Anblick seiner kleinen Schwester Mia, seinem Herzstück. Sein Ein und Alles.

»Julian, Julian! Schau mal, was ich gestern am Strand gefunden habe«, aufgeregt rannte sie auf ihn zu und zeigte ihm allerlei angeschwemmtes Gut.

Aufmerksam begutachtete er, was sie ihm entgegenstreckte. »Na, du kleine Strandräuberin!« Er fuhr ihr mit der Linken durchs Haar, mit der Rechten sich keuchend auf dem Knie abstützend. »Hast wieder Schiffbrüchige überfallen und deren Hab und Gut geraubt?«

Sie nickte voller Inbrunst, die Unterlippe nach innen geschoben. »Österreicher, Schweizer, Italiener, alle haben wir, also Omi und ich, ausgeraubt.«

»Ach Süße, Italien liegt doch gar nicht am Bodensee«, wollte Julian protestieren. Doch ihr Blick verriet ihm, dass das nicht verhandelbar war. »Okay, okay!«, lenkte er begütigend ein. Mit einem Seufzer setzte er sich zu ihr auf den kalten Boden und betrachtete die wertvollen Strandschätze. Alles war dabei: besondere Kieselsteine, abgeschliffene Glasscheiben, kleine Fläschchen, Plastikspielsachen und auch feingeschliffene Holzstückchen. Von einer Sekunde auf die andere war aller Druck von seiner Brust gewichen, die anstrengende Welt da draußen vergessen.

Beinahe. Denn sie kam mit dem sich öffnenden Fenster wieder zurück. Seine Mutter blickte ihn lange an, bevor sie sprach. »Bist du vor dem Teufel davongelaufen?« Sie schüttelte den Kopf. »Warum gehst du immer nur so an deine Grenzen? Ach was, darüber hinaus.«

Julian antwortete nicht darauf. Angestrengt vertiefte er sich in die Begutachtung der Strandgüter, als wolle er diese Oase der Erholung nicht verlassen.

»Dein Ausbilder hat angerufen. Sie kommen gleich vorbei, um dich abzuholen. Heute ist ein Training eures Nationalteams.«

Ungläubig blickte er auf. »Heute? Am Sonntag? Nicht dein Ernst, oder?« Auch wenn Julian nicht deutscher Meister war, so gehörte er doch dem nationalen Trainingsteam der Polymechaniker an, die gemeinsam trainierten und zu öffentlichen Auftritten fuhren. Sie bildeten auch die »Ersatzbank«, sollte der deutsche Meister ausfallen und nicht zu einem internationalen Wettbewerb fahren können.

»Doch. Sie wollen die Situation mit euch besprechen. Und Jens meint, ihr solltet jetzt unbedingt trainieren, damit ihr nicht aus dem Rhythmus kommt.«

So ein Spinner! Aber auf der anderen Seite hatte er recht. Die Weltmeisterschaften waren bereits in wenigen Wochen. Die Welt nahm keine Rücksicht auf Tote im Schussental. Der Weltmeister würde in jedem Fall gekürt werden, mit oder ohne deutsche Beteiligung.

Herzhaft wuschelte der Blondschopf die ebenfalls blondgelockten Haare seiner kleinen Schwester und richtete sich mühevoll auf. »Süße, lass dir deinen Schatz ja nicht klauen, ja? Ich habe dir in der Garage eine neue Box hingestellt für die Fundsachen in diesem Jahr. Du findest sie.«

Glücklich blickte ihn die Kleine an. So ein toller Bruder. Jedes Jahr eine bunte, neue Kiste nur für sie und ihre Fundstücke. Wer hatte schon so was Besonderes. Nur sie.

Kein einziges Schneeglöckchen im Garten, bemerkte Julian noch, als er ins Haus ging. Der Frühling ließ auf sich warten. Mit dem Duschen und Umziehen ließ er sich Zeit. Seinen Rivalen Lukas zu treffen war das Letzte, was er sich gerade wünschte.

»Großer, ein gewisser Plodowski hat versucht, dich zu erreichen«, rief ihm sein Vater vom Studierzimmer aus zu, als Julian frisch geduscht die Treppe herunterkam und mit dem Handtuch die nassen Haare trocken rubbelte.

»Was wollte er?« Julian kannte niemanden mit dem Namen. Presse wahrscheinlich.

»Er meinte, er wäre von der Kripo und müsse mit dir reden.« Der Vater klang pikiert. Kripo! Hier im Haus! Das gab es bisher noch gar nie in diesem guten Hort der Bürgerlichkeit. Studienrat Jäger blickte zur Tür hinaus. Die Welt seines Sohnes war ihm unbekannt und auch in gewisser Weise suspekt. Warum ausgerechnet sein Erstgeborener nicht studieren ging, entzog sich seiner Ratio. Doch man war ja schließlich tolerant und liberal eingestellt – in der Hoffnung, dass der Sohn eines Tages doch noch zur Besinnung kam und sich für vermeintlich Höheres berufen fühlte.

»Was geht da nur bei euch vor, Julian? Jetzt haben wir schon die Polizei im Haus.«

Resigniert winkte der Angesprochene ab und machte die letzten Knöpfe seines Hemdes zu. Lässig hing es ihm über die Hosen. Die Haare nicht wirklich gestylt wie sonst, was ihn nur noch attraktiver machte.

»Ja, Vaddr.« Er wusste, dass sein Vater gerade diese besonders schwäbische Akzentuierung nicht ausstehen konnte. »Jetzt wird die Welt brutal, gewalttätig, und das Proletariat streckt seine Arbeiterfinger nach den Refugien der Eliten aus. Ich weiß! Schrecklich!« Er schüttelte übertrieben schockiert seinen Kopf.

Die Antwort seines Vaters selbst vernahm Julian nicht mehr. Zu schnell flüchtete er in Richtung Ausgang und zog es vor, am Anfang der Sackgasse ihrer Siedlung auf den Teambus zu warten. Dieser würde sie in eines der Ausbildungszentren der beteiligten Firmen in der Region bringen.

Schweigend stieg Julian in den weißen Transporter ein, den Kollegen nickte er nur kurz zu. Lukas saß hinten im Bus. Julian beobachtete ihn aufmerksam, wollte eigentlich gern wissen, wie es ihm ging, traute sich jedoch nicht, ihn anzusprechen. Auch Sarah saß auf der Rückbank, eingepfercht zwischen Lukas und einem weiteren Kollegen.

Julian setzte sich neben den fünften Wettkämpfer im Team. Ein Hüne von Mensch, dessen Kopf am Dach des Kleinbusses anschlug. Sie kannten sich alle nun schon seit Beginn ihrer Ausbildung. Auch wenn sie in unterschiedlichen Betrieben lernten, saßen sie doch wöchentlich zusammen in der Berufsschule. Sie hätten sicherlich genügend zu bereden gehabt. Doch heute, am Sonntag und nach dem Unglück, hing jeder lieber seinen Gedanken nach.

Jens Heber, sein Trainer, fuhr den Bus. Seine langen Haare legten sich auf seine Schultern und verdeckten den Blick auf das Gesicht. Die Hemdsärmel waren hochgekrempelt und zeigten zwei tätowierte Arme. Aufgeregt unterhielt er sich mit seinem Mitarbeiter, Hardi Maier, der gleichzeitig Julians direkter Ausbilder war. Auch Hardi konnte mit einer ungewöhnlichen Haartracht aufwarten, einer Punkfrisur ähnlich, nur nicht so bunt. Ein ungewöhnliches Ausbilderpaar für einen biederen schwäbischen Mittelstandsbetrieb. Aber gut waren sie, verdammt gut. Julian wusste, dass sie in ihrer Freizeit mit ihren Harleys viel gemeinsam bei Wind und Wetter in den Bergen unterwegs waren.

Ihre aufgeregte Unterhaltung drehte sich um den Tod von Tobias Strecker, das war gut zu vernehmen. Doch kam wenig Bedauern zum Vorschein. Sie beschäftigten sich bereits mit der neuen Situation für sie und ihre Schützlinge. »Wenn er keinen Trainer mehr hat, dann kann er nicht reisen.« Hardi flüsterte diese Worte kaum vernehmbar für Lukas. Doch Julian verstand sie, sah den verstohlenen Blick, den Maier dem Auszubildenden von FuSchKa zuwarf.

»Vergiss es, Hardi! Er ist der deutsche Meister, und er wird fahren. Wir haben Lukas gemeldet, und wenn nichts Gravierendes passiert, dann wird er auch in Bogotá die deutschen Farben vertreten.«

Hardis Blick streifte Julian, zwinkerte ihm zu: »›Wenn‹, Jens, die Betonung liegt auf ›wenn‹.«

Julian durchfuhr es Mark und Bein bei diesen Worten. Was hatte Hardi vor?

# Im Trüben

»Die Kontoauszüge sind nicht wirklich prickelnd.« Sie legte das Papier auf die Seite und blätterte lustlos durch einen Stapel ungeöffneter Briefe.

Steven blickte über ihre Schulter. »Die Zahlen sind beachtlich, hatte ich noch nie. Wenn nur nicht das hässliche Minus davor wäre.«

Kerstin schob die Stapel von sich. »Und erst die rote Druckerfarbe. Verdient man in der Industrie so wenig?« Sie krempelte die Ärmel ihres Winternorwegers nach oben. Die alte Zentralheizung lief unkontrollierbar auf Hochtouren, gluckerte schwerfällig vor sich hin. Schweißperlen tanzten auf Kerstins Stirn. Der Pulli kratzte.

«Im Gegenteil!« Valmir nahm die Beine vom Schreibtisch. »Die Leute hier sagen, den Daimler fährt der Facharbeiter und Handwerker, den Golf hingegen schiebt der Akademiker durch die Gassen. Oder er fährt Taxi …«

»… aber am Steuer und nicht hinten als Gast.« Der Praktikant blickte stolz um die Ecke.

Steven lachte. So was gefiel ihm. »Hoch verschuldet also unser armer Fleischberg.« Er wies auf den Stapel ungeöffneter Briefe. »Und viel Behördenpost, die ihm wohl nicht zugesagt hat.«

Der Kaffee duftete durch den Raum. Bald würde die Chefin mit dem Staatsanwalt kommen, um den Rapport einzufordern.

»Was haben wir denn nun bisher an Erkenntnissen?« Plodowski blickte in die Runde. Seine Augen wollten nicht so richtig aufbleiben an diesem Montagmorgen. Das Wochenende war anstrengend und lang gewesen. Kunst kostete Kraft.

»Da ist zum einen noch immer die Vermutung, dass es einfach nur ein Unfall war. Kann es sein, dass wir zu viel in diese Geschichte hineininterpretierten?« Valmir machte keinen Hehl daraus, dass ihm diese Version am ehesten gefallen würde. »Die KTU konnte den genauen Todeszeitpunkt nicht feststellen. Im Prinzip war alles Fremdeinwirkung, wenn man das genau nimmt. Sie konnten auch nicht mehr am Fall bleiben. Es kamen leider ein paar Leichen vom Bootsunglück am Bodensee rein.« Der Bodenseekatamaran hatte am Wochenende ein kleines Ausflugsschiff gerammt. Steven erinnerte sich an die Meldung. Das war für einige Gäste auf dem kleineren Schiff nicht gut ausgegangen.

Steven ging zur weißen Wand, die inzwischen gut gefüllt war mit Bildern, Hinweisen, aber auch einigen Ansätzen wie auch Vermutungen. »Du vergisst eins, Valmir!« Er zeigte auf die Bilder des Tatorts. »Wir haben die demolierte Lackieranlage gleich neben dem Roboterkäfig. Farbspuren an Kleidungsresten des Toten …«

Valmir unterbrach ihn kurzerhand. »… genauso, wie wir an der Kleidung von Lukas in dessen Spind Farbe gefunden haben.«

Steven blickte ihn müde an. »Ja, das ist mir schon klar. Aber jetzt eins nach dem anderen: Strecker muss sich in der Nähe der Lackieranlage befunden haben, als sie beschädigt wurde. Das zeigen die Spuren auf den Hautresten und der Kleidung des Toten. Wie ist folgende Geschichte: Es gab einen Kampf, die Lackieranlage wurde dabei beschädigt, Strecker wurde niedergestreckt und in die Anlage des Roboters gezerrt, die dann die Drecksarbeit erledigte.«

Wieder war es Valmir, der sich gegen Steven stellte. »Und wenn er sich in die Anlage flüchtete und versehentlich die Maschinen dabei anschaltete? Oder noch logischer: Der Schaden an der Lackiermaschine hat nichts mit dem Unfall zu tun, und Strecker wollte die Roboteranlage einfach nur warten? Dann wäre es ein Unfall und der Fall vom Tisch.«

Verwundert blickte Steven seinen Kollegen an. So kannte er ihn gar nicht.

»Stickig hier!« Kerstin rüttelte am verzogenen Holzfenster. »Du vergisst nur eins, lieber Kollege: Kein Mensch geht freiwillig in diesen Absperrkäfig, hinter dem dieses Robotermonster sein Unwesen treibt. Und so einfach kommt man da auch nicht rein.«

Hinzu kamen dann noch die Schleifspuren auf dem sonst so blitzblank geputzten Hallenboden, erinnerte sich Steven. Schweigen im Raum. Sie hatten wohl alle ein anstrengendes Wochenende verlebt.

Schlafen, jetzt ein wenig schlafen. Plodowski wanderte in Gedanken zum kleinen Fitnessraum am Ende des Ganges. Ein kurzes Nickerchen auf der Trainingsmatte wäre jetzt was Feines. Doch die vielen losen Enden des Falles trieben weiterhin ihr Unwesen in seinem Kopf: Waren es eventuell doch die Radikalen?

Sturmböen zogen ums Haus, ließen die alten Holzfenster schlagen und knarren. Steven folgte einigen Linien, die an der Ermittlungstafel von den Tatortfotos weg zu einzelnen eingekreisten Worten führten. Er las sie laut vor: »Geliebte, Ehefrau, Lukas Steinhauser, Julian Jäger, Jens Heber, Einbrecher. Rolle von FuSchKa, Rolle von Wachschutz.« Er drehte sich zu seinen Kollegen um. »Und hinter so gut wie jedem Namen, den wir an dieser Stelle niedergeschrieben haben«, er zeigte auf eine längere Liste, die angeheftet war, »steckt ein Anrufer, der uns den Täter liefern wollte. »Entweder hatte sich Strecker so viele Feinde geschaffen, dass jeder ihm den Tod wünschte, oder jemand möchte uns in die absolut falsche Richtung schicken.«

Er kehrte wieder zurück zum Zentrum der Tafel mit den blutigen Abbildungen. Wo war der richtige Ansatz zu finden? Welcher Faden führte zum Täter oder den Tätern? Oder war es gar die Verschwörung einer ganzen Gruppe?

»GUUTEN MORGEN, werte Kollegen!« Die Chefin stürmte ins Zimmer, bemüht, einige Schritte vor ihrem Gast den Raum zu erreichen. So schnell konnte man die Beamten gar nicht stramm stehen sehen. Das Adrenalin schnellte nur so in ihre Körper.

»Grüß Gott, Frau Würstle – Morgen, Herr Staatsanwalt.« Dieser trat mit dem Gruß ebenfalls ein. »Ach, Plodowski, schön Sie wiederzusehen. Sie sahen am Samstag aber auch putzig aus.«

Röte schoss in dessen Gesicht, als er die Blicke seiner Kollegen sah. Wie viel Spott musste er noch aushalten?

»Eine Spur? Ein Täter?« Der Herr Staatsanwalt kam schnell zur Sache. Steven erinnerte sich: Mittwoch war die Wahlveranstaltung des Stifterverbandes. Bis dahin wollte er wohl Klarheit. »Ich tippe auf einen Unfall.« Valmir konnte beharrlich sein.

»Ich auf Mord.« Kerstin kickte ihm ans Schienbein.

»Mord?« Der Staatsanwalt blickte von einem zum anderen.

Die Chefin beobachtete das Schauspiel belustigt aus dem Hintergrund. »Plodowski, was meinen Sie?«

Steven blickte unruhig auf. »Nun, ich vermute, wir müssen noch ein wenig recherchieren. Noch steht es fifty-fifty zwischen Unfall und Fremdeinwirkung.« Er räusperte sich. »Und bei Fremdeinwirkung reichen die Theorien von Terrorismus über Raubmord bis hin zu einer Beziehungstat.« Er verhaspelte sich beim Reden mehrfach. Steven war einfach noch nicht im Arbeitsmodus an diesem Montag. »Da müssen wir dringend noch ein paar Fakten auswerten. Vergessen wir den zeitgleichen Einbruch in die Fabrik nicht!« Er versuchte, mit seiner Antwort Zeit zu gewinnen. Das war immer eine gute Sache.

»Frau Würstle, spielt Ihr Team wieder mal ein Spiel mit mir?« Der bereits ergraute Staatsanwalt warf seinen langen Wintermantel energisch nach hinten auf einen der Stühle und stellte sich neben Steven an die Tafel. »Mensch, nun haben Sie endlich mal eine Leiche, da kann ich gut verstehen, dass man sich lange an ihr festhalten will.«

Das stimmte: Im schönen Oberschwaben waren Leichen aus einem Mordfall dünn gesät. Das musste man auskosten.

»Nur tun Sie mir in diesem Fall wirklich den Gefallen, dass wir schnell eine Lösung finden.« Er zögerte etwas, bevor er entschieden fortfuhr. »Ich will Leiter des hiesigen Zweiges meines Verbandes werden. Ich brauche jetzt die Stimmen aller! Auch die der Vorstände von FuSchKa. Ich will da keinen Hehl draus machen! Mir ist die Position aus persönlichen Gründen wichtig.« Beinahe trotzig schob er seinen Unterkiefer nach vorn.

Valmir sprang Steven zur Seite. »Wir würden ja gern, aber diese ungebildeten Arbeiter wollen nicht so richtig raus mit der Sprache. Niemand erzählt uns etwas.« Er hoffte auf Zustimmung. Steven nickte auch schon zögerlich. War ja nicht schlecht der Einwurf, dass die Mitarbeiter von FuSchKa nicht wirklich kooperieren wollten. Doch »ungebildet«? Das traf ihn als Arbeiterkind selbst.

Aus den Augen des Staatsanwaltes schienen vernichtende Funken in Richtung Valmir schießen zu wollen. »Was unterstehen Sie sich! Jeder dieser Fachleute hat mehr Grips im Hirn als Sie! Eine fundierte duale Ausbildung bildet die beste Basis für eine erfolgreiche Karriere! Noch nie die Statistiken gelesen?« Er drehte sich auf dem Absatz um, bereit zu gehen. »Ein besonders gelungenes Exemplar steht vor Ihnen!«

»Sie, Chef – äh, Herr Staatsanwalt?«

»Jawohl!«

Frau Würstle musterte ihn erstaunt. »Ja, was haben Sie denn gelernt?« Doch der Angesprochene war schon im Gang und zwitscherte vor sich hin. Die Beamten mit einem kleinen Rätsel zu seiner Person zurücklassen zu können, heiterte ihn spontan auf.

Das Team verlor sich in Fantasien. Was hatte der Staatsanwalt gelernt? Bankkaufmann? Mechaniker? Schlachter? Frau Würstle unterbrach das allgemeine Rätselraten. Ihr war nicht ganz wohl dabei, dass Staatsanwalt Westphal Verbindungen zu Personen hatte, die mit dem Fall verstrickt waren.

»Also Team, ihr wisst, was Sache ist. Bleibt am Ball. Nehmt euch konsequent einen nach dem anderen vor. Nur versucht, die Firma FuSchKa etwas herauszuhalten.«

»Wird gemacht, Chef.« Sie standen noch immer stramm. Der Praktikant grunzte hinter seiner Bildschirmfestung. Steven blickte seine Kollegen an. »FuSchKa!« Was für ein idiotischer Name. »Woher kommt der eigentlich?«

Der Praktikant tauchte wieder auf. »Durch Zusammensetzen der ersten Silben von Vor- und Nachname des Firmengründers. Hin und wieder auch Herkunftsort. Das haben viele Inhaber in den vergangenen Jahrzehnten hier in Oberschwaben so gemacht.« Na, die Klugscheißer-Tasse des Tages gehörte eindeutig dem Praktikanten!

»Dann gehen wir mal zur Geliebten des Toten und nicht zu FuSchKa!« Valmir blickte auffordernd Kerstin an. Sie stand sofort auf und folgte lächelnd seiner Aufforderung. War Steven etwas entgangen?

»Dann marschier ich zu diesen komischen WorldSkills-Jüngern. Dieser Julian hat sich noch immer nicht gemeldet. Den knöpf ich mir mal vor.«

Die kühle Luft vor dem Amtsgebäude frischte die Sinne auf. Die körperliche Betriebstemperatur bei Steven war endlich eingependelt. Kollegial winkten sich die Beamten zu und gingen ihrer Wege.

***

Steven traf Julian in dessen Betrieb an. Auch wenn dort alles deutlich kleiner, etwas ältlicher und eher seinem Bild eines Industrieunternehmens entsprach, mit Dampf und Getöse, so hatte auch vor diesem Unternehmen die Zukunft nicht haltgemacht.

Mensch und Roboter, nebeneinander an ihren Stanzmaschinen sitzend, in gleicher Art und Weise hämmernd, das war befremdlich anzusehen. Der eine schien den anderen imitieren zu wollen. Die manchmal zögerlichen Bewegungen der Roboter muteten erschreckend menschlich an, bevor sie das Werkstück unter die Schmiedehämmer legten. Als ob sie sich das heimlich von ihren Arbeitskollegen zur Linken und Rechten abgeschaut hatten.

Julian richtete sich von seiner Maschine auf und blickte den Kommissar erwartungsvoll an, als sich

Steven vorgestellt hatte. »Habt ihr keine eigene Ausbildungsabteilung?« Er blickte verwundert um sich.

Der drahtige Teenager zog seinen rechten Mundwinkel ungewöhnlich asymmetrisch nach oben. »Sie meinen so eine Vorbild-Ausbildungsanstalt, wie in Lukas' Firma?« Plodowski nickte.

»Nein! Wir haben bestimmte Ausbildungsbereiche. Aber gelernt wird bei uns mitten in der Arbeit. Was anderes kann sich unser Chef nicht leisten.«

»Was produziert ihr denn?« Steven musste brüllen, um gegen die Donnergeräusche der Hämmer anzukommen. Erdbebengleiche Vibrationen erschütterten seine Eingeweide mit jedem Schlag der in einer Reihe stehenden gut ein Dutzend haushohen Schmiedehämmer. »Hochpräzisionswerkzeuge für die Industrieproduktion und Hightech-Fertigung.« Eilig lief Julian weg, um sich um eine Maschine zu kümmern, auf der ein rotes Signallicht aufblinkte.

»Du bist voll im Arbeitsprozess integriert?« Steven bewunderte, wie der junge Fachmann die teuren und komplizierten Maschinen inspizierte und auch wieder zum Laufen brachte. Der ernste Blick des Schichtleiters verhieß jedoch nichts Gutes. Mit strengem Blick kam er auf sie zu und gebot beiden, sich in die Kantine zu begeben. Ein anderer sollte die Anlagenüberwachung solange übernehmen. Zu groß war das Sicherheitsrisiko, über Unachtsamkeiten zu stolpern und sich zu verletzen.

Dankbar verließ Steven mit dem Auszubildenden die Produktion mit ihrem Lärm. Die Kantine war nicht zu vergleichen mit der Wellnessoase von FuSchKa. Doch auch hier thronte einer jener Kaffeeautomaten, die so guten Kaffee versprachen. Gern nahm Steven einen solchen entgegen und setzte sich gegenüber von Julian an einen der langgezogenen Tische.

Der Kommissar beobachtete eine Weile schweigend das Gesicht seines Gegenübers, der nicht gewillt schien, von sich aus das Gespräch zu eröffnen.

»Sag mir, Julian – darf ich dich duzen? –, wie kommt man dazu, diesen Beruf zu erlernen?«

Seine Frage löste einen zischenden Laut als Reaktion aus. Das kannte Julian von seinem Akademikervater nur zu gut. »Warum fragt ihr alle das immer? Warum müssen wir uns dafür rechtfertigen? Ich hatte nach dem Abi einfach Bock drauf! Wollte was gestalten. Wollte einen coolen Job angehen, der mir Perspektiven bietet.«

»Und die sind? Verzeih mir, ich kenne mich da wirklich nicht aus.«

Versöhnlicher ging Julian darauf ein. »Schauen Sie, hier bin ich gefordert. Hier muss ich mich im realen Leben durchsetzen, von der Pike auf jeden Handschlag lernen. Was glauben Sie, wie öde es sein kann, unendlich lange nur das Feilen zu lernen. Später habe ich erkannt, worum es meinem Meister ging: Um Beharrlichkeit, Ausdauer und Genauigkeit. Dann die ganzen anderen Aufgaben und Projekte. Die tollen Maschinen, die Kollegen, die Arbeitswelt, die Innovationen und noch das Geld am Ende des Monats. Das ist schon ein gewaltiges Gefühl! Zudem kann ich mit meinem Abschluss studieren oder mich im Betrieb nach oben arbeiten. Das haben schon einige geschafft. An den Akademikern vorbei!«

»Und das Studium geht mit der Erfahrung besser von der Hand, wie ich inzwischen von anderen erfahren habe.«

Julian blickte ihn anerkennend an. Der Kommissar versuchte wirklich seine Welt verstehen. »Ja, das wollte ich gleich nach der Ausbildung und nach WorldSkills. Man kann mittlerweile nach einer Berufsausbildung und mit entsprechenden Voraussetzungen studieren. Hier hat der Staat einiges Gutes vollbracht.«

Und schon wieder erklang dieser Begriff WorldSkills! Steven stolperte seit Tagen immerzu über diese Organisation, die es seit mehr als fünfundsechzig Jahren gab. Und dennoch wussten nur wenige von diesen Weltmeisterschaften der Berufe. »WorldSkills, ach ja. Lukas Steinhauser hat mir bereits davon berichtet.«

Er bemerkte nicht, wie sich der Rücken seines Gegenübers schlagartig versteifte. Julian verschränkte die Arme und blickte den Kommissar mit zusammengekniffenen Augen an.

Dieser fuhr unbeeindruckt fort. »Was aber macht euch so verrückt danach? Was treibt dich so an?«

»Mich?« Julian blickte ihn ungläubig an. Wie konnte man so etwas fragen? »Das gibt es nur einmal im Leben! Das ist für jemanden wie mich der Schlüssel zur Welt da draußen, die Fahrkarte zur Flucht, der Jackpot für eine geniale Karriere. Aus jedem Land wird exakt nur einer fahren! Einer von Tausenden! Einer von uns wird hoffentlich auf dem Treppchen stehen und von der Bundeskanzlerin per Handschlag begrüßt werden. Und: ein Stipendium bekommen, Medien, Öffentlichkeit – uns steht die Welt offen. Die jungen Menschen werden uns anhimmeln.«

»Doch du wirst das nicht sein. Richtig?« Plodowski hatte nicht unbedingt seinen sensibelsten Tag erwischt. In Bruchteilen einer Sekunde klappte Julian in sich zusammen. Er blickte stumm auf den Boden. »Es sei denn«, ein Geistesblitz durchfuhr Steven, »es sei denn, die Nummer eins fällt aus! Dann muss sein Stellvertreter fahren.« So viel hatte er inzwischen gelernt. »Dann fährst beispielsweise du.«

Wieder entfuhr jenes sonderbare Zischen Julians Mund. »Ach was«, giftete er. »Lukas würde über Leichen gehen! Selbst wenn er die Leiche selbst wäre, würde er noch beim Wettbewerb auftreten wollen. Er ist genauso skrupellos wie sein Trainer.« Julian redete sich in Rage. »Ich bin die rechtmäßige Nummer eins. Ich müsste nach Kolumbien fahren!«

Aber nein, dieser Idiot von Tobias Strecker hatte seine emotionale Schwäche bei den letzten entscheidenden Ausscheidungswettkämpfen ausgenutzt. Hatte eher noch nachgetreten, als er schon am Boden lag. Der Dank ging an Jessica! Sie hatte ihn da aus dem Lot gebracht mit ihrer Laufpass-Orgie.

Steven musste nicht extra fragen: Julian hatte einen echten Hass auf Tobias Strecker und auf Lukas. Was ihm einen Platz unter den dringend Tatverdächtigen reservierte.

»Hattest du mit Strecker zu tun gehabt an besagtem Todesabend?« Steven erhöhte den Druck. »Habt ihr euch getroffen, und es kam zum Streit? Ich bin ganz ehrlich zu dir, Julian: Es gibt einen anonymen Anrufer, der dich belastet. Und bei Strecker findet sich dein Name im Kalender.« Er zeigte auf das Smartphone des Toten, welches sie im Spind gefunden hatten.

Der Angesprochene wurde kreideweiß im Gesicht. »Sie glauben doch nicht im Ernst, dass ich was mit seinem Tod zu tun habe?«, stotterte er mit heiserer Stimme. »Ja, wir wollten uns treffen und aussprechen. Doch dazu ist es nicht gekommen! Er schickte mir eine Mail, dass er an dem Abend keine Zeit für das Treffen hatte.«

Steven scannte ihn mit seinem Blick, registrierte jede Regung des jungen Mannes. »Kann ich das mal sehen? Die Mail meine ich.«

Julian nickte. »Ja sicher, ist auf meinem Handy.« Er kramte es hervor, um darin zu suchen.

»Julian – was hast du hier zu suchen?« Die Stimme brüllte bereits durch den Türschlitz, bevor der Mann zur Stimme im Türrahmen erschien. »Wenn du Freizeiten während der Schicht hast, dann hast du zu trainieren! Ich verlange von dir, dass du so trainierst, als ob du selbst zur Weltmeisterschaft fahren würdest.«

Steven drehte sich erstaunt um. »Das ist ja interessant. Warum sollte er das?«

»Jens, das ist Kommissar Plodowski. Er untersucht den Mordfall an Strecker.«

Julian hielt Steven das Display seines Smartphones hin. Schnell überflog der die kurze Nachricht und las an deren Ende tatsächlich »Viele Grüße, Tobias – von meinem Diensthandy gesendet.« Es gab also noch ein weiteres Handy, welches den Ermittlern nicht bekannt war!

Steven blickte nochmals fragend zum Ausbildungsleiter hoch. »Steven Plodowski, Kripo Ravensburg. Wir ermitteln in Sachen Tobias Strecker.«

Doch der Angesprochene reagierte nicht darauf, blickte nur stumm und auffordernd in Richtung Julian. »Auf«, zischte er, ohne nur einen Hauch von Widerstand zulassend. Und schon erhob sich der junge Wettkämpfer, um weiter zu trainieren.

»Hardi, begleite ihn und hilf ihm«, fuhr der Ausbilder an seinen Kollegen gewandt fort, der nun ebenfalls den Kopf durch die Tür streckte. Jens Heber ließ keinen Zweifel daran, wie ernst er das meinte, was er sagte. Der kurzhaarige, etwas schlampig gekleidete Mitarbeiter folgte Julian dann auch unmittelbar. Warum trainierte er noch? Steven verstand das nicht. Julian war und blieb Zweiter. Es sei denn, sie konnten Lukas aus dem Weg räumen! War Tobias Strecker nur der Anfang gewesen? Auffordernd blickte er den Ausbilder an, um ihm eine Chance zu geben, Steven wenigstens jetzt zu begrüßen. Das geschah dann auch, wenn auch nur widerwillig. Steven setzte sich zurecht. Er machte sich kampfbereit, denn das würde kein besonders herzliches Gespräch werden, das spürte er schon jetzt.

»Bitte setzen Sie sich, Herr Heber. Sie wären eh mein nächster Gesprächspartner gewesen.«

Hebers Hände fingerten nervös an seiner schicken anthrazitfarbenen Arbeitskleidung herum. Alles war aufeinander abgestimmt und modisch geschnitten. Im Prinzip musste man nicht mehr groß die Kleider wechseln, um am Abend ein Feierabendbier zu trinken. Die langen Haare waren nach hinten gebunden und in einem Netz gefangen. Steven vermutete, dies musste aus Sicherheitsgründen geschehen.

»Sie fahren Motorrad?« Erstaunt blickte der Ausbildungsleiter auf. »Wie kommen Sie darauf?«

Steven lächelte und stellte die Kaffeetasse auf den Tisch zurück. »Bin selbst jahrelang bei Wind und Kälte mit einer kleinen Maschine gefahren. Ich kenne das nur zu gut, wenn die nassen Lederhandschuhe auf die Hände abfärben. Das Schwarz bekommt man tagelang nicht mehr weg.« Heber schien beeindruckt. »Ja, das stimmt. Ab Frühjahr kommt meine Harley wieder aus der Garage. Für den Winter muss es eine Kawasaki tun. Aber ganz verzichten will ich nicht.«

Das Hämmern, Stampfen und Stoßen der Maschinen in der Produktionshalle dröhnte bis in die Kantine. Alles vibrierte. Steven würde nicht lange in solch einer Fabrik überleben können. Da war er sich sicher.

»Sie und Strecker waren Freunde, wie ich hörte. Bis zu den deutschen Meisterschaften. Waren Sie neidisch?« Steven duckte sich vorsichtshalber, um einem möglichen Wutausbruch entgehen zu können. Doch

Heber blieb erstaunlich ruhig. Lediglich seine Hände arbeiteten nervös an seiner Kleidung herum.

»Kann schon sein.« Schweigen folgte.

»Warum gönnten Sie ihm nicht den Erfolg, zu den Weltmeisterschaften fahren zu können? Ich meine, sein Kandidat hat sich doch gegen alle durchgesetzt.« Steven provozierte weiter. Wann würde der Vulkan explodieren?

Jens Heber legte die Hände flach auf den Tisch, presste sie fest nach unten auf die Platte. »Sie können mich nicht damit aus der Reserve locken, Herr Kommissar! In erster Linie habe ich einen Freund verloren und dann erst einen Mitstreiter bei den Weltmeisterschaften der Berufe. Das geht hier bei niemandem spurlos vorüber!«

Die Pausensirene ertönte. Arbeiter tauchten in der Kantine auf und setzten sich etwas abseits an ihre Tische. Der Lärmpegel im Raum stieg an. Steven wollte Jens Heber die Trauer nicht abnehmen. Er zog seinen kleinen Block aus der Jackentasche, öffnete ihn und schien die Notizen durchzugehen.

»Aber Sie haben sich furchtbar deswegen zerstritten. Wie wir wissen, haben Sie sich noch am Abend davor in Ihrer Stammkneipe getroffen. Zeugen berichten, dass Sie sich mächtig angeschrien haben. Sie hätten ihm Böses gewünscht.«

»Weil dieser Kerl uns betrogen hat. Weil er wusste, dass ich und Julian die rechtmäßigen Kandidaten für die Weltmeisterschaft sind.« Heber brüllte nun doch.

So laut, dass unmittelbar alle im Raum verstummten. »Er hat Julians Schwäche schamlos ausgenutzt, ihn mit seinen Psychotricks drangsaliert, sodass dieser keine Chance hatte.« Hebers Hände waren schon längst zu Fäusten geballt, die auf den Tisch hämmerten. Die Arbeiter lauschten aufmerksam. Jeder wusste von den Vorkommnissen bei FuSchKa.

»Herr Heber, wo waren Sie Dienstagnacht zum Zeitpunkt des Todes von Herrn Strecker?«

Die Fäuste blieben plötzlich auf dem Tisch liegen. Heber lehnte sich zurück. »Aha, jetzt geht es hier also zu wie beim Krimi im Fernsehen? Nun gut. Ich war mit meinem Kollegen, Hardi Maier, in unserer Motorradwerkstadt. Schrauben an den Maschinen, quatschen, Bier trinken und Pläne fürs Jahr schmieden.«

Steven notierte sich alles eifrig in seinem Notizbuch. »Das war der Herr, den wir vorhin sahen?« Heber nickte widerwillig. »Wie lange waren Sie zusammen an diesem Abend?« Heber lachte unwillkürlich auf. »Die ganze Nacht! Aber nicht so, wie Sie das jetzt denken! Wir hatten ein paar Bierchen zu viel getrunken, und dann hat er auf dem Sofa übernachtet. Macht er öfters. Meine Freundin hat sich schon daran gewöhnt.«

Steven klappte sein Notizbuch zu und stemmte beide Arme auf den Tisch, um sich zu erheben. Er bedankte sich bei Jens Heber und wandte sich in Richtung Fabrikhalle. Mehr war hier im Moment nicht zu erfahren.

»Warten Sie, es gibt auch einen Weg direkt zum Parkplatz. Hier lang.« Heber begleitete ihn zur Tür und gab ihm zum Abschied tatsächlich die Hand. »Schönen Tag noch – und wenn Sie wollen, dann können Sie gern mal meine Maschine ausleihen. Die Kawasaki meine ich.«

Die nasskalte Luft, die vom Bodensee herüberzog, umfing sie auf der Treppe hinunter zum Parkplatz. Die Frische tat gut. »Na, das ist ja ein tolles Angebot. Danke. Aber erlauben Sie mir noch eine Frage: Wer würde nach Bogotá fahren, wenn Lukas nicht fahren könnte?«

»Na Julian«, stieß Heber hervor.

»Aber das ist ja nicht der Fall, richtig?«

»Richtig!«, antwortete der Ausbildungsleiter knapp und drehte sich um.

***

Valmir rieb sich jammernd sein linkes Auge. Wie schnell ein Faustschlag das Gewebe zum Anschwellen bringen konnte, faszinierte Kerstin. Ihr Forschungsobjekt aber jammerte.

»Was musstest du ihn aber auch so provozieren!« Sie hatte wenig Mitleid mit ihrem Kollegen. »Du kannst doch nicht in seiner Nähe mit ihr über das Liebesverhältnis zu einem anderen Mann sprechen!« Da hätte selbst Kerstin demjenigen die Knochen gebrochen.

Doch Valmir hörte sie nicht. Zögerlich hielt er sein Gesicht in den nasskalten Fahrtwind der Romanshorn-Fähre. Der Seegang war ruppig. Starker Westwind brachte Regen und warf hohe Wellen gegen die stählernen Wände des Schiffes. Valmir wurde kreideweiß.

»Auch das noch«, stöhnte der Geplagte. Das Schiff warf ihn unerbittlich hin und her. War er der Einzige, der seekrank wurde? Viele der Fahrgäste verblieben in ihren Autos unten im Bauch der Fähre. Die Berufspendler waren es wohl gewöhnt. Immer nur den Horizont im Blick behalten. Dann wird das schon, sprach eine innere Stimme zu ihm. Dankbar nahm Valmir den Grog entgegen, den Kerstin eilig im Bordrestaurant geordert hatte. »Wirst du ihn anzeigen? Ich meine, er hat schließlich einen Beamten angegriffen.«

Der erste Schluck brannte kräftig in der Kehle, erzeugte aber eine mehr als zufriedenstellende Wirkung. Etwas gestärkt konnte er sich etwas konzentrieren. »Nein, werde ich nicht. Ich habe ihn ja provoziert. Wollte ihn aus der Reserve locken.«

Der Besuch bei der Geliebten von Strecker war nicht ganz einfach für sie gewesen und hatte nach zwanzig Minuten abrupt mit dem Faustschlag des gehörnten Ehemannes geendet. Die Kripo Ravensburg hatte ja nur durch Hörensagen von dieser Beziehung erfahren, nicht aber, wie intensiv diese war und ob die Mittdreißigerin mit Schweizer Nationalität zu Hause einen Ehemann oder Partner hatte. Diese Frage wurde jedoch schnell beantwortet, als in der Altstadt von Romanshorn ein Mann die Wohnungstür öffnete. Er führte die beiden deutschen Beamten und einen begleitenden Schweizer Kollegen ins Wohnzimmer, wo die Geliebte Streckers gerade dabei war, sich schick zu machen. »Auf dem Weg ins Casino?«, eröffnete Kerstin dann auch direkt das Gespräch. Die so Angesprochene blickte überrascht vom Schminktisch auf. Teurer Schmuck zierte Dekolleté und Arme. Valmir musterte die Dame. Durchaus attraktiv, wenngleich nicht die Schlankeste, doch jeder Zentimeter schien gut durchtrainiert. Ihr Gesicht strahlte einen starken Willen aus, mit klarem Blick.

Niemand forderte die ungeladenen Gäste zum Sitzen auf, und so fand das Gespräch im Stehen statt. Der Tod Streckers war für die Anwesenden keine Neuigkeit, wie Kerstin und Valmir feststellten.

Isabell Mueller, so der Name der Dame, lächelte ihnen höflich zu. »Oh ja, Herrn Strecker kannte ich aus dem Casino in Lindau. Ein echter Gentleman, mit dem man sich gut unterhalten konnte.«

Ihr Ehemann stand etwas abseits, an den Fenstersims angelehnt. Er beobachtete recht unbeteiligt die Szene. Während Valmir ihn im Blick hatte, wandte sich Kerstin nochmals Isabell Mueller zu. »War es eventuell mehr als nur eine nette Unterhaltung? Wie gut kannten Sie Herrn Strecker wirklich?«

Die Angesprochene umfasste eine Haarbürste und fuhr damit in langsamen Bewegungen durch ihr Haar. Das leise Geräusch versetzte Valmir sofort in seine Kindheit, als seine Mutter des Morgens …

»Wie meinen Sie das?« Sie spielte die Unbedarfte. Ungeduldig warf Kerstin den Kopf in den Nacken. Die Dame wollte also Spielchen mit ihnen treiben. Valmir wachte aus seinem kurzen Tagtraum auf und wandte sich dem Mann zu: »Herr Mueller, wussten Sie, dass Ihre Frau Beziehungen mit anderen Männern hat?« Die

Frage kam nüchtern und sachlich aus seinem Munde, entfaltete aber eine kleine Explosion im Raum.

Die Frau war aufgesprungen und schimpfte in energischem Ton. »Was erlauben Sie sich?!«, während der Ehemann mit schnellem Schritt auf Valmir zustürmte, ihn erst an der Gurgel packte und sofort mit der Rechten zuschlug. Keiner im Raum war darauf vorbereitet. Und selbst Mueller erschrak wegen seines tätlichen Angriffs. Sofort ließ er den Beamten los und starrte seine immer noch zur Faust geballte Hand an.

»Nein, er wusste nichts davon! Und hätte es auch nicht wissen sollen. Denn ich liebe ihn – und ich will meinen Mann nicht verlieren.« Die Geliebte Streckers blickte flehend ihren Ehemann an, der gerade vom Schweizer Beamten in Handschellen gelegt wurde, und flüsterte ein kaum wahrnehmbares: »Es tut mir sehr leid, mein Schatz.« Es brauchte alle Überredungskunst Valmirs, dass der Schweizer Kollege Herrn Mueller nicht mit auf die Wache nahm und es zu keiner Anzeige kam. Der Mann war gebeutelt genug an diesem Tag. Sein Blick verriet die tiefe Verletzung, die er gerade erlitten hatte.

Die Wellen der stürmischen See schlugen kräftig gegen die Fähre. Valmir bemühte sich, den Horizont immer klar im Blick zu behalten. »Warum sagte sie, irgendwann musste es ja mal so weit kommen?« Er blickte seine Kollegin mit dem heilen Auge an.

Sie zuckte mit den Schultern. »Keine Ahnung. Offenbar hatte er sich in seinem jungen Leben schon einige Feinde geschaffen. So auch im Casino.«

»In seinem ›jungen, wilden Leben‹ sollte das wohl eher heißen, oder?«

Sie lachte auf. »Das sagt der Richtige.«

»Na hör mal, ich gehe gern Tanzen und Feiern. Er aber tanzte auf ganz anderen Hochzeiten. Verzockte sein ganzes Geld im Casino.«

Das deutsche Bodenseeufer rückte langsam näher. Die Mitte des Sees mit den gut zweihundertfünfzig Metern Wassertiefe schien überquert. Das Wasser, so smaragdgrün und unergründlich tief. Wer hier ersoff, den fand man nicht so schnell wieder. Was über die Jahrtausende wohl alles an dieser Stelle in die ewige Tiefe versunken sein mochte? Valmir wollte es sich nicht ausmalen. »Sie hat ihn also im Casino kennengelernt, wie sie sagt. Auch eine Spielerin somit.« Ja, die Schweizer kamen nach wie vor gern in die deutschen Casinos. »Nun ja, aber eine etwas Bodenständigere, wenn man ihr glauben darf. Jetzt verstehen wir aber auch die katastrophalen Kontoauszüge besser. Tobias Strecker war ein pathologischer Spieler und Aufschneider. Er lebte eindeutig über seine Verhältnisse.« Auch wenn in seiner Firma als Facharbeiter sehr gut zu verdienen war. Für seinen übertriebenen Lebensstil reichte es mit Sicherheit nicht.

Valmir leerte den Grog in einem Zug und deutete in Richtung Lindauer Insel, wo sich das Casino befand. »Womit mag er das wohl alles finanziert haben?«

Kerstin folgte seinem Blick. »Das müssen wir herausbekommen. Seine Ex-Frau und die Kinder hatten ja ebenfalls Anspruch auf Unterhalt. Hatten wir die eigentlich schon im Gespräch?« Kerstin hatte ihr Smartphone hervorgeholt und ging die Notizen durch, die sie sich darin gemacht hatte.

Valmir kämpfte mit Würgeattacken und nickte. »Die Kollegen hatten sie bereits einen Tag nach dessen Tod besucht«, stieß er mühsam heraus.

Kerstin zuckte kurz zusammen, als eine mächtige Fanfare ertönte. An Valmirs Vorliebe für eigenwillige Klingeltöne konnte sie sich einfach nicht gewöhnen. Dieser nahm etwas ungelenk den Anruf an, auch wenn noch das Schweizer Netz eingeloggt war. Die Mehrkosten übernahm der Staat. Er horchte, nickte kurz und legte wieder auf.

»Das waren die KTU und die Spurensicherung: Es war mit hoher Wahrscheinlichkeit Mord. An den Leichenteilen wie auch am Tatort wurden fremde DNA-Spuren entdeckt. Jemand hat ihn in den Käfig gesperrt!« Valmir wirkte noch einen Tick unglücklicher.

Kerstin fröstelte. Was für eine Vorstellung. Valmir quälte sich jedes Wort aus dem Mund. Ihm war speiübel. »Hätte der Mann der Geliebten eine Möglichkeit gehabt? Ein Motiv wäre mit Sicherheit vorhanden – und das Potenzial zum Mörder hat er gewiss.«

Die Beamtin verzog belustigt den Mund, als ihr geschundener Kollege wieder sein Veilchen im Gesicht betastete. »Ja, das denke ich schon. Nur, wie wäre er reingekommen?« Sie notierte sich auf ihrem digitalen

Notizzettel: Ehemann von Isabell Mueller – Motiv vorhanden. Alibi prüfen!

Valmir sah die Anlegestelle von Friedrichshafen rasch auf sie zukommen. Das gab ihm etwas Kraft. Er richtete sich wieder mehr auf und gab seine Entdeckung preis: »Na, hast du nicht die Jacke im Gang bei Muellers gesehen, die da hing?« Ihm gefiel es, dass er eventuell etwas bemerkt hatte, was seiner erfahrenen Kollegin entgangen zu sein schien. »Es war eine jener Jacken, wie sie die Wachleute bei FuSchKa tragen. Best Secure. Wir müssen unbedingt prüfen, wem sie gehört.«

Der tiefe Hupton der Fähre signalisierte, dass der Hafen nahte. Mit klammen Fingern staksten sie die stählerne Bootstreppe hinunter zu ihrem Auto. Gerade rechtzeitig, als die Fähre mit leichtem Ruckeln anlegte. Artig warteten die Fahrgäste, bis die Matrosen ihnen Zeichen gaben zu fahren. Glücklicherweise wollte bei dem mistigen Wetter keiner der Zöllner ihre Ausweise sehen. Sie hoben die Hand zum Gruß und suchten die Auffahrt zur B30, Heizungsregler auf Anschlag.

# Spurensuche

Verzückt blieb Steven mitten in der Halle stehen. Bewusst stellte er sich Paulchen in den Weg, um dessen höfliche Reaktion erleben zu dürfen. Und die kam dann auch prompt. »Entschuldigen Sie bitte, aber Sie sind im Weg«, erklang es freundlich. Wer dann nicht aus dem Weg ging, durfte ein etwas aufdringlicheres Hupen erleben.

Was für einen großen Unterschied diese Firma FuSchKa doch im Vergleich zum Unternehmen von Julian unten am See darstellte. Zwei unterschiedliche Welten, besonders für Auszubildende.

Steven verfolgte aufmerksam den Weg des Transportroboters mit seiner Ladung. Er zeigte auf die große Silberbox, die Paulchen in Richtung Ausgang transportierte. »Schon wieder dieses WorldSkills-Logo auf der Kiste.« Der Kommissar wollte die Wartezeit bis zum Eintreffen der Kollegen bei FuSchKa nutzen, um ein wenig mehr über Lukas und dessen Verbindung zu Strecker zu erfahren.

»Ja, die Box geht jetzt nach Kolumbien, besser gesagt nach Bogotá, wo die Wettkämpfe bald stattfinden. Wir sind spät dran, deshalb mit Luftfracht«, erklärte Lukas. Ihm gefiel die kindliche Freude, die der Kommissar bei der Begegnung mit seinem Roboterfreund zeigte.

»Was ist da drin?« Mit einem Knicks machte Steven Paulchen den Weg frei und erfreute sich an dessen freundlichem Dankeschön. »Sieht aus wie ein Metallsarg.«

»Meine persönlichen Werkzeuge und Gerätschaften. Alles, was uns vor Ort nicht gestellt wird und was wir selbst mitbringen dürfen. Ist streng reguliert.«

»Wann sind denn eure Weltmeisterschaften?«

»In drei Wochen.«

Plodowski schaute erstaunt auf. »So früh schon? Ich habe verstanden, dass ihr sonst viele Monate vorher am Trainieren seid.«

»Ja, normalerweise sind die Weltmeisterschaften in der zweiten Jahreshälfte. Doch in diesem Fall gab es wohl gute Gründe, das alles vorzuziehen. Ungewöhnlich für uns und auch schwierig, weil viele Teilnehmer von den Industrie- und Handelskammern Sondergenehmigungen einholen mussten. Wegen der Abschlussprüfungen, die jetzt anstehen.«

Sarah, die Mit-Auszubildende, erschien und grüßte beide fröhlich. Eine schwere lederne Tasche hing ihr über die Schulter. »Ich habe die aktuellen Wettbewerbsaufgaben aus dem Web runtergeladen, sofern sie zugänglich waren«, beantwortete sie Stevens fragenden Blick auf die Tasche und marschierte schon zu den Ausbildungsmaschinen, die für ihr Training reserviert waren. Die Männer folgten ihr. Steven sog den Geruch von Schmieröl und Arbeit tief in sich ein. Im Ausbildungsbereich wurden noch traditionelle Arbeitswerte gelernt, trotz der Roboteranlagen, wie er erstaunt feststellte.

»Lukas, wer trainiert dich denn im Moment für die Weltmeisterschaften? Gibt es da Ersatztrainer?«

»Niemand im Moment. Sarah und ich haben uns zusammengetan. Im Gegensatz zu Julian, der neben Jens Heber auch Hardi Maier im Betrieb hat, war Tobias ein absoluter Einzelgänger und hat es auch nicht verstanden, die Kollegen und Geschäftsführung von dem Potenzial des Trainings durch WorldSkills zu überzeugen.«

Steven fiel auf, wie die Auszubildende angewidert zu den vollautomatischen Roboteranlagen und zu dem noch immer durch Bänder abgesperrten Tatort blickte. »Ich hasse diese Monster«, zischte sie. »Sie werden sich eines Tages gegen uns stellen!«

Lukas schmunzelte und klopfte ihr freundschaftlich auf die Schulter. »Oh liebe Sarah, die Verschwörung der Roboter ist eines deiner Lieblingsthemen, was?«

Die um gut einen Kopf kleinere Kollegin entgegnete ernst: »Wirst schon noch sehen! Doch jetzt arbeiten wir! Und Sie, Herr Kommissar, dürfen da drüben etwas machen.« Irritiert blickte Steven in die ihm gezeigte Richtung. »Was mache ich?« Er ahnte es.

»Ja, Sie haben schon richtig verstanden. Ich habe Ihnen was hingelegt. Zeigen Sie mal, wie gut Sie feilen, entgraten und korrekt biegen können, so, dass das Teilstück in die Maschine hier passt.« Sie zeigte auf eine kleine Förderanlage, für die Abdeckungen und kleinere Überbrückungsbleche von einer Rolle zur anderen hergestellt werden mussten.

»Erstes Ausbildungsjahr, erste Lehrwoche«, kommentierte sie dann auch. Steven blickte auf die Uhr. Die Kollegen würden erst in gut zwei Stunden kommen, um mit ihm den Tathergang nochmals zu rekonstruieren. Somit gab es keine Ausrede. Er spuckte in die Hände und stellte sich an die Werkbank. Doch schnell wurde er durch ein »Nix da!« aus dem Munde von Lukas gestoppt. »Schon mal was von Arbeitssicherheit gehört?«

Der so Gescholtene drehte sich um. Lukas zeigte auf einen Arbeitstisch, auf dem Arbeitskleidung, Schuhe, Brillen und Handschuhe lagen. »Anziehen, Herr Plodowski. Lehrjahre sind keine Herrenjahre.« Es fiel ihm schwer, sein Lachen zu unterdrücken. Nach den bedrückenden Erlebnissen der vergangenen Tage endlich mal wieder etwas Heiteres. »Habt ihr beiden euch verbündet?« Steven hegte da einen Verdacht.

»Aber natürlich! Als Sie sich ankündigten, da dachten wir uns, wir zeigen Ihnen ein wenig unsere Welt. Aber jetzt ran an die Arbeit! Sie erledigt sich nicht von selbst.«

Steven prustete ein »Aye, Sir!« heraus und stieg in die ihm zugeteilte Kleidung. Sogleich fühlte er sich stark und kompetent. Kleider machen eben Leute. Er ergriff eine der vielzähligen Feilen, die vor ihm auf der Werkbank lagen, spannte die betreffende Metallplatte in den Schraubstock und begann, die Ränder und markierten Stellen zu feilen. Das Kichern hinter sich ignorierte er zunächst. Die Schweißperlen, die sich auf der Stirn bildeten beschäftigten ihn dann schon mehr.

»Mehr Gefühl, Kollege Plodowski. Eine Feile ist ein sensibles Gerät, das will gut geführt werden – und außerdem haben Sie die vollkommen falsche Feile genommen.« Lukas ahmte wohl einen Ausbilder nach. »Und dann die Körperhaltung, ganz zu schweigen von der Haltung der Feile. Also, Herr Plodowski, wir müssen noch viel lernen! Sonst wird das nie was.«

Stevens Ehrgeiz erwachte. Artig hörte und schaute er den beiden zu, wie sie ihm Lektion eins im Leben eines Auszubildenden im metallverarbeitenden Bereich beibrachten. »Dann kann ich ja bald Ingenieur werden, mit dem, was ich lerne«, freute sich der Kommissar in Umschulung. Die beiden nickten mitleidig und begaben sich dann zu ihrem Arbeitstisch, an dem Sarah die ausgedruckten Unterlagen ausbreitete.

Die Minuten vergingen, und Steven beobachtete befriedigt, wie sein Werkstück an den Rändern langsam die vorgezeichnete Form erhielt. Doch konnte er nicht leugnen, dass die Arbeit sich bereits in den Fingern, Händen und Armen bemerkbar machte. Selbst der Rücken schmerzte nach einer halben Stunde. Zeit für eine Pause. »Lukas, ich habe gehört, eure Firma stellt keine Anzeige wegen Einbruchs?«

Dieser nickte. »Ja, das kam mir auch zu Ohren. Bisher haben Sie nur den Einbruch festgestellt, nicht aber dass etwas entwendet wurde. So deren offizielle Version da oben.« Der Kommissar schüttelte den Kopf. »Nur, wenn man keine Anzeige stellt, gibt es keine Untersuchung.«

»Intern schon. Das ist Firmenphilosophie. Unsere internationalen Partner reagierten wohl schon jetzt irritiert aufgrund der Vorkommnisse in der vergangenen Woche.«

Steven grübelte über diese Abschottung der Firma vor jeglicher Öffentlichkeit nach. »Aber …«

»Nichts aber, Herr Plodowski. Sie haben noch eineinhalb Stunden, bis Ihre Kollegen da sind. Bis dahin muss zumindest diese kleine Platte fertig werden.« Sarah blickte ihn streng an. Sie meinte es ernst mit der Ausbildungseinheit.

»Na gut, das schaffe ich.« Steven wandte sich wieder seiner Arbeit zu und vertiefte sich in die Aufgabe. Die Geräusche in der Halle drangen wie ein Meeresrauschen an seine Ohren: rhythmisch, wellenartig und immer wieder mit kleineren Zischlauten verstärkt, wenn sich Pressluft an einem Auslassventil entlud. Er wusste, dass irgendwo jemand vom Wachschutz positioniert war und auch die Kameras ihn im Blick hatten. Wahrscheinlich würden diese Aufnahmen nicht verloren gehen, wie jene aus der Mordnacht!

So in Gedanken verlor er jedes Gefühl für die Zeit, versenkte sich zunehmend in seine Arbeit, spürte den Takt, den er selbst mit seinen Bewegungen vorgab und wie sich sein Körper auf die Arbeit einstellte. Ihn befriedigte es sehr, zu sehen, wie die Formen sich entwickelten und wie sich das Material in seinen Händen anfühlte. Die Blasen und Schwielen nahm er gern in Kauf.

Das Lachen hinter ihm riss Steven dann doch aus seiner Versenkung, und als er sich umdrehte, blickte er in einige Handys seiner Kollegen, die Bilder von ihm schossen. »Steven, willst du umschulen? Warum hast du nichts gesagt? Ich hätte dann gern deinen Platz«, frotzelte ein Kollege aus seiner Nachbarabteilung.

Der Angesprochene wischte sich mit dem Handrücken glücklich den Schweiß aus der Stirn und zeigte auf Sarah und Lukas. »Darf ich vorstellen, meine Ausbilder.« Er ging zu beiden hinüber und klopfte ihnen dankbar auf die Schulter.

Lukas holte ein Buch aus der Schublade des Arbeitstisches und reichte es ihm. »Hier, Ihr Lohn für heute. Nehmen Sie es gern mit. Es ist von den Weltmeisterschaften 2013 in Leipzig. Ein schöner Bildband.« Neugierig blätterte Plodowski darin und ließ sich die einzelnen Disziplinen und Aufgaben beschreiben.

»Kollegen, geht schon mal rüber und bereitet alles vor. Ich brauche noch ein paar Minuten.« Steven nickte den anderen Kriminalbeamten zu und wandte sich wieder an Lukas, der gerade fortfahren wollte.

»Man kann es wirklich wie die Olympischen Spiele verstehen, nur dass bei uns das Publikum nicht auf den Rängen sitzen muss, sondern mitten durch die Hallen laufen kann. Von einem Wettkampfareal zum nächsten. Von den Friseuren zu den Maurern, rüber zu den Robotikern, den IT-Programmierern und wieder zurück zu den Köchen und Konditoren.«

»Scheint eine faszinierende Vielfalt zu sein.« Ja, das war es. Sie bewegten sich gemeinsam nach draußen, wo Paulchen noch immer mit weiteren Kisten unterwegs war, um zur Frachtstation zu gelangen.

»Lukas, was genau ist eigentlich dein Beruf, dieses Polymech …?«

»Polymechanik, meinen Sie?«

»Ja, genau. Was ist denn das?«

Der hagere und etwas kleine Kerl schien plötzlich um einen Kopf größer zu werden, als er seinen Vortrag begann. »Wir sind die Allroundtalente der Metalltechnik!« Sein sonst blass wirkendes Gesicht bekam eine rötliche Farbe. »Polymechaniker fertigen spezielle Bauteile, stellen Werkzeuge und Vorrichtungen für die Produktion her oder bauen Geräte, Apparate, Maschinen und Anlagen zusammen. Sie wirken mit bei Inbetriebnahmen, beim Planen und Überwachen von Produktionsprozessen oder führen Instandhaltungsarbeiten aus.« Endlich stoppte er kurz, um Luft zu holen. Plodowski folgte beindruckt dem Vortrag.

»Und was genau macht ihr hier in eurer Firma?

»Hier bei FuSchKa fertigen wir Werkstücke und Sensoren, die in Vorrichtungen, Geräten, Apparaten, Maschinen und Anlagen eingebaut werden. Deshalb arbeiten wir so eng mit der Forschungsabteilung hier im Haus zusammen. Ihre Entwürfe und Ideen werden mit unserer Hilfe Realität. Die Entwürfe müssen je nach Verwendungszweck auf Hundertstel oder Tausendstel Millimeter genau gefertigt sein. Vielfach kommen computergesteuerte Maschinen und computerbasierte Programmiersysteme zum Einsatz. Wie gesagt: Wir sind die Allrounder und, offen gesagt, die Könige der Metalldisziplinen.«

Plodowski applaudierte anerkennend. »Gut referiert. Wo hast du das so gelernt?«

»Beim Training. Unsere Aufgabe ist es auch, unsere Berufe vorzustellen und Interviews mit der Presse zu führen. Da muss man so was halt können.«

Verladeroboter waren gerade dabei, Container mit Überseekisten aus Holz, in denen sich Maschinen und Geräte befanden, sowie Metallkisten zu befüllen. Auch die Kisten für WorldSkills waren darunter. Hätten die beiden genau hingeschaut, wäre ihnen aufgefallen, dass vier Personen versuchten, in den abgesicherten Bereich einzudringen, um an die Metallkiste mit dem World Skills-Aufkleber zu gelangen. Die Eindringlinge bemerkten die beiden in ihr Gespräch vertieften Männer jedoch rechtzeitig und zogen sich schnell zurück.

Mit den Worten: »Ab nach Kolumbien, liebe Toolbox, so heißt du nämlich ab jetzt im internationalen Sprachgebrauch!«, verabschiedete sich Lukas von seinen Arbeitsgeräten, die ihm bei der Weltmeisterschaft zum Titel verhelfen sollten. Sie bemerkten nicht, dass sie, so in ihr Gespräch vertieft, ein Fahrzeug in die Flucht schlugen, das direkt neben dem überdachten Verladeplatz parkte. In großen Lettern prangte auf der Seitenfront »Gebäudereinigung Mäusle«.

»Lukas, ich muss dich noch eine Sache fragen: Es wurden in deinem Spind eine Hose und eine Jacke mit blauen Farbresten gefunden, wie wir sie bei Strecker auch gefunden haben.«

Schockiert baute sich der Angesprochene vor ihm auf. »Man hat meinen Spind durchsucht?«

Steven nickte. »Ist dir das gar nicht aufgefallen?«

Lukas schüttelte den Kopf: »Nein, ich war letzte Woche Donnerstag und Freitag nicht mehr hier, nachdem ich bei Ihnen auf dem Präsidium gewesen war. Gestern war Berufsschule. Aber man hätte mich doch fragen müssen!« Steven lud ihn ein, wieder zurück zur Halle zu gehen. »Grundsätzlich ja. Aber es gab einen anonymen Anrufer, der uns darauf hinwies, und die Kollegen waren der Ansicht, es wäre Vertuschungsgefahr gegeben. Wir haben aber noch mehr gefunden. Zwei persönliche Gegenstände von Strecker lagen in deinem Fach. Offenbar zwei Geschenke, die ihm gehörten.«

Der junge Mann stampfte mit dem Fuß auf den Boden. »Ich wusste, dass das keine gute Idee war. Strecker zog mich mit in seine Affären rein. Das sind Geschenke irgendeiner seiner Geliebten. Er wollte unbedingt, dass ich das bei mir lagere und keinem Menschen davon erzähle. Auch den Kollegen nicht.«

Steven glaubte ihm die Geschichte. »Und die Farbe?«

»Die wurde mir untergejubelt! Das kann unmöglich von mir sein.« Wer sollte das tun wollen? Außerdem waren seine Initialen auf der Kleidung.

»Ganz ehrlich, Herr Plodowski. Jemand hat mir das untergejubelt! Will mich zum Sündenbock machen, um von sich abzulenken. Warum soll ich meinen Trainer umbringen? Ich hatte keinen Grund dazu.«

»Oh, das sehen andere anders, Lukas. Hier kommt es nicht auf meine Meinung an. Aus dem Affekt sind schon viele zum Mörder geworden. Ihr habt euch gestritten – und jetzt diese Beweisstücke hier!«

Er zeigte Lukas die Bilder, die er mitgebracht hatte. Dieser schaute lange auf die Kleidungsstücke.

»Haben Sie schon mal geprüft, ob die Kleidung gebraucht oder frisch ist? Ich hatte mehr als drei Garnituren beim Wäscheservice abgegeben.« Ernst schaute er in die Ferne. »Glauben Sie mir! Ich war das nicht. Warum soll ich damit was zu tun haben?«

Unvermittelt ging Stevens Blick in die gleiche Richtung, einem Schwarm von aufgeschreckten Raben nachblickend. »Wir werden das prüfen. Jetzt mach dir nicht zu viele Sorgen!« Doch das war ein sinnloser Ratschlag. Ein Blinder konnte erkennen, wie sehr dies den jungen Mann niederdrückte.

Steven verließ Lukas am Hallentor und trat in diese ein. Höflich hielt er einem Mitarbeiter des Wachschutzes die Tür auf. »Müssen Sie uns tatsächlich auf Schritt und Tritt folgen? Ist das Ihr Befehl?« Der Angesprochene antwortete nicht, sondern trat mit festem Schritt in die Halle, um Steven erneut in gebührendem Abstand zu folgen.

Der Kommissar trug noch immer seine neue Arbeitskleidung, als er zu den Kollegen zurück an den Tatort ging. »Sich mit einem Verdächtigen zu verbrüdern ist mehr als fragwürdig«, hörte er gerade noch, als er sich zwei Kollegen näherte. »Meint ihr mich? Habt ihr nichts Besseres zu tun, als mich und meine Ermittlungsmethoden zu kritisieren?« Steven wurde ärgerlich. Ob über sich selbst und seine eigene Grenzüberschreitung oder über die beiden Kollegen, das wusste er gerade nicht. Dabei hatten sie recht. Zu schnell hatte er Lukas für sich aus dem Kreis der Verdächtigen herausgenommen, weil der Junge ihm sympathisch war. Mit einem Wischer seiner Hand durch die Luft vertrieb er die Gedanken. »Und, wie isses jetzt? Habt ihr die Rekonstruktion schon vorbereitet?«, fuhr er seine Mitarbeiter harsch an.

»Sicher, Steven. Und wir sind schon in der Nachstellung von Variante eins, mit dem Kampf vor der Lackieranlage als Startpunkt.« Kerstin, die mit Valmir vor wenigen Minuten ebenfalls eingetroffen war, versuchte, ihn mit einem sanften Druck auf den Arm zu beruhigen. Der schüttelte aber den Kopf. »Wir müssen früher ansetzen! Wir müssen da ansetzen, wo der Grund für den Kampf entstand. Wir brauchen das Motiv für den Kampf!«

Valmir hatte sich zu ihnen gesellt. Eine leicht getönte Sonnenbrille versuchte, sein blaues Auge etwas zu verdecken. »Deshalb sind wir doch hier und veranstalten diesen ganzen Zirkus – um mehr zum Motiv zu erfahren und nicht allein zum Tathergang. Ist natürlich auch wichtig. Ich weiß.« Und nach kurzem Zögern: »Natürlich auch, um unser Versprechen gegenüber dem Staatsanwalt einzulösen – in Kürze den Tatort wieder für die Produktion freizugeben.«

Unwillig grunzte Steven vor sich hin. Aber es stimmte, was der Kollege sagte. Der Druck von oben war deutlich spürbar. FuSchKa sollte so wenig wie möglich in seiner Arbeit beeinträchtigt und in die

Öffentlichkeit gezerrt werden. »Also gut, wo beginnen wir nun? Was ist der uns frühestmögliche Zeitpunkt?« Steven blickte in die Runde der Kollegen.

»Beim Einbruch?«

Steven nickte. »Auch wenn wir noch nicht wissen, ob der zufällig parallel dazu stattfand oder dazugehörte. Weiter!«

»Beim Arbeitsbeginn von Strecker. Wir kennen seinen Arbeitsbeginn. Durch die Daten der Stechuhr.«

»Hervorragend.« Steven blickte anerkennend den Praktikanten an. »Dieser junge Herr wird euch alle noch überholen, wenn er so weitermacht. Also: der Arbeitsbeginn von Strecker. Wann war der?«

»Um 8:00 Uhr am Morgen. Er hatte sich danach um 17:00 Uhr ausgestempelt und kam um 20:00 Uhr abweichend zum Arbeitsplan nochmals zurück. Das ist aber normal gewesen, wie der Schichtleiter berichtete. Strecker arbeitete dann an Ausbildungskonzepten oder kümmerte sich um seine Aufgaben als Bundestrainer für WorldSkills ...«

»Alles klar«, unterbrach Steven die Kollegin aus einer der anderen Abteilungen der Kriminalstelle, »dann beginnen wir mit 20:00 Uhr. Wann war der vermeintliche Einbruch?«

Valmir berichtete aus seinen Unterlagen: »Der Wachschutz vermutet so gegen 22:00 Uhr.«

Steven drehte sich um sich selbst, versuchte, sich einen Überblick über die gesamte Halle zu verschaffen. »Was machte Strecker in diesen zwei Stunden? Haben die Mitarbeiter ihn gesehen?« Kopfschütteln seiner eigenen Kollegen begleitete seine Umschau.

»Nein, nicht wirklich. Allerdings blockieren sie alle. Wollen ihn nicht gesehen haben. Einer mal auf der Toilette, die andere sah ihn in der Kantine an der Kaffeemaschine, in der Halle aber will ihn niemand gesehen haben. Abends sind Forschung, Ausbildung und Qualitätsmanagement in der Regel nicht oder nur sehr wenig besetzt. Er soll aber zumeist in seiner Bürokabine im Ausbildungsbereich gesessen oder eine der Maschinen für den kommenden Ausbildungstag eingerichtet haben.« Steven beendete seine Drehbewegungen und schritt zur genannten Bürokabine. »Dann beginnen wir jetzt da. Zwei kommen bitte mit mir mit, der Rest bleibt hier und spielt die möglichen Einbrecher. Macht euch Gedanken, was man so klauen will – haben die Firmenchefs erwähnt, was geklaut wurde? Nein? Nun, dann macht euch Gedanken dazu. Kerstin und Valmir: Ihr stellt euch bitte an die Stelle, wo Strecker die Materialkiste für die Weltmeisterschaft mit Geräten gepackt hat. Ich bin gleich zurück.«

Der Weg zur Kabine Streckers war verwinkelt und führte an die Rückwand der Werkshalle. Ein Blick zu den anderen Kollegen war von hier aus nicht möglich. Auch hörte er keinerlei Geräusche oder Laute. »Hört ihr irgendetwas? Oder könnt ihr hier drin was entdecken?« Beide Kollegen schüttelten die Köpfe. »Schaut euch dennoch um, falls wir was übersehen haben.«

Alle drei begannen, in der engen Kabine sorgfältig jeden Winkel zu durchsuchen. Und tatsächlich, es fanden sich zwei Zigarettenstummel auf dem Boden, die nicht zu Strecker und zu den Gesetzen der Firma FuSchKa – nämlich striktes Nichtrauchen – passten. Vorsichtig hoben sie diese mit einer Pinzette auf und steckten sie in einen Plastikbeutel. »Ausländische Marke. Zumindest kenne ich diesen Aufdruck nicht. Osteuropäisch?«

Steven blickte kurz drauf und nickte. »Dann waren die Personen, wer auch immer sie waren, erst einmal hier bei ihm. Seht ihr irgendwelche Unordnung oder Spuren einer Auseinandersetzung? – Ich auch nicht. Dann gehen wir mal davon aus, dass Strecker die Fremden kannte.« Sie gingen zurück zu den anderen Kollegen, die etwas unschlüssig herumstanden. »Und, was habt ihr als Diebe hier nun klauen wollen?« Auffordernd blickte er seine Kollegen an.

Diese zuckten mit den Schultern. »Wir kennen uns mit diesem Technikzeug einfach nicht aus. Kann man einen ganzen Roboter klauen?« Sie gingen gemeinsam zu Valmir und Kerstin.

»Stand die Box hier, wo ihr jetzt seid?« Beide nickten. »Also zwischen Lackiermaschine und Fundort des Toten.« Steven rieb sich mit der Hand über den glatten Schädel. »Was folgern wir daraus?«

Eine der Kolleginnen, die mit in der Kabine gewesen war, hob die Hand. »Die Diebe drangen etwa um 22:00 Uhr in das Werksgelände ein. Sie begaben sich direkt in diese Halle und zur Kabine von Strecker. Es sind somit gute Ortskenntnisse vorauszusetzen. Sie sprachen mit Strecker in der Kabine, worüber auch immer. Er schien sie erwartet zu haben, ging mit ihnen hierher, wo die Kiste war und wo der Roboter steht. Es kam zum Streit, ob direkt nach Ankunft hier an diesem Ort oder nach einiger Zeit, ist zu klären. Letzteres ist zu vermuten. Die Diebe mussten das, was sie entwenden wollten oder entwendeten, erst herbeischaffen oder abmontieren. Es kommt zum Streit. Ein heftiger Streit und zu Handgreiflichkeiten. Personen müssen verletzt worden sein. Die Lackiermaschine wird demoliert. Wahrscheinlich durch Stahlstangen oder große Werkzeuge. Strecker geht verletzt zu Boden, wahrscheinlich ist er ohnmächtig, wird in die Maschine geschleift, die Täter schalten diese an und verschwinden. Strecker aber stirbt einen schrecklichen Tod.« Sie sprang von einem Ort zum anderen, während sie redete. Die Haare hingen ihr in Strähnen ins Gesicht. Sie war außer Atem, als sie beim Tod angelangt war. Aber zufrieden, als sie die Gesichter der Kolleginnen und Kollegen sah.

»Respekt«, flüsterte Valmir. »Es sind aber noch einige Fragen offen: Warum kamen sie am Wachschutz vorbei? Oder wie? Warum gibt es keine Videoaufzeichnungen der betreffenden Stunden? Wer hat die Festplatte des Rekorders geklaut? Und warum? Vor allem, warum das alles? Was wurde geklaut, und wie wurde es hier rausgeschafft?« Steven klopfte ihm auf die Schulter. »Gemach, werter Freund. Diese Fragen klären wir noch. Jetzt haben wir aber endlich mal ein Ablaufmuster, an dem wir uns etwas entlanghangeln können. Besten Dank, werte Kollegin. Gut gemacht. Vielen Dank euch allen. Wer kann die Zigarettenstummel zur KTU mitnehmen?« Während die Beamten der anderen

Abteilungen, die sie für diese Nachstellung ausgeliehen hatten, bereits ihre Sachen zusammenpackten und in Richtung Ausgang gingen, blieb Kerstin an Ort und Stelle stehen. Nachdenklich runzelte sie die Stirn. »Nein, nein, liebe Jungs. Ihr seid viel zu schnell. Das ist zu wenig.« Valmir dreht sich zu ihr um. »Was? Was meinst du?« Auch Steven drehte sich zu ihr hin, nachdem er die Fundstücke abgegeben hatte.

»Nun ja. Warum immer Diebe und Räuber? Warum nicht einfach doch nur eine Beziehungstat? Clever geplant oder aus dem Affekt heraus geschehen.« Sie boxte beiden kräftig auf die Brust. »Kommt schon, ihr beiden! Ihr seid doch sonst so scharfsinnig und analytisch. Warum aber geratet ihr hier immerzu in diesen verengten Blickwinkel? Noch haben wir zu viele Personen mit Tatmotiven, und ich habe den Eindruck, dass es täglich immer mehr werden! Warum diese anonymen Anrufe und Beschuldigungen?« Valmir verschränkte die Arme: »Weil wir noch selten so wenige Beweise hatten und nur auf Aussagen und Vermutungen bauen können, wie in diesem Fall. Deshalb eventuell, Kerstin.«

Steven packte seine Hose, Hemd und Jacke in einen Stoffbeutel, den er in Streckers Kabine gefunden hatte, und stopfte das WorldSkills-Buch dazu. Ihm gefiel die Arbeitskleidung, und er wollte das Gefühl noch etwas genießen. »Fragen über Fragen. Und doch habt ihr recht. Lasst uns zurückfahren und das nochmals im Büro besprechen.«

# Was zählt

Wieder so ein Tag, an dem sich Julian fühlte, als ob alle an ihm herumzerrten.

Die alte Lagerhalle breitete sich dunkel und kalt vor ihnen aus. Die kleinen Jollen ihres Segelvereins lagerten hinten in der Ecke. Wie ein Fisch auf dem Trockenen, dachte er sich beim Anblick der schnittigen Gefährte. Die Stimmung in der Runde war nicht besonders gut. Ihm schien, als hätten sich alle Segelfreunde gemeinsam mit Jessica und den WorldSkills-Trainern gegen ihn verschworen. Selbst seine Eltern nervten ihn mächtig derzeit. Seine Ex-Freundin saß an diesem frühen Mittwochabend ebenfalls auf einem der Boote in der Halle und schliff einige Reparaturstellen auf dem Bootsrumpf ab.

Julian kniete nieder und fasste beide Hände seiner Schwester. »So meine Prinzessin, jetzt wird gearbeitet. Bist du bereit? Hat dein Teddy Schutzbrille, Mundschutz und Schleifpapier? Ist dir auch nicht zu kalt?« Liebevoll strich er eine Haarsträhne aus ihrem Gesicht und lächelte, als sie stumm nickte.

Aufmerksam beobachtete die Kleine die anderen im Raum. Sie spürte die Spannung in der Halle und ließ sich dankbar von ihrem Bruder in eines der Boote hieven, um dort ihren Teddy aus dem Rucksack packen zu können. Niemand lachte, keiner ließ einen lockeren Spruch heraus. Julian mochte das recht sein. So konnte er sich seinem geliebten Segelboot widmen und in seine eigenen Gedanken abtauchen. Seine blonden Haare färbten sich durch den Schleifstaub, der sich auf ihn legte, weiß. Der Atemschutz und die Schutzbrille ließen seine kleine Schwester auflachen. »Du siehst aus wie das Seemonster, das ich neulich im See entdeckt habe.« Er stupste sie an die Nase und grummelte tief: »Dann pass auf, dass ich dich nicht mit Haut und Haaren verschlinge.«

Sie quietschte vor Freude laut auf und setzte sich und dem Teddy ebenfalls einen Atemschutz auf. In diesem Jahr wollte ihr geliebter Bruder sie zum ersten Mal in seinem Boot mit zum Segeln nehmen. Die knallig rote Schwimmweste in ihrer Größe war schon gekauft. Pink gab es leider nicht, wie sie unter Protest im Segelladen feststellen musste.

»Julian, wir brauchen dich in diesem Sommer!« Sein Kumpel Max war zu ihnen rübergekommen und reichte ihm ein Bier. »Es stehen einige wichtige Regatten an, und wir müssen endlich den Wanderpokal zurückholen.« Eine weitere Stimme mischte sich ein. »Und dabei dürfen wir nicht vergessen, wer ihn zum ersten Mal in der Vereinsgeschichte abgegeben hat!«

Genervt legte Julian sein Schleifgerät auf die Bootskante. Ja, er wusste sehr wohl, dass er mit in jenem Boot saß, als sie die Regatta verloren hatten und somit auch den Pokal. Glücklicherweise erwähnte ihr Segeltrainer nicht auch noch, dass der Verein bereits seit 1898 existierte. »Was für eine Schmach, dass das gute Stück den Winter bei den Überlingern verbringen musste.«

Julian antwortete nicht darauf, sondern wandte den Blick von ihnen weg ins Dunkle der Halle. Gedemütigt setzte er sich auf eines der Räder des Bootstrailers und leerte mit einem Zug das Bier. Egal, wo er hinging: zu seinem Fußballverein, zum Modellbau-Club oder hier zu seinen Seglerfreunden – alle zerrten an ihm, machten ihm Vorwürfe. Ja, er hatte den Pokal verloren – und ja, es war eine unschöne Sache, was die Lokalzeitung dazu geschrieben hatte. Aber hej, die Welt ging doch davon nicht unter. Julian spürte große Lust, das hier alles hinzuschmeißen und einfach mit seiner Schwester aus dieser muffigen und kalten Halle zu verschwinden. Runter an den See, wo sie Strandräuber spielen konnte.

Jessica verfolgte nicht ohne Genugtuung das Gespräch. Für sie war das Wasser auf ihre Mühlen. Bestätigung für ihre eigenen Vorwürfe gegen ihn. Niemand wollte und konnte verstehen, dass er sich für diese Weltmeisterschaften der Berufe so intensiv engagierte. Zumindest nicht so extrem, dass er seine Freunde und das Vereinsleben vernachlässigte, zumal er nun nicht einmal mehr der Favorit war. Das passte nicht in ihre lokalen Raster und Traditionen. Hier hielt man in der Gemeinschaft eng zusammen. Die eine Gemeinde gegenüber der anderen. Konkret: die Friedrichshäfler gegenüber den Überlingern, Lindauern oder Ravensburgern. »Julian, überleg dir, wer deine Freunde sind. Die aus deiner komischen Nationalmannschaft aus Ravensburg, Ulm und gar Stuttgart und von noch viel weiter her mit Sicherheit nicht! Julian, versteh doch.«

Max bedrängte ihn noch immer. Flehte beinahe. Sein bester Jugendfreund war auch sein Bootskamerad. Mit ihm hatte er schon Segelrennen bestritten, als sie noch in den kleinen Optimisten, jenen Minibötchen für Kinder, vor Kälte und Angst gebibbert hatten. Beide galten mittlerweile als wichtige Startkandidaten des Segelvereins für die großen Segelregatten auf dem See.

»Schau Julian, wir würden gern auch in diesem Jahr an der ›Rundum‹ teilnehmen. Doch dafür müssen wir trainieren. Das Segeln in der Nacht gegen mehr als dreihundert andere Schiffe schafft sich nicht von allein. Du weißt, dass dies die Königin aller Regatten auf unserem See ist!« Er machte eine kurze Pause, drehte den Kopf weg, um dann noch nachzusetzen: »Dort, bei denen, bist du noch nicht einmal nominiert. Bei uns schon.«

Das saß! Julian hob bereits die Hand, wollte sie seinem Gegenüber ins Gesicht klatschen lassen. Doch resigniert hielt er inne und sackte noch mehr in sich zusammen. Recht hatten sie. Er hatte kein Ticket. Noch nicht! Dabei waren die WorldSkills seine Chance, von zu Hause rauszukommen, seinen Horizont zu erweitern. Hier, das war schön, aber eng und klein.

»Ihr habt doch alle keine Ahnung«, protestierte er schwach. Der Impuls, einfach mit seiner Schwester aus der Halle und ihrer Enge zu fliehen, war groß. Doch da war aber auch die Verbundenheit und jahrelange Freundschaft mit diesen Menschen. Andere im Stich zu lassen war noch nie sein Ding. Und so fuhr er unvermittelt fort: »Aber ihr könnt auf mich bauen!« Julian wollte es mal wieder allen recht machen.

Dankbar blickten sie zu ihm rüber und klatschten in die Hände. »Wiederhol das noch mal!«

»Ja, ich bin dabei. Versprochen.« Er wischte mit einem Handstreich durch die Luft alle dunklen Geister weg. Jubel brach aus. Schnell waren weitere Biere gereicht und die Welt wieder für eine kurze Zeit in Ordnung. Glücklich blickte auch Mia unter der Abdeckplane eines Kajütbootes hervor, unter die sie sich mit ihrem Teddy geflüchtet hatte. Sie mochte es nicht, wenn die anderen ihren geliebten Bruder beschimpften. Er war doch so ein toller Kerl! Mit ihm würde sie bis ans Ende der Welt segeln! Julian sah ihren verstohlenen Blick und lächelte ihr zu. Schnell stellte er sein geleertes Bier weg und machte sich wieder an die Arbeit. Die Boote sollten frisch erstrahlen, wenn es darum ging, die Ehre des Vereins wiederherzustellen. Es fühlte sich nicht schlecht an, sich für diese Welt zu entscheiden.

Eine schüchterne Stimme in ihm klopfte vorsichtig an und fragte jedoch: »Was zählt wirklich?«

Er hörte ihr an diesem Abend aber nicht mehr zu. Genoss die Gemeinschaft mit den Freunden, spürte das Prickeln in der Nähe von Jessica und herzte seine kleine Schwester, dankbar, dass sie einfach da war.

Sie achteten nicht weiter darauf, dass am Eingang der Halle Lärm entstand. Erst als von mehreren Seiten Polizisten auf sie zukamen und Mia schreiend unter ihrer Plane verschwand, verstummten die Segelfreunde. Einer der Polizisten zog den Stecker aus dem MP4-Player, aus dem gerade noch laut »Alles was zählt, bist du …« dröhnte. Stille kehrte ein.

»Julian Jäger, kommen Sie bitte mit uns mit!« Steven Plodowski tauchte urplötzlich aus dem Hintergrund auf. Unruhe entstand unter den jungen Leuten.

»Haut ab!«, brüllte jemand wütend aus dem Hintergrund. »Bullen, verschwindet«, tönte ein zweiter.

Doch Julian winkte schnell ab. »Wohin? Was soll das?« Irritiert blickte er von Steven zu den Polizisten und zurück. »Was ist passiert?«

»Das wollten wir Sie fragen. Aber nicht hier!«

Julian zeigte auf seine kleine Schwester beziehungsweise auf den Ort, wo sie sich versteckte. »Ich muss mich um meine kleine Schwester kümmern. Sagen Sie doch bitte, um was es geht!«

»Lukas Steinhauser ist verschwunden! So, wie es aussieht, entführt.«

Ein Raunen ging durch die Runde. Schweigend legte Julian alle Werkzeuge weg. Er blickte zu Jessica rüber, die sofort reagierte. »Ich bringe Mia nach Hause. Mach dir keine Sorgen.« Der Schock stand ihr selbst ins Gesicht geschrieben, so kreideweiß, wie sie plötzlich war.

Plodowski wandte sich an die Anwesenden. »Es ist keine Festnahme. Nur eine Befragung.« Die vielen Polizisten deuteten jedoch was anderes an. Julian folgte ihnen widerstandslos: Lukas verschwunden!

# Unter Verdacht

Das Ulmer Münster zeigte sich kurz zwischen den mittelalterlichen Hausgiebeln, als der kleine Transporter etwa achtzig Kilometer nördlich von Friedrichshafen in der Tiefgarage des Fischerviertels verschwand. Zur Mietwohnung im obersten Stock des verwitterten Fachwerkhauses gleich neben dem schiefsten Hotel der Welt waren es nur wenige Meter. Eine Touristenführerin berichtete in schwäbischem Englisch vom bedrohlich wirkenden Neigewinkel des alten Hauses. Ihre asiatische Reisegruppe nickte artig und hielt dutzendfach die Smartphones in die Höhe. Klick und gut ist's. Auf zur nächsten Attraktion.

»Na, wenigstens habt ihr kein schwarzes Ami-Fahrzeug mit getönten Scheiben geklaut!« Der wartende Kollege in der Wohnung wurde puterrot im Gesicht. »Wie dumm kann man sein, am helllichten Tag dort hinzufahren?« Einer der vier Ankommenden erwiderte entschieden: »Das war auch nicht unser Plan, Nazar! Aber unser Kontaktmann beim Wachschutz gab uns sehr kurzfristig den Tipp, dass die Box auf dem Weg ist.« Die anderen nickten. Ein kleiner Dicklicher ergänzte: »Ja, und wir hatten sie auch beinahe. Bis diese beiden Idioten vorbeikamen. Wenn ich richtig gesehen habe, war der eine der Kerl von der Polizei.«

Das Wort Polizei elektrisierte alle im Raum. Stille kehrte ein. Die Asiaten unten in der Gasse waren längst trotz vorangeschrittener Stunde ersetzt durch eine USamerikanische Reisegruppe. Das »great« und »incredible, oh how lovely« scholl durch die Häuserschlucht. Ein Zuhörer hätte jedoch nicht die Sprache entschlüsseln können, in der die fünf Verschwörer miteinander sprachen.

»Und nun?« Offenbar war der angesprochene Nazar auch der Anführer der Truppe. »Was passiert nun?«

Schulterzucken bei allen. Sie wussten es nicht. Die silberne Box mit dem komischen Logo drauf war aus ihrem Zugriffsbereich entschwunden.

»Bekommt heraus, wo sie die Lieferung hinschicken. Macht das! Es geht um Leben und Tod! Dieser Idiot von Strecker muss das Zeug da drin versteckt haben, wo denn sonst?« Sie waren ein großes Risiko eingegangen heute. Doch die Gefahr, die ihnen drohte, wenn sie nicht lieferten, war deutlich größer. Ihre Auftraggeber waren nicht zimperlich, das hatten sie mehr als einmal bei den Kontaktgesprächen mitbekommen. Und es musste eine größere Macht hinter allem stecken. Das spürte man. Zwei Wodkaflaschen wurden geöffnet und machten wechselseitig die Runde. Schnell stieg der Alkohol ihnen in die Köpfe und ließ sie wehmütig von alten Zeiten sprechen. Von damals, als sie noch in der Ukraine dem Vaterland dienten und mit den Kameraden gegen überzählige Feinde kämpften. Sie wollten diesen Auftrag schnell beenden, um wieder zurück in ihre geliebte Heimat reisen zu können. Der Alkohol umnebelte sie und trug sie weit weg in die Heimat, die sich so unerreichbar fern anfühlte. „Wir brauchen das Zeug, versteht ihr? Ohne die Ware werden wir unsere

Familien nie mehr sehen, das kann ich euch schon jetzt prophezeien.“ Besagter Nazar hob erneut die Flasche an den Mund. Schnell die schlechten Gedanken ertränken. Zumindest für den Abend!

***

Jens Heber saß bereits im karg eingerichteten Raum im Gebäude der Kriminalpolizei Ravensburg, als Julian mit dem Kripobeamten eintrat. »Ist das ein Verhör, oder was?«, fauchte der Trainer. Funken sprühten aus seinen Augen. »Wenn ja, dann will ich einen Anwalt sprechen – und für den Jungen rufen Sie bitte die Eltern an!«

»Das machen wir. Aber nein – noch ist es nur ein Gespräch. Kein Verhör.« Steven entschied sich, das auch räumlich zu zeigen. Er nahm beide mit in sein Büro. Vorbei am Staatsanwalt, der in Anzug und Mantel im Gang stand. Wie ein Schwamm wollte er die letzten Informationen aufsaugen. Das Neueste wollte er in das Treffen seiner Stiftung an diesem Abend hineintragen, wenn es dann an die Vorstandswahlen ging. »Sind das die Mörder?«, raunte er Kerstin und Plodowski zu.

Doch die gerade hinzugekommene Kollegin blockte ihn ab. »Das zu sagen, ist noch viel zu früh.« Sanft drückte sie den neugierigen Herrn den Gang hinunter. »Wir versprechen Ihnen, dass Sie der Erste sind, der es erfahren wird. Ehrenwort! Wenn Sie wollen, kommen wir auch nachts zu Ihnen nach Hause, um das persönlich mitzuteilen.«

»Na«, winkte der energisch ab. Sein Zuhause, das war sein Schonraum. In seine heile Welt ließ er niemand Berufliches hinein. Das wusste Kerstin, und damit hatte sie ihn. Stumm grüßte er und ging zum Treppenhaus. Die Botschaft war angekommen. Auch ein Staatsanwalt durfte den Bogen nicht überspannen.

Derweil saßen die Männer in etwas entspannterer Runde beisammen. Steven hatte erneut das Thema berufliche Wettbewerbe und Ausbildung auf den Tisch gebracht. Man konnte beinahe glauben, ihn interessierte das alles mehr als den Mordfall selbst. Doch Kerstin verstand schnell: Er wollte die Stimmung entladen, Druck herausnehmen und die einzelnen Personen im Raum miteinander in Verbindung bringen. Sie grätschte bewusst dazwischen: »Dann sind Sie ja nun das Teilnehmer-Team, oder?« Guter Junge, böses Mädchen. Heute spielten sie es einmal so herum.

Jens Heber fuhr wütend herum. »Verdient hätten wir es in jedem Fall! Julian ist der bessere Wettkämpfer.«

Dieser schwieg. Steven räusperte sich. »Verstehe. Wäre nur nicht der letzte Patzer im Ausscheidungswettkampf gewesen.« Grimmiges Nicken. »Wer weiß, ob Strecker nicht noch seinen ganzen Einfluss geltend gemacht hat – bei der Jury.« Steven begann zu sticheln.

Valmir betrat den Raum. Leider war oberhalb seiner Augenbraue doch noch die Wunde aufgeplatzt. Ein Klammerpflaster hielt den Cut zusammen. »Herr Heber, ich dachte, Sie waren Freunde. Gingen Sie nicht sogar zusammen zur Schule? Sie und Tobias Strecker?« Keine Antwort.

Julian wirkte blass und wie unter Schock. »Was ist denn nun mit Lukas? Wo ist er, wie geht es ihm?«

»Das wollten wir mit euch zusammen herausfinden. Wann hast du ihn zum letzten Mal gesehen?«

»Sonntag beim Training«, erwiderte er. »Aber wir sprachen nur kurz.«

»Du bist noch immer enttäuscht, dass er dich überholt hat, richtig?«

»Ja sicher. Für mich bedeutet das alles sehr viel. Anfangs habe ich es gemacht, weil mein Ausbilder es verlangte und weil ich niemanden enttäuschen wollte. Doch dann hat mich das WorldSkills-Fieber gepackt. Das lässt keinen mehr los.« Wie weit würde man dafür gehen, fragte sich Steven. Bis zu einem Mord? Bis zu einer Entführung? »Lukas hat mir heute Nachmittag noch eine WhatsApp geschickt. Er wollte, dass wir uns wieder verstehen und Freunde sind.«

»Wann war das?« Drei Polizeibeamte fragten beinahe gleichzeitig. »So gegen halb fünf. Ich war gerade auf dem Weg zum Segelclub.« Also gut eine Stunde, nachdem Steven ihn im Betrieb verlassen hatte.

»Eine Arbeitskollegin hat ausgesagt, sie habe an der Bushaltestelle gestanden und gesehen, wie ein Mann mit Maske Lukas in unmittelbarer Nähe zu seiner Firma niedergeschlagen und in einen blauen Passat mit Schrägheck gepackt hat. War jemand von euch dabei? Wisst ihr was darüber?« Die Frage von Kerstin kam sehr energisch. Sie verlieh ihr Druck, indem sie mit der Hand auf den Tisch schlug. Julian zuckte zusammen. »Nein. Nein. Ich war doch mit meiner Schwester beim Segelclub.« Er spürte beißenden Schweißgeruch unter seinen Achseln. Er zitterte am ganzen Körper.

Jens Heber schwieg. Steven beobachtete das Zucken seines linken Auges. Es ging einher mit dem ruckartigen Bewegen des Ohres auf der gleichen Kopfseite. Dieser Mensch schien grundsätzlich keine guten Nerven zu haben. Im Gang schoben Putzkolonnen ihre Gerätschaften vor sich her. Sie waren es gewohnt, dass noch spätabends gearbeitet wurde. Gelangweilt schauten sie vor sich hin. Die Ohren aber wollten geradezu in den Raum hineinwachsen. Es war immer eine willkommene Abwechslung, solche Dinge zu erleben.

»Herr Heber, wir haben Sie was gefragt.«

»Ich habe damit nichts zu tun. Glauben Sie mir.«

Doch Valmir hakte nach: »Ihr habt sehr viel damit zu tun. Ihr beide seid die größten Nutznießer dieser ganzen Schweinerei. Der tote Fleischberg und der verschwundene deutsche Meister. Für euch bedeutet das die Fahrkarte nach Kolumbien. Hätte es da nicht einfach gereicht, Lukas auf die Seite zu schaffen? Warum auch seinen Trainer?«

Julian wurde schwindelig. Er hatte das Gefühl, unweigerlich in einen Strudel hineingezogen zu werden, ohne irgendetwas dagegen tun zu können. Hilfesuchend schaute er sich im Raum um. Kein Halt in Sicht. Wann kamen seine Eltern?

»Sie können sich selbst einen Gefallen tun, Herr Heber – und Julian. Sagen Sie uns, wo Sie heute zwischen halb fünf und fünf waren.«

»Bei meiner Mutter in Bodnegg. Ich habe sie besucht. Sie ist eine einsame Witwe, die niemanden mehr außer mir hat.«

»Wir überprüfen das. Bitte schreiben Sie Name und Adresse hier auf. Und du, Julian?« Während Plodowski das fragte, stampften wütende Eltern ins Büro.

»Was tun Sie hier? Ist das überhaupt legal? Meinen Sohn ohne Grund hier festzuhalten?«

Julian sprang erleichtert von seinem Stuhl auf und rannte zu seinen Eltern. Sein Vater brachte sich in Kampfstellung. Ein Studienrat, wie er im Buche stehen mag, schoss es Steven durch den Kopf: Strickjacke auf weißem Hemd, sogar noch am Abend glatt rasierte Wangen, stocksteife Körperhaltung und mit Sicherheit in allen möglichen Gremien der Stadt vertreten. Wahrscheinlich kannte er den Staatsanwalt auch ganz gut, mutmaßten Steven und Kerstin zeitgleich. Besser jetzt keine neue Front aufbauen.

»Entschuldigen Sie. Wir wollten niemanden aufhalten. Er kann gehen. Danke für deine Unterstützung, Julian.« Zu Heber gewandt fuhr Kerstin aber fort: »Wir behalten Sie im Auge, Herr Heber! Sie stehen unter Hausarrest.«

***

Lukas fror unsäglich, als er aus seiner Ohnmacht erwachte. Er wollte sich aufsetzen, doch schlug sein Kopf gegen die metallene Klappe eines Fahrzeugs. Die Hände waren gefesselt. Er kippte und fiel unsanft auf den Kofferraumboden zurück. Es war stockdunkel um ihn herum. Modergeruch, der von einem jahrelang nicht gereinigten Fahrzeug herrühren mochte, nahm ihm den Atem. Der Gefangene stampfte mit den Füßen gegen die Wand seines Gefängnisses. Doch das Poltern wurde nicht gehört. Niemand öffnete den Kofferraum. Der Kopf schmerzte. Lukas spürte seine Glieder nur noch dumpf. Hatte die Kälte ihn schon zu sehr ausgekühlt?

Schritte näherten sich. Er versuchte zu rufen. Doch kein Laut verließ seine Lippen. Sie waren mit dickem Isolierband verklebt. Jemand stieg in den Wagen. Waren das die Entführer? Wut stieg in ihm hoch. Er stampfte, klopfte, aber der anspringende Motor des Fahrzeuges übertönte alles. Sie fuhren los.

Was sollte das alles? Er erinnerte sich, dass er mit dem Bus nach Hause wollte. Dann war da wie aus dem Nichts dieser Kerl mit der Maske und der heftige Schlag auf seinen Kopf. Dann Schwärze.

Lukas wand sich, um etwas Seitenlage zu bekommen. Sein Schädel brummte noch immer wie eine vibrierende Kirchenglocke. Er hätte nicht sagen können, wo genau ihn der Schlag getroffen hatte.

Der Motor jaulte erbärmlich auf, als der Fahrer des Wagens Gas gab. Entführung! Unfassbar, er wurde entführt. Was sollte das alles? Nach wenigen Minuten beschleunigte das Fahrzeug kontinuierlich, ohne zu stoppen. Also keine Ampeln, keine Kreuzungen. Es musste eine Schnellstraße sein. Im Schussental aber gab es nur wenige davon. Nach Süden oder Norden? Nach Norden! Sie fuhren einen Berg hoch. Das musste hinter Baindt sein. Er kannte die Strecke nur zu gut. Das konnte somit nur die Bundesstraße 30 bedeuten.

Langsam drang Wärme aus dem Fahrerraum zu ihm nach hinten. Das tat gut. Wer mochte für das hier verantwortlich sein? Fieberhaft ging Lukas in Gedanken die kleine Reihe seiner Freunde durch. Wollte jemand von diesen sich einen Spaß mit ihm erlauben? Ein derber Jungenstreich, so, wie früher? Lukas versuchte, Namen zu artikulieren. Der Knebel aber verschluckte jeglichen Laut. Würde sich gleich alles auflösen in Form einer Abschiedsparty, zu der seine Kumpels ihn entführten?

Das Fahrzeug verließ nach gut einer halben Stunde Fahrt die Schnellstraße. Ein Kreisverkehr, ein zweiter, Stopps. Also Ampeln. Die nächstgelegene Stadt war Bad Waldsee. War das Ziel somit diese Kleinstadt? Was machten sie hier? Lukas wurde unruhig. Ängste kamen in Wellen in ihm hoch. Er rüttelte und zerrte an seinen Handfesseln. Die Schmerzen trieben ihm Tränen in die Augen. »Verdammt, nun lasst mich endlich hier raus! Ich will raus.« Doch sein Stöhnen schaffte es nicht durch den Knebel und das Klebeband auf seinem Mund.

Das Auto stoppte erneut. Lukas vernahm ein Summen. Ein Garagentor? Es schien so. Der Fahrer zog die Handbremse, schaltete das Fahrzeug aus. Die Klappe über ihm öffnete sich. Wütend begann Lukas trotz Klebeband auf dem Mund, seinen Widersacher zu beschimpfen. Doch der war nicht zimperlich, schlug nochmals kräftig und sachgerecht zu. Die Nacht umfing Lukas unmittelbar. Er stürzte erneut in einen tiefen Abgrund.

***

Seine Frau und die Kinder saßen bereits beim Frühstück, als Steven in Boxershorts und T-Shirt in die Küche schlurfte.

»Sexy Short«, kommentierte Sina, seine Tochter. Sohn Salvador – oder Salva, wie ihn alle nannten – spielte mit seinem Smartphone. Steven küsste seine Frau auf die Stirn und holte sich einen Kaffee.

»Schickes Kostüm, Dad, das hat die Presse super getroffen.« Neugierig blickte der Angesprochene über den Küchentresen hinweg zu den Dreien. »Was meinst du?«

Salva hielt das Display in die Luft. »In einigen Zeitungen bist du drin. Haben eben Geschmack.«

Steven entdeckte sein Hasenkostüm. Ihm wurde unwohl dabei. »In welchen Zeitungen ist das?«

»So gut wie in allen aus der Region. Wirklich hübsch, Dad.« Dagmar fand das gar nicht witzig. Sie murrte vor sich hin. »Nichts verstanden haben die. Nichts!« Sie knabberte an ihrem Brötchen. »Da habe ich so viel mit ihnen geredet und erklärt. Und dann nur das!« Sie zeigte auf den Text unter dem Bild. »Vor allem, warum man ausgerechnet von der eigenartigen Touristin so viel zitiert, verstehe ich absolut nicht. Warum schreiben die, dass diese Aktion zu einem alten Kulturgut Oberschwabens gehört, das Touristen anzieht? Wo steht etwas von der höheren Botschaft, die ich vermitteln wollte?« Verletzt legte sie das Brötchen auf den Teller zurück.

Steven blieb sicherheitshalber hinter der Küchentheke stehen, die die Wohnküche vom Rest des Raumes trennte. Etwas ungelenk drückte er den Hebel des Toasters herunter, gefüllt mit zwei Biotoastscheiben. Ein altes Gerät, was schon längst hätte ersetzt werden sollen.

»Na, die Presse versteht eben nichts von deiner Kunst, Mum.« Sina streichelte deren Arm. »Du bist einfach deiner Zeit um Jahre voraus.«

Die Angesprochene nahm das gern auf. Balsam für ihre Seele. Steven überlegte krampfhaft, was er Schönes dazu sagen konnte. Doch ihm fiel nichts ein. Herr Max, das Haustier, futterte an einem Salatblatt herum. Er hatte es sich auf dem Fenstersims gemütlich gemacht. Genau so, dass die ersten Sonnenstrahlen seinen Körper wärmen konnten. Nicht jeder hatte einen Leguan zum besten Freund des Menschen.

»Da hat dein Staatsanwalt ein eindeutig progressiveres Verständnis als so manch einer in diesem Raum«, sprach Dagmar mit einem beredten Seitenblick auf ihren schweigenden Gatten und versteckte ihr Gesicht dann hinter der überdimensionalen türkisfarbenen Teetasse. Selbst getöpfert von ihrer Freundin Gaby.

Plodowski musste erst einmal sacken lassen, dass seine Ehefrau sein künstlerisches Verständnis mit dem des Staatsanwaltes verglich. In Gedanken versunken leckte er das Messer voller Nutella ab, das auf den Toast geschmiert werden sollte.

»Süßer, was schaust denn so urkomisch vor dich hin?« Seine Gattin lachte unwillkürlich auf.

Doch Steven wollte sein Vorgesetzter nicht aus dem Kopf. Er wandte seinen Blick zum Fenster hinaus. Ravensburg lag unter ihnen im Nebel verborgen, während hier oben die ersten Sonnenstrahlen durchs Fenster drangen. Man hatte das Gefühl, in einem Raumschiff über der Welt zu schweben.

Sie hatten Glück, dass ihr mittelalterliches Häuschen mit den beeindruckenden Fachwerkkonstruktionen am obersten Talrand der Stadt lag. Es strahlte eine wunderbare Behaglichkeit aus, mit den restaurierten Balken und Holzböden. Behaglich, wenn die Gesprächsthemen der Bewohner nicht so anstrengend gewesen wären.

Steven traute sich noch immer nicht hinter seinem Küchentresen hervor. Mit einem lauten Klack knallten die schwarzgebrannten Toasts nach oben.

»Was hat denn der Staatsanwalt mitten in unserer Familie und an unserem Frühstückstisch zu suchen?« Die Vermischung von Beruf und Privat gefiel ihm gar nicht.

»Na, er ist in derselben Stiftung wie ich. Er wurde ja zum Obmann oder Präsidenten gewählt, wie auch immer. Mit knapper Stimme zwar, aber es hat geklappt. Und ich habe eine Ehrenmitgliedschaft – seit Kurzem.« Dagmar setzte entschieden ihre Tasse auf den Tisch.

»Du bist in seiner Organisation? Warum weiß ich nichts davon?« Jetzt war Steven doch sehr geplättet.

Salva blickte ihn erstmalig direkt an. »Das fragst du wirklich? Weil du nie da bist und weil du nichts von deiner Familie mitbekommst.«

Was wollte man darauf entgegnen? Das hörten so gut wie alle Kripobeamte. Steven dachte, sie wären darüber hinweg. Kriminelle kümmerten sich nun einmal nicht um das Familienleben der Polizisten, die sie jagten oder um reguläre Dienstzeiten. Lust, darüber am frühen Morgen zu diskutieren, hatte er auf keinen Fall.

Dagmar fuhr fort: »Ich soll dich schön grüßen. Du bekämst nun alle Zeit der Welt für deinen Fall.«

Na, das war ja eine nette Geste von dem Herrn Staatsanwalt. Mitgeteilt durch die Ehefrau!

»Und ich bekomme eine Audienz beim Fürsten von Wolfegg! Er persönlich will mit mir eine Ausstellung in seinem Schloss realisieren!« Der Stolz schwang nur so mit in ihren Worten.

Da blieb Plodowski erst mal die Spucke weg. Herr Max blickte aufmerksam zu ihnen hinüber. Die Stille schien ihn zu beeindrucken. »Das hat der Staatsanwalt vermittelt?« Stevens Stimme überschlug sich beinahe.

»Jawohl.« Sie blickte ihn trotzig an.

Was mochte sein Dienstherr im Schilde führen? Irgendetwas wollte der Staatsanwalt doch schon wieder von ihm, wenn er so etwas anstellte.

Seine Gattin kannte ihn wohl zu gut. »Steven, es geht um meine Kunst, sie gefällt ihm, nicht immer nur um dich.«

Offenbar sollten ihre Skulpturen eine neue Heimat im ehemaligen Automobilmuseum von Wolfegg erhalten, welches einst in einem Teil der riesigen Schlossanlage logiert hatte.

»Ich bin beeindruckt, Schatz. Sehr sogar. Du bekommst eine Dauerausstellung. Unfassbar. Ich freue mich sehr für dich.« Steven mühte sich redlich, ehrlich zu klingen. Beeindruckt war er dann doch. Seine Frau im schönen Wolfegg mit einer Dauerausstellung. Das hatte etwas. Dafür müsste sie allerdings noch einige ihrer Skulpturen gestalten. Dagmar war künstlerisch sehr vielseitig. Mit Schweißgerät und Flex konnte sie genauso gut umgehen wie mit dem Pinsel. Wenn nur nicht immer diese Kunstaktionen und Happenings wären. Darunter litt er sehr.

Sie verfielen alle in Schweigen und hingen ihren eigenen Gedanken nach. Bis Steven auf die Uhr sah. »Sagt mal, muss heute denn niemand zur Schule? Oder geht es euch wie mir? Ich habe irgendwie auch keine Lust auf Tote und Probleme.«

»Der Robotermord von Tettnang? Das ist ne krasse Kiste, Dad. Wie führt man denn so einen Roboter ab? Mit Handschellen?« Salva freute sich über seinen

Spruch. Der Fall weckte seine Sensationsgier und ließ ihn sogar von seinem Tablett aufschauen.

»Wir haben alle heute etwas später Schule wegen einer Lehrerkonferenz. Sie bekommen neue Anweisungen vom Oberschulamt, wie es mit unserer Berufsorientierung zukünftig weitergehen soll«, beantwortete Sina die Frage.

Salva zeigte wieder auf die Oberfläche seines Tablets. »Die Newsportale sind voll von diesem Mord. Gleich nach dem Fährenunglück auf dem Bodensee. War es denn nun wirklich ein Roboter?«

Steven zuckte mit den Schultern. Für ihn war es ungewohnt, mit der Familie so viel über seinen Beruf zu sprechen. »Hier ist auch ein Bericht zu dieser Firma FuSchKa. Schau mal, schickes Foto. Sie schreiben, das wäre die Delegation der Firma auf einer Ministerreise in Asien.«

Interessiert setzte sich Steven zu ihm aufs Sofa. Zu sehen waren auf dem angezeigten Bild Vorstände von FuSchKa sowie deren Entwicklungschefs, Bundesminister, asiatische Politiker und Wirtschaftsvertreter. Laut den Kurztexten zum Bild ging es um die Vereinbarung eines Forschungsdeals. Millionenaufträge lockten. Interessiert las Steven die Zeilen. Er erkannte Chris Seegmann, den Geschäftsführer und auch den Betriebsleiter Adrian Dietenberger auf dem Bild.

»So so, die Herren spielen also das ganz große Spiel«, wisperte Steven während des Lesens. »Was aber genau hinter dem Begriff Steuerungs- und Sensortechnik steckt, erklären sie auch hier nicht. Das ist wie eine Wand, die mir das nicht erschließen will.«

Salva wollte nachhaken. Das interessierte ihn, diese Zukunftstechnologien. Doch just in diesem Moment klingelte Stevens Telefon. Kerstin war am anderen Ende. »Grüß dich, Steven. Kannst du mal kommen? Da ist so ein Mensch aus Stuttgart hier. Er meint, er wäre der Chef von WorldSkills Germany und müsste dringend mit uns sprechen. Es wäre eine Angelegenheit von nationaler Dringlichkeit.« Ihre Stimme klang durchaus spöttisch.

Steven runzelte die Stirn. Diese nationalen und internationalen Dringlichkeiten häuften sich langsam in diesem Fall. Wurde Ravensburg zum Nabel der Welt? »Ist gut. Ich komme. Gib mir ne halbe Stunde.«

Als Steven eine gute Viertelstunde später die enge Treppe vom Bad herunterstieg und seine Jacke schnappen wollte, stand seine Tochter mit einer IKEA-Tasche in der Hand vor ihm. Hinter ihr Dagmar, die ihn erwartungsvoll anschaute, wie er nun reagieren würde.

»Du bist heute dran, Dad. Herr Max ist in deinen Händen.«

Verdutzt blickte er die zwei an. »Ich muss doch arbeiten. Ich kann ihn heute nicht mitnehmen.«

Doch Dagmar war sich dessen sehr sicher. »Oh ja, das kannst du, mein Bester. Du hast das Tierchen schließlich von der Kumpels-Party mit nach Hause gebracht. Nicht wir.« Sie schmunzelte. »So gern wir ihn haben und so wunderbar er für mich als Model arbeitet – heute bist einfach einmal du dran. Zeig uns, dass du ein Teil dieser Familie bist und Verantwortung übernehmen kannst.«

Mit einem Stöhnen nahm Steven die gut ausstaffierte Tasche entgegen und verließ das Haus. Herr Max schien mit der Reise einverstanden zu sein. Keinen Laut gab er von sich. Nur das Köpfchen, das steckte er dann doch neugierig heraus, als sie den Kiesweg hinunter zum Carport marschierten. Sanft setzte Steven ihn auf den Beifahrersitz und drückte die Ränder der großen Tasche nach unten. »Dann wollen wir mal einen schönen Tag miteinander verbringen. Schnall dich an.«

Stotternd sprang der Motor an. Vorsichtig bugsierte Steven sich und seine Fracht auf die Straße hinaus, um in den Nebel der Stadt hinein zu tauchen.

Valmir begrüßte ihn bereits auf dem Gang zu ihren Büros. »Hi, Steve. Diese Gäste machen da drin mächtig Druck. Werden aber auch langsam lästig.« Dabei reichte er ihm eine dünne Akte. »Was ist das?« Steven wirkte irritiert und blickte nur kurz drauf.

»Eine Notiz unserer Schweizer Kollegen, die nochmals bei der ehemaligen Geliebten Streckers und ihrem Mann in Romanshorn vorbeigeschaut haben. Hier der Beleg, dass unser Schweizer Freund, also der gehörnte Ehemann tatsächlich bei derselben Firma arbeitet, die den Wachschutz in Tettnang bei FuSchKa macht.«

Steven war noch nicht beeindruckt. »Nun, diese Firma agiert weltweit. Gehört zu den größten und ist international aktiv. Das muss noch nichts heißen. Kannst du dir mal die Mitarbeiter- und Einsatzlisten bei FuSchKa ansehen?« Valmir nickte, doch Steven blickte bereits auf die Bürotür, durch die er gleich gehen musste. Hoffentlich würde Herr Max im Auto keine Unordnung machen, solange er weg war. Sorgsam zog er sein Jackett glatt. Mit der Rechten strich er mehrfach über den Stoff, einem Bügeleisen gleich. Funktionäre mochte Plodowski nicht sonderlich. Schon im Sportverein waren sie ihm ein Grauen mit ihrer Wichtigtuerei. Und je größer die Organisation, desto schlimmer, so seine Meinung. Steven gab sich einen Ruck und öffnete energisch die Tür zum Besprechungsraum. »Guten Tag, die Herren«, eröffnete er noch im Eintreten das Gespräch. Der Geschäftsführer von WorldSkills Germany lächelte ihn mit wachen Augen an. Erstaunt fragte Steven: »Wo sind die anderen Kollegen?« Er blickte sich im Raum um.

»Meine Mitarbeiterin, meinen Sie? Sie musste zu einem dringenden Termin nach Bonn. Der Anruf kam gerade rein.«

Steven entspannte sich etwas. Und als das Gespräch in einem schwäbisch-fränkischen Dialekt fortgeführt wurde, war das Eis vollends gebrochen.

»Ich komme aus dem Fränkischen, Würzburg, um genau zu sein, und habe nach wie vor einen starken Bezug zu meiner Heimat. Auch wenn ich schon so viele Jahre in der Welt umhervagabundiere«, lächelte sein Gegenüber, das sich mit Reinhard Michalik vorstellte. Steven schüttelte die ihm angebotene Hand und platzierte sich vis-à-vis am Tisch. Ihm gefiel das rollende R in dessen Stimme, wie es den Franken in die Wiege gelegt wurde. Michalik mochte in den frühen Vierzigern sein, schätzte der Kommissar. Seine kastanienfarbenen Augen blickten ihm aus einem wachen Gesicht entgegen, das von einer wildlockigen braunen Mähne umrankt wurde, die er mit Gel zu bändigen versuchte. Schick war er angezogen, bemerkte Steven. Edler Anzug mit sportlichem Schnitt und weißem Hemd, ohne Krawatte. Das hätte dem Kripobeamten auch gut gefallen. Und im Ansatz versuchte er ja selbst, diese Kleidungsrichtung zu treffen. Wäre da nicht die große Unlust, grundsätzlich Einkaufen zu gehen, die ihn daran hinderte.

Als Steven bemerkte, dass seinem Gegenüber das Studium seiner Kleidung nicht unbemerkt geblieben war, blickte er schnell auf seine Akten und räusperte sich. »Ich habe gelesen, dass Sie starke Unterstützung durch die Bundesregierung erhalten. Die Kanzlerin soll sogar Schirmherrin des Nationalteams sein. Stimmt das denn so, was man da liest? Was ist der Hintergrund?« Steven bot frischen Kaffee an, der gern genommen wurde.

»Nun, es ist grundsätzlich schick, wenn Politiker tolle Bilder mit jungen Menschen machen können. Vor allem mit solchen, die voller Energie und Tatendrang stecken.« Michalik lachte schelmisch auf. »Nein, im Ernst: Es geht um die Vergleichbarkeit der Bildungssysteme und um das Image des deutschen dualen Ausbildungssystems in der Welt. Deutschland als führende Exportnation will sich hier natürlich in bestem Licht präsentieren.« Er nahm einen tiefen Schluck seines schwarzen Kaffees. »Wir als Bildungsnation können uns mit den anderen Bildungs-systemen der Welt optimal messen und trotzdem noch immer viel von diesen lernen.« Er knabberte genüsslich an einem der berühmten Kekse aus der Ravensburger Backstube und nickte anerkennend beim nächsten Schluck Kaffee. »Nicht schlecht für eine Behörde. Den Kaffee meine ich.«

Steven nickte erfreut. Schön, wenn Gäste seine Künste als Barista anerkannten. »Keine olympische Disziplin leider, das Kaffeerösten und -zubereiten. Dennoch sehr, sehr wichtig!« Er schnalzte genüsslich mit der Zunge.

Der Gast lächelte und fuhr mit seiner Ausführung fort. »WorldSkills-Wettbewerbe sind aber deutlich mehr. Sie sind Werbung für die Berufe, machen aus den jungen Talenten echte Vorbilder für viele Schülerinnen und Schüler. Hätte ich nur damals so tolle Beispiele gehabt, dann hätte ich was Gscheits gelernt vor dem Studium.«

Steven lachte laut auf bezüglich des Statements. Solche Aussagen hatte er in den vergangenen Tagen immer wieder gehört. Dieser Mensch schien das, was er tat, durch und durch zu leben. Dennoch wollte er zum Punkt kommen. »Was aber genau führt Sie zu mir ins beschauliche Ravensburg, Herr Michalik?«

Mr WorldSkills setzte sich zurecht und räusperte sich. »Schauen Sie, wir bekommen das Geld von der Bundesregierung – zu großen Teilen. Der jeweilige Bundeskanzler und der Bildungsminister sind beide unsere

Schirmherren und Paten, wie sie richtig recherchiert haben. Da hängt viel Renommee dran …«, er stockte kurz, »… und wenn dann etwas in der Presse auftaucht, das mit World Skills in Verbindung steht, und zudem eines der führenden Unternehmen der Welt involviert ist, dann wird das hochpolitisch.«

Das hätte Plodowski sich inzwischen selbst denken können, um was es hier ging. Politische Einflussnahme auf seine Ermittlungen! »Ja, und nun?« Jetzt wurde er innerlich unruhig.

»Schauen Sie, wir haben einen Toten, einen Vermissten, beide Ersatzkandidaten – Trainer und Wettkämpfer – sind verdächtig. Für uns eine Katastrophe. Der Totalausfall in einem wichtigen Skill droht und dann die Gefahr, dass es zu einem öffentlichen Skandal kommt.«

Steven stellte seinen Becher ab und stand auf. »Sie wollen, dass wir einen unserer Verdächtigen – und das ist Jens Heber leider derzeit noch – vom Haken lassen? Das fordern Sie von mir?«

Reinhard Michalik schüttelte den Kopf. »Nein, das können wir nicht verlangen. Wollen wir auch nicht. Aber wenn Sie sie trainieren lassen und wir grundsätzlich die Option haben, Julian und Jens Heber mitzunehmen, wäre das schon viel. Dieser Beruf ist von enormer Strahlkraft für uns und die gesamte deutsche Wirtschaft. Gerade im Bereich Maschinen- und Anlagenbau.« Steven stand am Fenster und schaute wieder über die Dächer der Stadt hinweg, hinüber zu deren mittelalterlichen Türmen. Der wuchtigste aber, der Mehlsack, thronte weit über den Dächern von Ravensburg.

»Ich habe sehr viel Sympathie für Ihre Organisation, Herr Michalik«, begann er mit ruhiger Stimme. «Das haben Ihre Mitglieder in den vergangenen Tagen gut geschafft, nicht nur mich für WorldSkills und die Idee dahinter zu begeistern. Aber ich bin als Ermittler verpflichtet, den Fall ins Zentrum zu stellen und in professioneller Weise alle persönlichen Emotionen herauszunehmen.« Er drehte sich um. »Sagen Sie mir, was soll ich gegenüber dem Staatsanwalt als Begründung anführen, dass ich das getan habe, einen Mordverdächtigen ins Ausland reisen zu lassen? Was soll ich der Öffentlichkeit sagen, wenn wir uns getäuscht haben und es weitere Tote geben sollte? Ausgeführt von einem Tatverdächtigen, den wir haben ziehen lassen.« Er blickte ihn auffordernd an.

»Ich verstehe Sie, Herr Plodowski …«

Doch Steven unterbrach Michalik gleich wieder. »Nur nochmals zur Betonung: Es geht nicht darum, was mein Gefühl sagt oder wie wahrscheinlich das ist. Es geht darum, dass es überhaupt eine minimale Wahrscheinlichkeit dafür gibt.«

Michalik setzte nochmals an. »Ich verstehe. Sicher, ja. Das ist Ihre Pflicht und Ihr Beruf, den ich sehr respektiere. Aber es könnte doch einen Kompromiss geben. Uns geht es erst einmal um das Training bis zur Abreise. Vielleicht ist ja bis dahin alles geklärt. Für die Reise nach Kolumbien gibt es doch sicherlich Möglichkeiten, wie die Verpflichtung beider, sich nicht von der Gruppe zu entfernen und eine Begleitung durch einen Beamten. Wir haben bereits Signal aus der deutschen

Botschaft in Bogotá bekommen, dass dies möglich wäre, nach Abstimmung mit dem Auswärtigem Amt, Innenministerium und Justizministerium. Würde das Ihre Sorgen zerstreuen?«

Steven ließ sich auf seinen Stuhl plumpsen. Das Gesagte fand langsam seinen Weg ins Gehirn. All die Ministerien, die Michalik aufgezählt hatte, die deutsche Botschaft – er hatte seinen Termin in Ravensburg gut vorbereitet. Vor allem in so kurzer Zeit, wenn man bedachte, dass Lukas erst vorgestern verschwunden war. Da musste man gute Kontakte haben. »Aha«, raunte er. »So so. Sie haben ganz schön gut vorgearbeitet.«

Michalik antwortete nicht, blickte ihn höflich und abwartend an. Seine Worte mussten ihre volle Wirkung noch entfalten. Da wäre jedes weitere Wort hinderlich. Er hob seine leere Kaffeetasse in die Luft und Steven verstand.

»Bitte, bedienen Sie sich.«

Michalik ging zur privaten Kaffeemaschine des Kommissars und drückte auf den Espresso-Knopf, während Steven weiterhin versuchte, die volle Tragweite und Konsequenz von all diesem zu verstehen. Wenn aber die Ministerien ihren Segen gaben, inoffiziell zwar, aber immerhin, dann könnte sogar der Staatsanwalt nichts dagegen einwenden.

»Okay, ich lasse den beiden wieder mehr Freiraum. Den Hausarrest für Jens Heber erweitern wir auf die Trainingshallen.«

Schnell trank Michalik seinen Espresso im Stehen aus und kam zurück zum Tisch. Fest drückte er Stevens Hand. »Ich vertraue auf mein Gefühl und auf die beiden. Besten Dank!«

»Ja, das hoffe ich ebenfalls sehr. Ansonsten haben Sie sicherlich einen Job für einen arbeitslosen Kriminalbeamten«, scherzte Steven, nicht ohne leichte Ironie.

»Gute Leute brauchen wir immer«, nahm der Vertreter von WorldSkills den Ball auf, bevor er seinen Mantel schnappte, der am Haken hing. Im Gang drehte sich der Gast nochmals um. »Kommen Sie doch einfach mal mit zu einer Weltmeisterschaft! Glauben Sie mir, es wird Sie begeistern!«

Verblüfft hielt Steven inne. »Ja sicher, ja … warum nicht? Wäre sicher schön.«

Michalik lächelte und schritt den Gang hinunter zum Ausgang. Steven sollte sich bald an diese Aussage erinnern.

# Gefangenschaft

Lukas schmeckte den salzigen Geschmack getrockneten Blutes auf seinen Lippen, als er aus seinem dumpfen Dämmerschlaf erwachte. Der letzte Schlag gegen seine Schläfe hatte eine mächtige Platzwunde hinterlassen und bildete den Ursprung unfassbarer Kopfschmerzen. Bei jeder noch so leichten Bewegung schien sein Schädel explodieren zu wollen. Verdammt noch mal. Was sollte das alles? Wut stieg in ihm hoch, als er bemerkte, dass er nach wie vor an Händen und Füßen gefesselt, beziehungsweise angekettet war. Aber zumindest das Klebeband auf seinem Mund war verschwunden.

Wo war er überhaupt? Seine verquollenen Augen wanderten vorsichtig im Raum umher. Es war hell. Tageslicht drang durch die Vorhänge eines kleinen Fensters. Über ihm führten zwei Dachseiten spitz aufeinander zu. Er befand sich also in keinem Kellerverließ. Der modrige Geruch des Teppichs, auf dem er abgelegt worden war, drang in seine Nase. Er kannte dies aus alten Häusern in See- oder Moornähe. Was mochte das bedeuten? Befand er sich in einer Altstadtwohnung in Bad Waldsee? Er erinnerte sich an die Fahrt im Kofferraum in der vergangenen Nacht. Vergangene Nacht? Oder noch länger zurückliegend?

Der unsägliche Drang, pinkeln zu müssen, schob sich unvermittelt in sein Bewusstsein. Was tat man da als Entführter? Brüllen, rufen oder besser nur schwach wimmern? Ihm blieb nur Letzteres. Lukas war arg mitgenommen.

Und tatsächlich, sein gedämpftes Rufen verursachte eine Regung im Nebenzimmer. Jemand stand auf. Angstschweiß brach in ihm aus. Würde der Entführer gleich mit einer Keule hereinkommen und wieder zuschlagen? Nein! Die Tür öffnete sich. Schweiß rann über seine Stirn. Heftig zerrte er an seinen Handfesseln. Lukas fürchtete, in die Hosen zu machen vor Angst. Zitternd schloss er die Augen.

Schritte näherten sich ihm. Doch sie waren nicht kraftvoll, sondern schlurfend, langsam, ja, gar schwach! Die Schritte stoppten. Zögerlich riskierte Lukas einen Blick und entdeckte braune Thrombosestrümpfe, in denen aufgedunsene Beine steckten.

»Tut es arg weh?« Die kindliche, leicht abgehackte Stimme passte so gar nicht zu dem uralten Gesicht, das über ihm schwebte. Sie blickte starr auf seinen Kopf. Offenbar hatte die Platzwunde ihre Aufmerksamkeit geweckt. »Blut ist da. Blut.« Sie schüttelte den Kopf. »Ist nicht gut.« Schnell griff sie in ihre Tasche und reichte ihm zwei Kekse, die sie daraus hervorzauberte. »Hier, iss. Gibt mir der Kleine auch immer, wenn es wehtut.«

Lukas hatte eigentlich keinen Hunger. Doch ein Reflex ließ ihn den Mund öffnen und die unförmigen, handtellergroßen Kekse aufnehmen. Der Geschmack war süß und ölig. Schnell löste sein Speichel die Konsistenz des Gebäcks auf. Er schluckte und spürte, wie sich sein verkrampfter Magen allmählich entspannte.

»Mehr«, bat er und bekam noch zwei Kekse dazu. Die Kopfschmerzen verschwanden in schnellen Schritten. Ein unbändiger Durst überkam ihn, und er bat um Wasser. Sie brachte ihm ein schmutziges Glas, halb voll mit leicht eingetrübtem Wasser, das er mit seinen vorn zusammengebundenen Händen umklammerte. Der Durst steigerte sich mit jedem Keks. Das süße Gebäck machte irgendwas mit ihm. Er spürte es.

Lukas kicherte freudig vor sich hin. »Keine Keule, kein Entführer«, gluckste er. »Eine liebenswerte alte Omi.« Die Trübung seines Blickes störte ihn nicht. Er sah genug. Gemeinsam kicherten sie vor sich hin. Die Omi und der Entführte.

Dann sprach sie zu ihm. »Er hat mir gesagt, ich kann dich laufen lassen – an der Kette.« Sie kicherte. Das gefiel ihr. Auch Lukas fand das witzig. Gern nahm er nochmals einen Keks an. Die Wirkung des Haschisch konnte jedoch nicht verhindern, dass der Drang zum Klo immer stärker wurde. »Ich muss aufs Klo. Darf ich?«

Sie nickte und zeigte in eine Ecke. »Dort.«

Mühevoll beobachtete er seine Extremitäten. Der rechte Fuß, so erkannte er jetzt, war mit einer metallischen Spange umschlossen, die tatsächlich an eine Kette angedockt war. Das gab ihm ein wenig Bewegungsspielraum. Rüber zu der Tür, hinter der wohl ein Klo wartete. Die andere Tür, zu der die alte Frau reingekommen war, war zu weit weg. Beim Humpeln und Hüpfen in Richtung Toilette konnte er jedoch einen Blick ins Nachbarzimmer werfen. Durch den Spalt entdeckte er einen Wald voller Haschpflanzen. Hellstes Licht durchflutete den Raum.

»Heiliger Strohsack«, entfuhr es seinem Mund. Nicht dass Lukas selbst Drogen nahm. Aber er erkannte sehr gut die charakteristisch gezackten Blätter der Drogenpflanze. Lukas schwankte weiter, ohne seinen Blick abzuwenden. Beinahe wäre er gestolpert und gegen die Klotür geknallt, hätte ihn seine Aufpasserin nicht kurz vor dem Aufprall gewarnt. Es war nicht leicht, mit gefesselten Händen die Hose runter zu ziehen und sich auf die schmutzige Kloschüssel zu bugsieren. Doch irgendwie klappte es. Die Erleichterung fühlte sich paradiesisch an. Er schloss die Augen und spürte, wie sich alles um ihn herum drehte. Die Schmerzen waren verschwunden. Das war das Wichtigste.

Lukas bewegte sich wieder zu seiner neuen Freundin zurück. »Ich bin Lukas. Wie heißen Sie?« Doch die Wächterin gab ihm keine Antwort. »Können Sie mich frei machen? Ich verspreche auch, nicht abzuhauen.«

Sie reagierte nicht. Beobachtete ihn nur neugierig, saß dabei aber außerhalb seiner Reichweite. Da hatte jemand sie perfekt instruiert.

Lukas nestelte an seiner Kette, versuchte, die Handfesseln zu lösen. Doch kein Erfolg. Ohne fremde Hilfe konnte er sich nicht befreien. Auch dies löste einen neuerlichen Kicheranfall bei ihm aus. Er plumpste nicht sonderlich graziös auf den fleckigen Teppich.

Unvermittelt und ohne einen Ton stand seine Bewacherin auf und verließ wieder den Raum. Lukas nahm es zur Kenntnis und gluckste weiter genüsslich vor sich hin.

Der Tag zog sich dahin. Die Dämmerung setzte ein. Das fröhliche Zwitschern der Vögel draußen auf dem Hausdach, dem er bisher gelauscht hatte, verstummte allmählich. Langsam tauchte Lukas wieder aus seinem Drogennebel auf. Mund und Kehle waren staubtrocken. Er mühte sich hoch, um in Richtung Klo zu stolpern. Plötzlich drangen Stimmen aus dem unteren Teil des Hauses zu ihm hoch. Es war jemand gekommen. Eine Männerstimme. Sie sprach mit der alten Frau. Was, das konnte er nicht hören. Eine Tür flog zu, Schritte waren in der Gasse vor dem Haus zu vernehmen. Wieder Ruhe.

Bis seine Bewacherin im Raum erschien und ihm einen Korb voller Essen brachte. Wurst, Käse, Brot, Gemüse, Früchte und einiges mehr. Lukas blickte misstrauisch in den Nachbarraum. Beobachtete ihn der Fremde jetzt gerade, oder war er wirklich gegangen?

Lukas verhielt sich still. Wollte nicht reden. Nichts von sich preisgeben. Doch als die Tür sich wieder hinter Omi, so nannte er seine Bewacherin inzwischen, schloss, stürzte er sich mit Heißhunger auf alles, was vor ihm lag. Er musste wieder zu Kräften kommen. Zu viel Nebel schwirrte durch seinen Kopf. Satt und träge legte er sich auf die Seite und fiel in einen tiefen Schlaf.

Die Tage vergingen in eigenartig eintöniger Weise. Lukas fügte sich in sein Schicksal, wie er es schon immer getan hatte.

Er arrangierte sich mit den Rahmenbedingungen und versuchte, das Beste daraus zu machen, während andere für ihn sorgten und planten. Lukas fügte sich. So auch hier. Die Kekse der bezaubernden alten Dame taten das ihre. Wunderbar, wie sie beide immer beim Verzehr dieser Dinger miteinander kicherten und Spaß hatten.

Sie sprach nicht viel. Redete manches Mal komisch. Blickte ihn täglich von Neuem so an, als ob sie ihn zum ersten Mal sah. Lukas war anfangs irritiert, nahm sie dann aber so, wie sie war. Welche Alternative hatte er denn? Inzwischen musste er riechen wie ein Yak. Niemand kümmerte sich um seine Kleider.
Das kleine Waschbecken in der winzigen Toilette bot nur wenig Möglichkeiten, sich frisch zu halten. Vielleicht konnte sein Gestank die Welt da draußen auf ihn aufmerksam machen? Wie viele Tage mochten es mittlerweile sein? Lukas wusste es nicht. Die meiste Zeit interessierte es ihn auch nicht.

Bis der Tag kam, an dem Lukas das schwere Fahrzeug in der Gasse vernahm. Stimmen ertönten im untersten Stock. Weit weg. Doch er konnte die unterschiedlichen Laute vernehmen. Und Omis lautes Schreien. Es wollte nicht aufhören, schien ihn um Hilfe zu rufen.

Er richtete sich auf und strengte sich an zu verstehen, was gesagt wurde. Jemand versuchte offenbar, seine Aufpasserin mit ruhiger Stimme zu besänftigten. Doch das schien nicht zu gelingen. Sie schrie weiterhin, begehrte offenbar auf. Der Tumult verlagerte sich auf die Gasse vor dem Haus. Er konnte nun alles durchs Fenster hören. Türen eines Fahrzeuges schlugen zu. Ein

Motor sprang an, das Fahrzeug setzte sich in Gang – und dann war Ruhe. Auf der Gasse und im Haus. Sie waren weg. Seine Versorgerin war weg. Wirklich verschwunden? Lukas rief nach ihr, begann zu brüllen: »Großmutti, gute Frau, wo bist du?«

Es regte sich nichts. Wer mochte sie abgeholt haben? Hatte man sie weggebracht? Wohin? Ins Krankenhaus oder in ein Heim? Kam sie jetzt nicht mehr zu ihm ins Zimmer, brachte keine Cookies oder Essen mehr?

Und die Männerstimme, die er sonst noch hin und wieder bei ihr gehört hatte? Sie fehlte ebenfalls schon seit ein oder zwei Tagen. Erst jetzt fiel ihm das auf. Die Wirkung der Kekse ließ allmählich nach. Er erwachte mehr und mehr aus seiner Benommenheit, wurde gewaltiger denn je seiner Gefangenschaft gewahr, rüttelte an der Kette, versuchte, sich zu befreien. Doch die saß tief und fest in der Wand verankert.

Hunger machte sich in seinem Magen breit. Sie konnten ihn doch nicht einfach hier zurücklassen. Warum ließen sie ihn allein? Was sollte das?

Zum ersten Mal hörte Lukas das Ticken einer Uhr aus den Tiefen des Hauses. Tick tack, tick tack.

Er zerrte, rüttelte, schrie. Die Gelenke begannen zu bluten. Brennender Schmerz breitete sich aus. Doch niemand kam in den Raum, niemand nahm ihm die Ketten ab. Erschöpft sackte er zusammen, die Schmerzen raubten ihm beinahe den Verstand. Was sollte nun werden?

# Gefährliche Netzwerke

»Grundsätzlich verbietet jegliche Sicherheitsroutine, dass sich ein Mensch im Käfig eines Roboters aufhalten kann, während dieser arbeitet.« Die junge Dame zeigte auf die Maschinen nebenan. »Dieses intelligente System hat dermaßen viele Sensoren und Wahrnehmungsorgane – es hätte eigentlich gar nicht anlaufen dürfen.«

»Eigentlich?«

»Ja, eigentlich!« Unwillig blickten Chef und Schichtleiter die Azubine an.

Doch Sarah sprach mutig und tapfer weiter. »Dieser Roboter aber hatte keinerlei Sensorsystem mehr. Gar nichts. Die komplette Sensor- und Steuereinheit fehlt und auch die Sicherheitsroutine ist deaktiviert.«

»Stopp«, brüllten die Chefs. »Betriebsgeheimnis.« Das klang bedrohlich. Adrian Dietenberger, der Betriebsleiter war sofort herbeigeeilt, als er erfuhr, der Kommissar würde wieder im Betrieb umherschnüffeln. Nun stand er mit seinem Schichtleiter Matthias Heinz abwehrend zwischen der Auszubildenden und Steven.

»Nein!«, brüllte Steven genauso herrisch zurück. Ihn nervte diese Geheimniskrämerei nur noch. »Erzähl ruhig. Du machst das Richtige. Wie konnte das sein?«

Dietenberger fuhr energisch dazwischen. »Warum sind Sie schon wieder hier? Ich dachte, nach ihrem Großaufmarsch in der vergangenen Woche wäre nun alles gut, und wir können endlich wieder die Anlage nutzen.«

Mit einer Energie, die man ihm nicht zugetraut hätte, stampfte Steven mit dem festen Schuhwerk auf den Boden, dass es klatschte. »Warum versuchen Sie eigentlich, uns auf Schritt und Tritt zu behindern? Sie ziehen dadurch mehr und mehr Verdacht auf sich. Ist Ihnen das nicht bewusst? Hat denn niemand in diesem Haus Interesse daran, dass der Tod und Einbruch aufgeklärt werden? Hat das einen Grund? Warum interessiert sich niemand für das Verschwinden Ihres Auszubildenden? Weil er nicht auf dem Werksgelände verschwand?«

Dietenberger zog sich unwillkürlich einen Schritt zurück, um hinter seinem Schichtleiter abzutauchen, beide Hände mit den offenen Handflächen nach vorn in die Luft haltend. »Nein, nein, alles gut. Bitte! Tun Sie, was getan werden muss.«

Steven kostete seinen Triumph aus und nickte Sarah zu, die am Eingangsgitter des Todesroboters stand, wie ihn die Belegschaft in der Zwischenzeit getauft hatte. Die Tatortreiniger hatten gute Arbeit geleistet. Die Anlage war blitzblank geputzt.

»Jemand muss sämtliche Sicherheits- und Kontrollsysteme entfernt haben. Auch die Sensorsteuerung samt Software ist verschwunden«, wiederholte die Auszubildende. Verlegen stakste sie von einem Fuß auf den anderen. Nur aus den Augenwinkeln heraus traute sie sich, ihre Vorgesetzten anzuschauen. Unwillig nickten diese und gaben ihr somit die Freigabe, weiterzusprechen. »Ich habe die Systemprotokolle der Maschine ausgelesen, und die erzählen so einiges. Sie müssen wissen, jeder Anwender und Techniker hinterlässt eigene Spuren und Protokolle, wenn er sich an die Bedienung und Wartung der Anlage macht. Das beginnt mit dem Login mithilfe des eigenen Passwortes, was wiederum den Grad des Zugriffslevels festlegt.«

Steven versuchte angestrengt, ihr zu folgen. »Jeder, der mit der Maschine kommuniziert, hinterlässt also eine eigene Duftspur? Wie im Internet?« Die Auszubildende nickte. »Richtig. Und das wiederum wird wie bei einem Flugzeug in einer Blackbox aufgezeichnet. Und diese haben die Eindringlinge vergessen. So clever waren sie dann doch nicht. Und ihre Datenspur ist offen gesagt – eigenartig. Es ist eine Mischung aus Anwender-, Administrator- und eigenem Hackerprogrammiercode.«

Der Kriminalhauptkommissar nickte anerkennend. »Nicht schlecht. Nicht schlecht. Und das alles liest man aus solchen Boxen heraus?« Sarah bestätigte, indem sie dem Kommissar einen Stick aushändigte. »Ist alles hier drauf. Als PDF abgespeichert.«

Unruhig scharrte der Schichtleiter mit den Füßen, kam zu ihnen nach vorn. Bevor er jedoch seinen Mund öffnen konnte, um wieder zu meckern, bemerkte Steven: »Das hier ist also der Beleg für einen Diebstahl?«

Sie nickte. »Vermutlich. Die Daten sprechen für einen unautorisierten und nicht regelkonformen Eingriff. Denn diese Sensortechnik ist nicht allein für diese Maschinen eine gute Sache. Sie eignet sich als eigenes Produkt für viele Dinge. Auch für die Rüstungsindustrie!« Jetzt war die Katze aus dem Sack. »Du kannst damit retten und töten – brutal töten. Wenn ein Roboter unterscheiden kann zwischen Ding und Mensch, zwischen Freund und Feind. Diese Sensortechnik verleiht allen Robotern der Welt Sinnesorgane, die sie noch menschlicher machen. Sie werden dadurch ›sehender‹, wenn Sie so wollen. Sie können mit der richtigen Software eigenständig Entscheidungen treffen, sich autark zurechtfinden und von ihren gemachten Erfahrungen lernen.«

Redete hier wirklich eine Auszubildende im zweiten Ausbildungsjahr? Ja, das tat sie! Und Steven musste sich das mehr als einmal klarmachen, was für ein Talent ihnen gerade gegenüberstand. Den beiden Chefs und einzelnen Ingenieuren, die zufällig vorbeikamen, blieb die Spucke weg.

»Hast du das auf eigene Faust herausgefunden, ohne irgendeine Hilfe?« Steven freute sich ungemein über diese Situation hier. Wieder war es dieser schüchterne, etwas verlegene Blick, den sie zeigte, als sie zögerlich bejahte. »Tja, meine Herren, Sie haben wohl das Talent Ihrer Auszubildenden komplett unterschätzt.« Steven empfand große Genugtuung nach all den Überheblichkeiten, die er und seine Kollegen in den vergangenen drei Wochen in dieser Firma hatten erfahren müssen. »Liegt es vielleicht daran, dass sie eine Frau ist? Ist eure Welt noch immer so diskriminierend?«

Sarah lief puterrot an. Doch nach wie vor stand sie aufrecht mit beiden Beinen fest auf dem Boden, Hände in die Hüften gestemmt. Sie wäre mit Sicherheit eine hervorragende Wettkämpferin bei den Weltmeisterschaften, ging es Steven durch den Kopf.

Unwirsch unterbrach der Schichtleiter die Unterhaltung. Ihm ging das Gerede nun doch zu weit. »Niemand wird hier diskriminiert, und vor allem interessieren uns keine vagen Theorien. Wir vermuten eher, dass wieder diese verrückten Linksextremen eingebrochen sind. Diese Gegner der Globalisierung und Zukunftstechniken sind doch eine dauerhafte Plage.«

Schichtleiter Heinz wollte ablenken. Dabei konnten sie durchaus recht haben mit ihrer Vermutung, diese Herren. Doch Steven wollte sich jetzt nicht davon in die Irre leiten lassen. An der Theorie mit den Globalisierungs- und Zukunftsgegnern arbeiteten die Kollegen in der Kriminalstelle. Er selbst wollte lieber die auf dem Stick befindlichen Protokolle mit seinen Spezialisten einsehen.

»Sarah, hättest du Lust und Zeit, heute Nachmittag mit meinen Spezialisten zusammen die Daten auszuwerten?«

Unvermittelt strahlte sie auf. »Oh ja. Was immer helfen kann, das hier aufzuklären und Lukas zurückzubringen, will ich machen.« Sie schien die Einzige zu sein in dieser frostigen Arbeitsumgebung, die den jungen Mann wirklich vermisste.

Steven gab ihr zum Abschied die Hand, drückte sie fest und versprach zu tun, was immer in seiner Macht stand. Zu den Herren gewandt sagte er warnend: »Wehe, wenn Sie dieser einzigen mutigen Person in ihrer Firma irgendein Problem machen. Dann bekommen Sie eine Anzeige wegen Unterschlagung von Beweisen.« Er wandte sich zum Ausgang, drehte sich aber

nochmals um. »Fördern Sie diese junge Dame! Ein einzigartiges Talent.« Er wandte sich zum Gehen. Doch unvermittelt hielt der Kommissar beim Hinausgehen inne und drehte sich erneut um. Sowohl der Betriebsleiter wie auch der Schichtleiter standen noch immer wie angewurzelt an ihrem Platz. »Warum erstatten Sie keine Anzeige? Es ist doch ersichtlich, dass hier mutwillig Schaden angerichtet wurde.«
Aber die Angesprochenen zuckten nur die Schultern. »Wir sind dran«, war die lakonische Antwort. »Bitte gehen Sie jetzt. Wir bekommen gleich Besuch einer internationalen Delegation. Der militärische Geheimdienst der Bundeswehr will, dass niemand Unbefugtes auf dem Werksgelände ist.« Da war sie wieder, diese Überheblichkeit.

Wütend stapfte Steven davon. So viel Arroganz brachte ihn schlichtweg zum Kochen! Dennoch blieb er an der Pforte stehen und beobachtete den kleinen Fahrzeugkonvoi der schwarzen Limousinen, die ohne Kontrolle auf das Werksgelände einfahren durften. Am nahe gelegenen Besucherzentrum hielten die Autos. Eine Gruppe von gut zwei Handvoll Uniformierter entstieg diesen und verschwand nach kurzer Begrüßung durch ein Empfangskomitee rasch im Inneren des Hauses. »Wie man mit so viel Metallgehänge an der Jacke noch aufrecht gehen kann«, murmelte Steven vor sich hin. Der kleine Mann neben ihm lachte herzhaft auf. »Da haben Sie recht. Gestatten, Peter Mayer von der Süddeutschen. Wir sind am Recherchieren. Sind Sie auch ein Kollege?« Steven nahm die ihm angebotene

Hand und drückte sie kräftig. »Nein. Ich bin von der Polizei. Hatte ein Gespräch mit einigen Damen und Herren im Haus.«

Der Journalist versteckte schnell seine Kamera, als drei Mitarbeiter des Wachschutzes vor ihnen auftauchten. »Ah, der Mord. Ja, eine mysteriöse Sache. Es musste jemand zum Schweigen gebracht werden. Sind Sie schon weitergekommen?«

Steven blickte in das Gesicht seines Gegenübers. Die Stoppelhaare auf unreiner Gesichtshaut, verrauchte gelbe Zähne und ungepflegtes Haar boten nicht unbedingt ein vertrauensvolles Bild. Doch er folgte seinem Gefühl und antwortete offen: »Nein, noch nicht. Wir ermitteln nach wie vor in alle Richtungen. Was wissen Sie von dieser Firma?« Peter Mayer wollte gerade zu einer Antwort ansetzen, als er von einem der dunkel gekleideten Männer am Arm gepackt und in Richtung eines in der Nähe geparkten roten Audis gedrängt wurde. Der Journalist protestierte heftig. Auch Steven wollte einschreiten, aber die Wachleute kamen ihnen zuvor. »Sie befinden sich hier immer noch auf Werksgelände. Dieser Wendekreis und diese kleine Straße bis zur Kreuzung da vorn; alles Firmeneigentum! Verschwinden Sie jetzt, sonst müssen wir Ihnen helfen, den Weg zu finden!«

Der Journalist leistete keinen Widerstand und ging von selbst die letzten Meter zum Auto. »Ich habe, was ich brauche. Ihnen alles Gute, Herr Kommissar. Ich melde mich bei Ihnen. Ravensburg, richtig?«

Steven nickte und ging selbst zu seinem Fahrzeug. Er hatte ein Treffen mit seinen Kollegen, zu dem er jetzt schon zu spät kommen würde.

***

Im kleinen Stadt-Café in Tettnang warteten Kerstin und Valmir bereits auf ihn. Mit kurzem Gruß betrat Steven das Bäckerei-Café, wie man es mittlerweile in allen Städten Deutschlands antraf. Die Bedienung brachte gerade eine Kürbiscremesuppe für Kerstin, während Valmir zu Kuchen mit reichlich Sahne übergegangen war.

»Beides lecker«, lächelte der Kommissar die Bedienung an. »Ich nehme beides zusammen – und einen Schnaps.«

Erheitert blickten beide Kollegen von ihrem Essen auf. »So schlimm gewesen?«

Er nickte. »Mehr als das. Wenn ich etwas im Leben nicht ausstehen kann, dann ist es Überheblichkeit und Arroganz. Wie war es bei euch?«

Er hatte seinen Mantel ausgezogen und setzte sich beiden gegenüber auf den Stuhl. Valmir verschlang gierig seinen Kuchen. Die Sahne packte er dabei fein säuberlich auf die Seite, um sie wohl im Anschluss separat zu genießen.

»So weit gut. Die Damen und Herren im Casino waren sehr freundlich und kooperativ. Strecker kannten sie natürlich recht gut. Er muss ein angenehmer und geselliger Stammgast gewesen sein.«

Steven beobachtete fasziniert, wie Valmir nun an seinen Berg von Sahne ging, während Kerstin zu dessen Missfallen einen Löffel voll klaute, um ihre Suppe ein wenig aufzupeppen. »Sprich«, forderte ihn Kerstin auf, als ihr Vorgesetzter den Schnaps in sich hineingekippt hatte.

Steven wischte sich mit dem Handrücken über den Mund und folgte ihrer Ermunterung: »Wisst ihr, je länger wir an diesem Fall ermitteln, desto verstrickter wird das alles! So viele Menschen, Gruppen, Institutionen und selbst Behörden sind involviert, wenn man unserem Herrn Staatsanwalt bezüglich der Bundesministerien Glauben schenken darf. Der Tod Streckers hat einige aufgeschreckt, wie mir scheint.«

Genussvoll tupfte sich Valmir mit der Papierserviette seine Lippen ab und platzierte diese akkurat auf dem leeren Kuchenteller, den er auf die Seite schob, um Notizbuch und Bleistift auf dem Tisch bereitzulegen. Aufmerksam verfolgten Steven und Kerstin diese Zeremonie. Valmir schlug eine leere Doppelseite auf und begann mehrere Kreise zu zeichnen. »Dann lasst uns doch mal eine Aufstellung machen, wer inzwischen der Mörder sein kann.«

»Oder die Mörder«, ergänzte Kerstin.

»Ja, akzeptiert. Auch die Mörder. Und Mörderinnen.« Schnell füllte er die aufgeschlagene Doppelseite des Buches mit Namen und Begriffen.

Steven beobachtete konzentriert die Aufstellung seines jungen Kollegen, während er selbst sein letztes Stück Kuchen in den Mund schob und nebenbei versuchte, den Sahneklecks von seinem dunkelblauen Hemd zu reiben. Die Suppe stand ebenfalls bereits dampfend vor ihm. »Schön machst du das, mein kleiner Kollege, ich bin beeindruckt.«

Valmir lächelte ob des ungewöhnlichen Lobes, er konnte es richtig einordnen. Mit schnellem Strich verband er gerade alle Kreise miteinander und versah die Verbindungslinien mit Kommentaren. »Interessant«, kommentierte Kerstin sein Vorgehen. »Es verlaufen nicht nur die Linien zu Strecker hin, sondern einige Personen und Gruppen stehen auch untereinander in Beziehung.« Tatsächlich war dies gut erkennbar. Nur ein Kreis stand einsam und ohne Verbindungen auf dem Papier.

»Die Ex-Frau und Kinder von Strecker, was ist mit denen? Hatte er gar keinen Kontakt mehr zu ihnen? Nicht einmal zu den Kindern?«

Stevens Frage erzeugte ein Kopfschütteln bei seinen Partnern. Valmir ergänzte: »Absolute Funkstille. Sie standen miteinander im Rechtsstreit. Die Frau wollte per Gericht die ausstehenden Unterhaltszahlungen von Strecker einfordern. Doch der konnte sich bisher immer wieder herauswinden. Auch einer drohenden Lohnpfändung konnte er sich entziehen. Da hätte natürlich die Ehefrau schon gewaltig sauer sein können.«

Steven machte ein kleines Bäuerchen. Er hatte seinen Lunch beendet.

»Mehr als sauer kann man da sein«, bestätigte Kerstin, »aber für einen Mord mag das meiner Meinung nach nicht ausreichen. Zumal sie nicht in die Firma gelangen konnte.«

»Es sei denn, ein Auftragsmörder hätte das übernommen.« Steven lehnte sich nach vorn und zeigte auf den Kreis. »Valmir, schreib: Motivlage, mittel bis hoch. Indizienlage, niedrig. Den Mörder hätte sie wahrscheinlich gar nicht bezahlen können.« Der Angesprochene tat, wie ihm geheißen. Steven blühte auf. Das hier war so etwas wie Ordnung machen. »Also gut, dann weiter: Geliebte von Strecker?« Kerstin antwortete: »Arrogant, Edeltussi, aber keine Mörderin. Sehe auch kein Motiv.«

Steven nickte, und Valmir schrieb es nieder. »Dann kommen wir zum gehörnten Ehemann der Dame – armer Kerl, aber ein starkes Motiv und auch starke Verdachtsmomente. Er wäre durchaus in der Lage gewesen, das zu tun.« Steven beantwortete selbst die Frage, während er kleinen Kindern im Verkaufsraum der Bäckerei zusah, wie sie die Osternester in der Schaufensterauslage plündern wollten.

»Also gut«, merkte Valmir an, »dann kommen wir zu Lukas.« Schweigen am Tisch, das Kerstin als erste durchbrach. »Wut und Mord aus dem Affekt heraus sind starke Motive. Aber jetzt, wo er verschwunden ist …«

»Vielleicht wurde er von anderen gekidnappt, gerade weil er der Mörder ist. Ihr kennt den verschwiegenen Haufen ja selbst. Sie wollen Unruhestifter schnell weg haben.« Steven sagte das nicht gern, da er die Azubis sehr sympathisch fand, doch er musste professionell denken.

»Eine Form von Selbstjustiz also?« Valmir blickte vom Block auf. »Gut möglich«, bestätigte Steven. »Wir müssen dies bei unserer Fahndung unbedingt berücksichtigen. Heute Abend ist ja ein Treffen mit den Kollegen der Vermisstenabteilung.« Kerstin machte sich eine entsprechende Notiz.

Valmir fuhr fort. »Jetzt kommen wir zu Jens und Julian. Egal, was wir denken, sie haben die erdrückendste Motivlage, und auch die Indizien sprechen gegen sie.« Niemand im Raum konnte dem etwas entgegensetzen.

»Aber ein Mord wegen WorldSkills? Ich kann mir das beim besten Willen nicht vorstellen. Nun gut, schreib's hin, Valmir.« Steven krampfte sich der Magen zusammen beim Gedanken an das Gespräch mit dem Geschäftsführer von WorldSkills Germany.

»Was ist eigentlich mit diesem komischen Kauz, diesem Hardi Maier? Er taucht immer wieder im Umfeld der anderen beiden auf, hält sich aber sonst gekonnt zurück«, warf Kerstin ein. Dankend nickte sie der Bedienung zu, die ihr einen weiteren Pfefferminztee servierte. Die Eltern der Kinder im Verkaufsraum hatten endlich das Desaster im Schaufenster entdeckt, das ihr Nachwuchs dort angerichtet hatte. Einem der gebackenen Osterhasen fehlte ein Ohr, während ein großer Teil der Osterdeko den Weg in die kleinen Rucksäcke der Kinder gefunden hatte. Entsprechender Lärm machte sich breit. Steven musste unwillkürlich schmunzeln, als er das beobachtete.

»Ja, er ist ein schräger Typ, aber ansonsten wohl harmlos und ein guter Ausbildungsbegleiter für Julian«, hörte er Valmir sagen.

»Diebe und Einbrecher steht da noch: bis jetzt unsere unbekannteste Gruppe. Keinerlei Hinweise zu ihnen bisher. Sie sind unser Phantom.«

Valmir unterbrach seinen Chef eilfertig. »Vergiss nicht das komische Z-artige Zeichen, womöglich als Markierung an der Leiche – und die Zigarettenkippe, die ihr gefunden habt. Sie stammt wirklich aus Osteuropa. Zumindest lässt der Aufdruck das vermuten. Die KTU konnte weiterhin DNA isolieren und hat diese bereits an Interpol übermittelt.«

Steven kaute auf einem Zahnstocher herum und überlegte. »Also gut, dann gehen wir von einem tatsächlich stattgefundenen Einbruch aus. Ob Strecker die Diebe überrascht hat und deshalb sterben musste oder gar involviert war, wissen wir noch nicht.« Er informierte beide Kollegen über die womöglich gestohlenen Komponenten. »Sie sind es wohl wert, dass man dafür tötet«, ergänzte er noch.

»So, jetzt geht mir tatsächlich der Platz aus. Ich habe noch folgende Verdächtige auf der Liste: die Globalisierungsgegner, ›Linksterroristen‹, wie man bei FuSchKa sagt, den Wachschutz der Firma und die Firmenleitung. Nicht dass sie als Mörder in Frage kämen, aber die hängen da irgendwie mit drin.« Dem konnte niemand etwas entgegensetzen.

»Sehr viel Nebel also nach wie vor im ganzen Fall«, resümierte Steven. »Aber wir kriegen das gelöst, glaubt mir. Früher oder später legt uns jemand ein Überraschungsei ins Osternest, das uns der Lösung einen entscheidenden Schritt näherbringt.« Mit Blick zu der inzwischen wieder notdürftig hergerichteten Schaufensterdekoration wollte er noch wissen: »Habt ihr schon Ostergeschenke eingekauft? Oder wollen wir von hier etwas mitnehmen? Diese Bäckerei soll bekannt sein für ihre Osterzöpfe und Backwerke.« Damit erhob er sich. »Wir sehen uns nachher bei den Kollegen auf dem Revier.« Steven wollte vor seinen Kollegen verheimlichen, dass er noch eine Leckerei für Herrn Max besorgen wollte, der sicherlich schon missgelaunt auf dem Rücksitz des Autos auf ihn wartete.

## Frühling

Der Frühling kündigte sich an. Innerhalb weniger Tage fand ein beeindruckender Wechsel des Wetters statt. Von Schmuddelwinter auf Zauberfrühling. Im Schussental und am Bodensee war diese Zeit einfach einzigartig. Der besondere Duft des Föhnwetters, welches das Fernweh gleich mit über die Alpen brachte, das besondere Licht und die innerhalb kürzester Zeit aufblühenden Wiesen. Das alles ging so schnell.

Es wurde Zeit für ein Ritual, das Steven schon seit vielen Jahren Anfang April pflegte und dem er Jahr für Jahr entgegenfieberte. Und auch dieses Jahr würde er nicht darauf verzichten, mochte noch so viel Arbeit im Präsidium auf ihn warten.

So machte er sich in aller Frühe auf den Weg. Die kleine Reise führte ihn von Ravensburg nach Markdorf. Dort bog er rechts ab, um den Berg hochzufahren. Zum Gehrenberg. Stevens Herz schlug höher, als er seinen Volvo auf dem kiesigen Parkplatz unterhalb des Aussichtsturms abstellte. So viele Jugenderinnerungen wurden mit einem mal wieder in ihm wach. Damals, die ersten Male, da knatterten sie noch mit ihren Mopeds hier hoch. Als Sechzehnjährige. Voller Sturm und Tatendrang. Voller Sehnsucht nach der weiten Welt.

Und diese verspürte Steven noch heute, wenn er die Stufen des Turmes hoch stieg, der einer überdimensionalen Skulptur glich. Ein wenig erinnerte er an den Pariser Eiffelturm – mit viel Fantasie. Nach unten war die

Sicht offen. Nur Gitter bedeckten die Bodenstufen. Für viele Besucher mit Höhenangst ein Grund, nicht hoch zu steigen. Doch wer es einmal schaffte, sich zu überwinden, und das gefährliche Schwanken des Turmes nicht als zu bedrohlich empfand, wurde mit einer grandiosen Aussicht belohnt. Seit über hundert Jahren schon genossen die Menschen den Ausblick über Oberschwaben, das Linzgau und den Bodensee. In sichtbarer Nachbarschaft verlief auch die Grenzlinie zu den Brüdern und Schwestern im Badischen, wie der landeskundige Oberschwabe wusste.

Stevens Blick wanderte den unendlich wirkenden Horizont entlang. Über den Bodensee hinaus bis tief in die Schweizer Berge und in das obere Rheintal hinein. Hier oben fühlte er sich frei und ungebunden. Hier oben konnte man den Frühling in vollen Zügen willkommen heißen und das erwachende Leben aufsaugen.

Wie gut er die Jungs und Mädchen bei WorldSkills verstehen konnte. Für sie bedeutete es die Fahrkarte in die weite Welt. Etwas, an dem und mit dem sie wachsen konnten. Hätte er nur damals auch so eine geniale Chance gehabt. Er hätte sie genutzt. Lächelnd schloss der Kommissar die Augen und ließ seinen Gedanken freien Lauf.

Der warme Föhnwind wehte geschmeidig um seine Nase. Er trug ihn mit sich hinweg in vergangene Zeiten mit ihren schönen Erinnerungen. Kein weiterer Gast störte ihn, und so konnte er sich ungestört öffnen und erleben. Das Rufen großer Greifvögel am Himmel drang an sein Ohr. Schnell fiel alle Last und Bürde von ihm ab.

Wie kam es, dass er im Polizeidienst gelandet war? Was hatte ihn zu diesem Beruf geführt? Es war, so meinte er sich zu erinnern, irgendein alter Krimi im Fernsehen gewesen. Eine Figur, der er nacheifern wollte. Erlebte er in seinem Beruf und Privatleben eben diese Freiheit, die er als Jugendlicher in seinem Sturm und Drang gesucht hatte? Wenn er ehrlich war, dann konnte Steven dies nicht wirklich mit Ja beantworten. Einmal mehr wurde ihm bewusst, wie sehr er sich mit der Enge seines Lebens arrangiert hatte. Die Konventionen des Alltags waren allgegenwärtig und bestimmten eher ihn, als dass er selbst bestimmte. Doch wie ausbrechen?

Steven verbrachte noch einige Zeit mit seinen Gedanken und Träumereien, bevor er sich wieder schweren Herzens nach Unten und somit in die Niederungen des Daseins hineinbegab. Stufe für Stufe, die er den Turm hinunterstieg, tauchte er wieder in seine ihn bestimmende Welt hinein. Jetzt ein gutes schwäbisches Bierchen trinken, im Gasthaus am Gehrenberg, das hätte ihm gefallen. Doch es wurde Zeit zu gehen. Der Staatsanwalt wartete.

Herr Max hatte es sich auf dem Armaturenbrett, oder wie sich das schwarze Ding vor seinem Lenkrad, das sich immer so unmenschlich aufheizte, nennen mochte, gemütlich gemacht. Ihm gefiel diese Wärme. Und selbst wenn sie fuhren, wollte er immer dort liegen bleiben. Sein Kopf flach auf der Ablagefläche. Ein

Pfötchen eng nach hinten gelegt, das andere hing herunter. Mit seiner ganzen, gut einen halben Meter langen Pracht breitete er sich auf voller Länge aus und schlief.

»Dass ein Leguan so knuffig sein kann«, murmelte Steven lächelnd und strich vorsichtig über den urzeitlichen Drachenkamm. Herr Max schien es sichtlich zu genießen und streckte sich noch mehr. Erst als der Motor ansprang und Steven den steinigen Parkplatz herausholperte, öffnete das Tier seine smaragdgrünen Augen mit diesen kleinen schwarzen Knöpfen in der Mitte und beobachtete ihn aufmerksam.

»Weißt du, Herr Max, das Leben kann so schön sein, wenn man die ungemütlichen Dinge ausblendet.«

Wie ein kleiner Wackeldackel schwankte das Köpfchen des Angesprochenen bei der Holperfahrt hin und her. Doch die Augen selbst fixierten Steven in hypnotischer Weise. Was er wohl denken mochte? Steven war sich dessen nie sicher. Es war im Gegenteil eher so, als ob das Tier versuchte, seine Gedanken zu ergründen. »Wir sind schon ein seltsames Team, was?« Für Steven war das ungewöhnliche Haustier zu einem besonderen Begleiter geworden. Es hörte wie ein Hund auf seinen Namen, ließ sich genüsslich kraulen und lauschte vor allem sehr genau, was man zu ihm sagte.

»Weißt du, Herr Max, manchmal frage ich mich, ob das alles richtig war, was ich so bisher in meinem Leben gemacht habe.«

Glücklicherweise war die B33 mit Touristen und Lastwagen verstopft, sodass sich seine Ankunft beim Staatsanwalt deutlich verzögern würde. Genügend Zeit, sich erneut in Gedanken durch diesen skurrilen Fall zu bewegen.

Sein Telefon auf der Zwischenkonsole riss ihn mit einem ratternden Vibrationsgeräusch aus seiner Gedankenreise. Es war Valmir. »Hej Steven, bist schon beim Staatsanwalt?« Der Angesprochene schüttelte unsinnigerweise den Kopf, um schnell ein »Nein, ich musste noch zu einem wichtigen Termin« nachzusetzen.

»… aha, willst nicht hin, was? Sei's drum: Der Praktikant hat bezüglich des eingeritzten Zeichens recherchiert. Du erinnerst dich an das schräg gestellte Z in einem Dreieck, das auf einem Körperteil des Toten gefunden wurde?« Steven bejahte dies und bewegte erneut unbewusst den Kopf. Herr Max nickte zurück. »Es ähnelt dem Regimentsabzeichen einer ukrainischen Miliz. Der einzige Unterschied ist, dass bei deren Abzeichen kein Dreieck die Umrahmung bildet, sondern eine wappenähnliche Form, wie bei einem Schutzschild.«

Osteuropäer also. Wer war so dumm und machte so was, fragte sich Steven. Doch Valmir wusste die Antwort. »Einige Einheiten machen das mit ihren Opfern, die sie im Kampf ermorden, quasi als Trophäe oder Markierung ihrer ›Beute‹. Nenne es, wie du willst.«

Steven fehlte die Fantasie, sich solch eine Situation vorzustellen. Das musste wohl die Verrohung durch Krieg und Gewalt mit sich bringen. »Danke, Valmir. Dann haben wir einen weiteren Baustein in unserem Mosaik. Wenn jetzt nur auch mal Freund Zufall mitspielen würde, wäre es wirklich schön. Sonst treten wir ewig auf der Stelle.« Und dieser Zufall sollte nicht lange auf sich warten lassen.

In Dürnast, nördlich von Markdorf, staute sich wieder einmal die Kolonne in Fahrtrichtung Ravensburg und kam zum Stillstand. Gedankenverloren beobachtete Steven die Obst- und Gemüsestände an der rechten Straßenseite. »Schlenkerhof, Direktverkauf Dürnast« prangte an den Holzhütten. Ob das Obst wirklich so gesund war, mit dem ganzen Feinstaub, den die Abertausenden von Pkws am Tag von sich gaben?

Dem Hungrigen war das egal. Die Auslage der Früchte sah in jedem Fall lecker aus, und Steven überlegte bereits, ob er Wegzehrung für sich und seinen Kollegen auf dem Armaturenbrett kaufen sollte.

Gemächlich lenkte er den Wagen aus dem Stau heraus und quälte seinen schnaufenden Volvo über den Bürgersteig hinweg. Auf der Gegenspur kam ihnen ein kleiner weißer Transporter entgegen, just als sein Gefährt knatternd zum Stehen kam. Steven bemerkte ihn erst nur aus dem Augenwinkel, aber sein Unterbewusstsein meldete ein: Alarm, das kennst du! Der Kommissar wandte unvermittelt seine ganze Aufmerksamkeit dem Fahrzeug zu und konnte gerade noch »Gebäudereinigung Mäusle« lesen. Was war es, was ihn so an diesem Fahrzeug interessierte? Waren es die vier Männer im Fahrzeug, die so gar nicht nach Gebäudereinigern aussahen? War es die Art, wie sie sich wild gestikulierend unterhielten?

Jetzt erinnerte er sich! Solch ein Fahrzeug hatte sich in der Woche des Mordes auf dem Firmengelände befunden. Was wollte damals eine Gebäudereinigung auf dem Gelände der Firma? FuSchKa kümmerte sich selbst darum, wie um alles, was dort zu tun war. Nun gut, auch der Wachdienst war von einem externen Dienstleister. Warum nicht auch ein Gebäudereiniger? Das würde erklären, warum sie überhaupt auf das Betriebsgelände einfahren durften. Aber wenn diese Insassen wirklich Gebäudereiniger sein sollten, dann würde Steven einen Besen fressen. Er roch Verbrecher gegen den Wind, sagte man dem Kommissar nach. Und hier stank es regelrecht.

Erstaunlich, in welchem Stakkato die Gedanken in Bruchteilen von Sekunden durch den Kopf schießen konnten. Schnell startete er den Motor und fuhr rückwärts auf dem Gehsteig entlang bis zu einer Hofeinfahrt und wendete. Schimpfende Passanten trommelten auf das Autodach. Steven kümmerte sich nur flüchtig darum und winkte ihnen zu. Mühsam bugsierte er seinen alten Volvo durch die stehende Blechschlange, hupte ein entgegenkommendes Fahrzeug aus und nahm ihm frech die Vorfahrt. Der verdächtige Transporter befand sich bereits einige Fahrzeuge vor ihm. Durch die Fenster der rückwärtigen Klapptür des Fahrzeuges konnte man aber gut die vier Insassen erkennen. Der Stau befand sich glücklicherweise nur auf der Spur in Richtung Ravensburg, sodass Steven nun zügig hinterherkam. Was veranlasste ihn denn nur, sie zu verfolgen? Rannte er einem Hirngespinst hinterher? Sicher, es hätte auch ein anderes Fahrzeug einer realen Reinigungsfirma sein können. Doch dem erfahrenen Kriminalisten stachen

Kleinigkeiten ins Auge, die einfach nicht passen wollten. So zum Beispiel die erwähnten Insassen im Fahrzeug: Bullige Kerle, Bürstenhaarschnitt, olivgrüne abgetragene Armeejacken. Das passte einfach nicht zusammen. Weiterhin konnte Steven keinerlei Arbeitsgeräte erkennen. Keine Putzgeräte, Leitern oder sonst was auch immer. Der aggressive Fahrstiel tat sein Übriges. Ständig wollte der Fahrer überholen. Er hatte es eilig. Nein, hier wollte niemand zu einem Bürogebäude fahren, um dort Fenster zu Putzen. Stevens Jagdinstinkt war geweckt. Den Staatsanwalt vergaß er gänzlich. Der Tunnelblick richtete sich mit ganzer Aufmerksamkeit auf das Gefährt vor ihm, das Markdorf längst passiert hatte und Kurs auf Meersburg hielt. Steven konnte das silberfarbene Band des Bodensees erkennen, als sie die ersten Häuser der mittelalterlichen Stadt erreichten. Die Burg, umschlungen von der alten Stadtmauer, tauchte auf der Linken auf. Vorbei am oberen mittelalterlichen Stadttor mühten sie sich die engen Serpentinen hinunter, durch grünende Weinberge hindurch zum Seeufer.

Die Verdächtigen wollten tatsächlich die Fähre nehmen. Steven schaffte es gerade noch, in die gleiche Warteschlange zu gelangen und als einer der Letzten auf den stählernen Koloss zu fahren.

Niemand stieg während der ungefähr fünfzehn Minuten dauernden Überfahrt aus seinem Fahrzeug. Stumm bezahlte Steven die knapp zwölf Euro Fährgebühr und erduldete die dummen Kommentare des Seemanns in Sachen Max. Wenn er für ihn eine extra Gebühr erhoben hätte, wäre Steven sicherlich explodiert. Doch die

Fähre legte inzwischen in Staad auf der Konstanzer Seite an und spuckte in Sekundenschnelle gut vierzig Fahrzeuge an der Landungsstelle aus.

Der Kommissar hatte Mühe, seine Observierungsopfer in dem ganzen Wirrwarr nicht aus den Augen zu verlieren. Waghalsig überholte er dabei eine lange Fahrzeugschlange, indem er wild auf der Gegenspur entlangschoss. Beinahe wäre er ins Heck des Transporters gekracht, als er wieder einfädeln musste. Max schien es übel zu werden, so, wie er ihn anschaute.

»Tief durchatmen, tieeef durchatmen«, flüsterte Steven sich selbst zu, um sich zu beruhigen. »Gleich wissen wir, wo es langgeht.« Doch die Verdächtigen hielten sich nicht lange in Konstanz auf und überquerten bei Kreuzlingen die Grenze in die Schweiz.

Vorsichtig kramte er sein Handy unter dem Bauch von Max hervor und wählte mit der Rechten die Nummer. »Kerstin, hallo, hörst du mich?« Er bremste heftig an einer roten Fußgängerampel.

»Gut und deutlich, Steven. Wie auch gerade den Herrn Staatsanwalt am Telefon. Er war nur etwas lauter als du! Wo steckst du?«

»Das erzähl ich dir später.« Er musste sich beeilen, um Anschluss zu halten. »Kannst du bitte dem Praktikanten sagen, er soll mir die Bilder der Geliebten von Strecker und ihrem Mann aufs Handy schicken? Ich habe da so eine Ahnung.« Plodowski spürte, dass er ihr eine Erklärung schuldig war. »Ich bin da an was dran, weiß aber noch nicht, ob das eine tote Spur ist.

Sagst du dem Staatsanwalt, dass mich höhere Gewalt aufgehalten hat?« Mühsam hievte er mit der Rechten Herrn Max nach unten in den Fußraum des Beifahrerbereichs, wo dieser sich neugierig an die Erkundung dessen machte.

Kerstins Lachen tönte durch die Freisprechanlage. Das war sein Standardspruch. Den glaubte eh keiner mehr. »Na gut, dann erfinde ich mal eine Geschichte für dich. Ach übrigens, der Assistent des Ausbildungsleiters von Jens Heber wurde letzten Donnerstag verhaftet. Du kennst ihn ja vom Sehen, Hardi Maier. Drogengeschäfte!«

»Was hat das mit unserem Fall zu tun?«

»Weiß ich noch nicht, aber es ist schon komisch, dass immer im Umfeld dieser Leute irgendwas Ungewöhnliches geschieht. Sag mal, warum hast du eigentlich deinen Dienstausweis hiergelassen?«

Unvermittelt fasste er sich an die Brusttasche. Sie war wirklich leer. Aber seine Waffe drückte unter dem Sicherheitsgurt. Die Hitze schoss ihm ins Gesicht. Verdammt! Er war gleich in der Schweiz. An der Grenze musste ein Dienstbesuch angemeldet werden und die Waffe ebenfalls! Doch dafür war es jetzt zu spät. Nur kein Aufsehen erregen, schoss es ihm durch den Kopf. Nur kein Aufsehen!

Die Verdächtigen fuhren schon mit überhöhter Geschwindigkeit davon. Er musste sich beeilen und gab ebenfalls kräftig Gas. Die Grenzhäuschen am kleinen Grenzübergang, der Konstanz von Kreuzlingen trennte, kamen zügig auf ihn zu. Unruhig spähte Steven, ob dort an diesem Tag Grenzbeamte standen. »Kerstin, ich muss dringend auflegen, ich ruf dich zurück!« Schnell warf er das Handy auf den Rücksitz und sein Jackett nach unten auf Max, der das Zudecken gar nicht gut fand. Die Verfolgten waren bereits jenseits der Grenze. Steven selbst würde sie in wenigen Sekunden passieren. Ein Beamter tauchte in der Tür des Kontrollhauses auf. Steven stockte der Atem. Ohne Ausweis war er ein bewaffneter Eindringling. Das konnte echte Probleme geben. Schweißperlen tauchten auf seiner Stirn auf. Ergeben öffnete er das Fenster, um mit dem Grenzer ins Gespräch zu kommen. Doch dieser nahm von ihm keine wirkliche Notiz, winkte das Fahrzeug gelangweilt durch, ohne Steven überhaupt anzuschauen. Erleichtert fasste sich dieser an die Brust und drückte vorsichtig aufs Gas. Verfolgungsjagden waren nicht seine Sache und gehörten eher selten zu seinem Arbeitsalltag. Unzufrieden furzte Max unten im Fußraum. Der Gestank war unsäglich. Doch Steven hatte es in die Schweiz geschafft. Schnell schloss er wieder zu den Verfolgten auf. Ihm war übel. Der Blick in den Spiegel zeigte ein rotweißes, fleckiges Gesicht. Sein Blutdruck fuhr mit ihm Achterbahn vor lauter Aufregung mit dem illegalen Grenzübertritt.

Sie erreichten Uttwil, und es waren nur noch wenige Kilometer bis Romanshorn. Dort wohnte tatsächlich die Geliebte Streckers und ihr Mann. Sollte Steven mit seiner Vermutung recht behalten? Die Schönheit des Bodensees breitete sich in voller Pracht vor ihm aus.

Der Anblick des deutschen Ufers zauberte von der Schweizer Seite aus ganz andere Bilder, doch Steven hatte keinen Blick für sein geliebtes Schwäbisches Meer. Während er mit der Linken das Fahrzeug mit hoher Geschwindigkeit lenkte, tapste die Rechte auf den Tasten des Handys herum, um sich ins Schweizer Netz einzuloggen. Er wartete ungeduldig auf die Bilder aus dem Revier. Herr Max tauchte unter seiner Abdeckung hervor und nutzte Stevens Jackett als willkommene Unterlage.

Der Kommissar wandte wieder den Blick nach vorn und musste erkennen, dass das verdächtige Fahrzeug verschwunden war. Weiteres Adrenalin schoss in seine Adern. Einem Jäger gleich, dem die Beute zu entwischen drohte, schärften sich alle Sinne. Hektisch scannte Steven alle Seitenstraßen, Wege und Parkplätze vor sich. Er konnte nur noch raten, welche Abzweigung er nun nehmen sollte – und siehe da, auf dem Parkplatz vor dem Seepark in Romanshorn entdeckte er den nun verlassenen Transporter. Weit konnten sie nicht sein. Schnell stellte er seinen Volvo in sicherer Entfernung ab und lief im Bogen zum See. Schäfchenwolken zogen über den Himmel, verdunkelten die Nachmittagssonne. Steven fröstelte leicht. Er hatte die Jacke im Auto vergessen. Vorsichtig schlich er über den Rasen, stakste über Entenkot, sank leicht in matschige Frühlingswiesen ein, deren Untergrund noch etwas gefroren war. Möwen kreischten aufgeregt unmittelbar neben ihm. Sie stritten sich um ein dickes Stück Brot, das sie auf dem grünlich schimmernden Wasser ergattert hatten.

Endlich entdeckte er eine Gruppe von Gestalten, die in einigem Abstand seinen Weg kreuzten. Er duckte sich hinter einen Strauch. Ein Handy klingelte schrill. Steven benötigte einige Momente, bis er kapierte, dass es seines war. Panisch drückte er auf den roten Knopf, doch es wollte nicht reagieren. Hektisch schlug Steven auf das Gerät ein und brachte es wie auch immer zum Schweigen. Unnötigerweise riss er gleich noch den Akku heraus, um Ruhe zu haben. Schweißperlen rannen ihm die Wangen herunter.

Vorsichtig wandte sich der Kommissar wieder seiner Bespitzelung zu. Er entdeckte die Verdächtigen in einigem Abstand bei einer Parkbank. Zwei Personen befanden sich bei ihnen. Ohne dass er die Bilder vorher auf dem Handy hatte anschauen können, schienen es den Personenbeschreibungen nach Streckers ehemalige Geliebte und offensichtlich ihr Ehemann zu sein. Steven versuchte, sich an die Bilder zu erinnern, die im Revier an der Ermittlungswand hingen.

Jetzt diskutierten sie alle aufgeregt miteinander. Stritten sich beinahe. Steven verließ seine Deckung und pirschte sich von hinten an. Wortfetzen drangen an sein Ohr. »Wo … Kiste! … Wohin … falsche Info. Wenn Strecker … tot …«

Es ließ sich nichts Zusammenhängendes entnehmen. Doch Steven mutmaßte, dass es um FuSchKa ging und um Tobias Strecker. Er hatte den Namen eindeutig gehört. Sie steckten alle unter einer Decke!

»Warum habt ihr ihn ermordet? Warum?« Das Reden wurde zu einem Brüllen. »Warum Lukas entführt? Was hat er euch getan?«

Die vier Verdächtigen antworteten nicht, sondern schnappten die ehemalige Geliebte Streckers und ihren Gefährten an den Armen und zerrten sie mit sich. Ein Tumult entstand, in den sich plötzlich vier weitere Personen einmischten. Über ihre Gesichter hatten sie schwarze Sturmhauben gezogen. Wie aus dem Nichts waren sie aufgetaucht. Es wurde zunehmend unübersichtlich und Steven wollte einschreiten, entdeckte aber über die Distanz hinweg Pistolen, die die Kontrahenten gegenseitig aufeinander richteten.

Zwei Schweizer Gendarmen auf der nahegelegenen Uferpromenade wurden auf den Auflauf aufmerksam und riefen eilige Botschaften in ihre Funkgeräte. Dem Ort des Geschehens wollten sie sich aber nicht nähern, bevor nicht Verstärkung eingetroffen war.

Steven hielt sich zurück. Das Handgemenge setzte sich fort. Er hatte Mühe auseinanderzuhalten, wer wen in Schach hielt. Sirenen von Einsatzfahrzeugen heulten in der Ferne auf. Sie ließen die Kontrahenten kurz innehalten, was die vier schwarz Gekleideten nutzten und drei der von Steven Verfolgten mit ihren Gewehrkolben niederstreckten und zurück zu zwei hinter Büschen versteckten Geländefahrzeugen zerrten. Die anderen wurden mit Waffengewalt gezwungen, ebenfalls schnell in die Allradfahrzeuge einzusteigen. Die Schweizer Polizei kam rasch näher. Der Mann und die Frau befanden sich bereits im Wagen.

Die Männer, welche Steven verfolgt hatte, waren wieder zu sich gekommen. Sie nutzten die Gelegenheit, einen der schwarz Gekleideten niederzustrecken und ergriffen hastig die Flucht. Die beiden Geländefahrzeuge aber setzten sich schnell in Bewegung und verschwanden mit aufschießenden Matschfontänen über die Wiesen hinweg in Richtung Osten, bevor die Schweizer Polizisten auch nur ihre Dienstfahrzeuge verlassen konnten.

Was war hier gerade geschehen? Steven versuchte etwas benommen, seine Eindrücke zu sortieren. Drei unterschiedliche Gruppen hatten sich hier an dieser Stelle getroffen. Sie standen in irgendeiner Beziehung zueinander. Die vier Osteuropäer und das Schweizer Pärchen eindeutig durch den Fall Strecker und FuSchKa. Und die dritte Gruppe? Eventuell der Wachschutz der Firma? Das würde zu denen passen – die Sache selbst in die Hand nehmen und alles schnell unter den Teppich kehren.

Steven schaute zu seinen Schweizer Kollegen hinüber. Aufgeregt berichteten die zwei Gendarmen, was geschehen war und zeigten in Richtung seines Verstecks. Eilig wurde in Funkgeräte gesprochen. Offenbar wollten sie die Flüchtenden durch andere Kollegen abfangen lassen. Erste Gendarmen schwärmten aus, um den Tatort zu inspizieren. Steven beeilte sich, schnellstmöglich zu verschwinden und schlich sich durch die rückwärtigen Sträucher davon. Er wollte den beiden Geländefahrzeugen folgen. Die Äste ruinierten seine Kleidung, doch er musste schnell fort. Der Kommissar konnte nicht behaupten, gut trainiert zu sein nach dem langen Winter und keuchte schwer, als er seinen Volvo erreichte. Max blickte vorwurfsvoll vom Beifahrersitz, auf den er geklettert war, zu ihm herüber.

»Tut mir leid, mein Guter, ich bin ein schlechter Versorger, ich weiß.« Vorsichtig tätschelte Steven den Kopf seines Freundes und goss etwas Wasser aus der Wasserflasche in seine hohle Hand, um ihn trinken zu lassen.

Stevens Vermutung war, dass die Kerle auf dem Landweg über Österreich zurück nach Deutschland wollten. So konnte er es wagen, die Umgehungsstraße von Romanshorn zu nutzen, um Zeit zu gewinnen. Seine Wut war übermächtig. Was bildeten sich die arroganten Säcke von Best Secure ein, einfach Menschen zu entführen, jegliches Recht zu ignorieren und Selbstjustiz zu betreiben? Ihre dreckverschmierten Fahrzeuge waren in einiger Distanz gut zu erkennen. Und wenn er es richtig sah, dann war der Transporter der Gebäudereinigung ebenfalls nicht weit von ihnen entfernt.

Sein Handy ließ sich nicht mehr aktivieren. Er hatte den Pin vergessen. Nach drei Versuchen war die Karte gesperrt. »So ein Mist auch«, fluchte Steven und schleuderte das Ding nach hinten. Er musste die Kollegen informieren. Schon war die Grenze nach Österreich überquert. Glücklicherweise wollte dort niemand was von ihm. Steven winkte dankbar in Richtung Grenzhäuschen und bog hinter der Rheinbrücke ab nach Haag. Die schneebedeckten Berge links und rechts des Rheintales würdigte er keines Blickes. Er musste schnell handeln, bevor die Entführer deutschen Boden erreichten.

Plodowski beobachtete angestrengt die flüchtenden Fahrzeuge, die, wie er selbst, in einer Kolonne fuhren. Als klar wurde, dass der Weg der Geländefahrzeuge nicht durch den Arlbergtunnel führte, sondern in Richtung kleinem Grenzübergang bei Lochau, hielt Steven sein Fahrzeug in Bregenz an, um in einem Café nach einem Telefon zu fragen. Es dauerte einige Zeit und einige Telefonate, bis er sich entspannt mit einem doppelten Espresso zurücklehnen konnte. Jetzt waren die Kollegen dran. Gleich wollte er noch auf dem Markt oder beim Sutterlüty etwas Futter für Max besorgen. Der arme Kerl musste heute besonders leiden.

Und tatsächlich schnappte sich die Lindauer Polizei die Geländefahrzeuge gleich hinter der Grenze von Lochau-Hörbranz und setzte alle Insassen fest. Vom Transporter mit den vier Osteuropäern fehlte jedoch leider jede Spur. Sie hatten sich offenbar über die A96 in Richtung Wangen abgesetzt.

Dankbar, mit seiner Waffe wieder unerkannt in Deutschland angekommen zu sein, machte Steven eine Stunde später in Lindau erst einmal eine Pause und gönnte Herrn Max etwas Freigang auf einer Uferwiese.

Das war wieder einmal haarscharf ausgegangen für ihn heute. Die Schweizer Kollegen verstanden keinen Spaß, wenn man ohne Absprache in ihrem Territorium ermittelte oder Unruhe stiftete. Recht hatten sie! Und doch: Kriminalität machte vor keiner Grenze Halt, und oftmals war Gefahr in Verzug – so fand er. Nur seine

Chefin empfand das nicht so. Denn die musste das ausbaden, wenn ihre Mitarbeiter die Regeln nicht einhielten.

In tiefen Zügen sog Steven die erfrischende Seeluft in sich auf und freute sich am verdutzten Blick der Möwen, die Herrn Max kreischend umstellten. Solch einen Gesellen sahen sie nicht jeden Tag. Der Kommissar streckte die Beine aus und gönnte sich und seinem Freund noch ein paar Minuten, bevor es weiter ging.

Zurück in Ravensburg brachte Steven Max schnell nach Hause, um dann ins Revier zu hetzen. Eine lange Nacht würde auf sie warten. Valmir begrüßte ihn bereits im Gang mit einem kräftigen Schulterklopfen. »Na, da hast du uns ja ein nettes Päckchen geliefert. Sie sitzen stocksteif da und reden kein Wort.«

»Und?« Steven wollte mehr hören.

»Und was?« Valmir stellte sich dumm.

»Was will ich noch hören, Freund Valmir?«

»Dass es doch mehr als ein Unfall sein muss – Mord also. Zufrieden?«

Steven nickte. »Eine späte Einsicht, mein Freund, aber es kann nie zu spät damit sein. Wen können wir am ehesten knacken?«

»Die Frau«, warf Kerstin ein, als sie den Gang herunterkam. »Sie ist nervös und panisch. Sie wird zuerst einknicken.«

Doch sie irrten sich. Es dauerte die ganze Nacht hindurch, bis sie einen Durchbruch erlangten – und es war der gehörnte Ehemann, der zu singen anfing.

»Sie tauchten vor einigen Monaten plötzlich auf.« Er schien mächtig erschöpft. »Da standen sie vor mir, als ich in Romanshorn auf dem Markt war, diese Osteuropäer. Sie nahmen mich mit in ein Café und boten mir Geld an. Sehr viel Geld. Sie wussten von unseren enormen Schulden und all den Vergnügungen meiner Frau. Alles hatten sie recherchiert.« Da war es leicht, auf ihn Druck auszuüben. »Ich liebe meine Arbeit und brauche das Geld. Doch diese Schwächen meiner Frau bedeuteten im Falle einer Entdeckung sofort das Aus, da ich ein Sicherheitsrisiko dargestellt hätte.« Was ja dann wohl auch so war. »Was sie mir anboten, war sehr verlockend und einfach: Ich sollte die Fremden mit Informationen rund um FuSchKa versorgen, und sie gaben mir Geld dafür. Wir hätten mit dieser Hilfe unser Haus nicht verkaufen müssen und wären einen großen Teil unserer Schulden losgewesen. Das klang paradiesisch.«

Steven blickte dem Mittdreißiger in die Augen. Sie waren stark eingetrübt, müde und desillusioniert. Er musste schon einiges erlebt haben. »Und dass Ihre Frau ein Verhältnis mit Strecker begann, war Teil des Plans?« Abrupt reckte sich der Angesprochene: »Nein! Nein! Das war es ganz und gar nicht. Doch meine Frau ist nicht wählerisch. Sie nimmt alles, was um die Ecke kommt und ihr im Casino noch den einen oder anderen Franken gibt.«

»Euro, meinen Sie?«

Er ging nicht darauf ein. »Ich habe das erst durch Ihren Kollegen erfahren, wie weit sie gegangen ist. Sie hätte ihn nur etwas im Blick behalten sollen im Casino. Doch da haben sich zwei Abhängige gefunden! Strecker wurde durch meine Kollegen beim Wachschutz schon länger beobachtet. Er war ein Sicherheitsrisiko für die Firma. Und wäre er kein so exzellenter Ausbilder gewesen, hätte er seinen Job schon längst verloren.«

Niemand in seinem Kollegenkreis hatte ihm von dieser Affäre berichtet? Er konnte Plodowski beinahe leidtun. Steven stellte ihm ein Glas Wasser hin. »Waren Ihre Kollegen darin verwickelt?« Er ließ ihm Zeit zu trinken. »Nein. Soweit ich weiß, absolut nicht. Aber Strecker, der hatte seine Finger mit im Spiel. Das ahnten sie. So exzellent dieser Kerl in der Ausbildung war, so gierig war er auf der anderen Seite, wenn es darum ging, seine Spielsucht zu finanzieren. Schnell nahmen diese Ukrainer auch Kontakt mit ihm auf und schienen mit ihm handelseinig zu werden.« Er verfiel in ein langes Schweigen.

»Und weiter?«, ermunterte ihn Steven.

Doch der Angesprochene schüttelte mit dem Kopf. »Nichts weiter. Leider. Ich weiß nicht, was sie mit ihm absprachen. Ich sah sie nur hin und wieder vor dem Werkstor mit ihm reden. Was mir aber auffiel, war, dass Strecker diese Toolbox von WorldSkills mehr durch die Gegend schleifte, als er hätte müssen und an Stellen abstellte, wo sie nicht hin gehörte. Zum Beispiel beim Roboter. Es gehören nur die Arbeitsmaterialien von Lukas da rein. Ich frage mich heute, ob der damit was geschmuggelt hatte?«

Die Kiste! Sie hatte sich die vergangenen Tage aus dem Staub gemacht. Auf den Weg nach Kolumbien.

Kerstin machte sich eifrig Notizen. »Was waren das noch für Informationen, die sie von Ihnen wollten? Diese Osteuropäer.«

»Die Ukrainer? Sie wollten Pläne der Hallen haben. Schichtpläne des Wachschutzes und Begehungsrouten. Mehr nicht. Ich habe aber auch nicht weiter nachgefragt. Mein Eindruck war ohnehin, dass sie grundsätzlich gut Bescheid wussten, was im Betrieb vor sich ging und wo es sich lohnte zu spionieren – nämlich in der Forschung. Von mir wollten sie aktuelle Abläufe und so weiter.« Seine Stimme klang heiser und brüchig.

Kerstin sah von ihren Notizen auf. »Das würde ja bedeuten, dass jemand anderes die Gruppe zusätzlich mit Firmengeheimnissen versorgt hat. Wie sonst käme man direkt auf die Forschungsabteilung zu sprechen?«

Er nickte. »Ja, und zwar jemand, der ganz genau Bescheid weiß, vor allem, der einen Überblick über alle Abläufe hat. Das sind nur wenige bei FuSchKa. Das ist Firmentaktik, wie ich in den vergangenen Jahren erfahren habe: Jeder soll nur so viel Informationen besitzen, wie er zur Arbeit braucht.« Kerstin unterbrach ihn. »Können Sie das nochmals wiederholen?«

»Ja, das kann ich: Nur wenige bei FuSchKa haben den kompletten Überblick über die komplizierten Strukturen und Produkte wie auch deren Einsatz. Teilweise werden nur einzelne Komponenten ans Militär geliefert und erst dort mit anderen Bauteilen zu einem Ganzen zusammengefügt.«

»Das ist ja ein Ding. Dann wären ja die da oben, die ganz großen Chefs direkt mitinvolviert?« Valmir und Steven sprachen dasselbe aus. »Somit bewegen wir uns ab sofort über die Firma hinaus in alle Netzwerke von FuSchKa hinein, wenn das stimmt, was Sie da sagen. Die Ermittlungen werden ganz andere Kreise betreffen – militärische, politische.« Sie wussten, dass ab sofort übergeordnete Stellen einzuschalten waren. Denn FuSchKa besaß einen besonderen Status, bezogen auf nationale Sicherheit beim Geheimdienst und den Bundesorganen. Das hatten sie inzwischen in Erfahrung gebracht.

»Lasst uns den Staatsanwalt und das LKA informieren!« Wenn dem so wäre, wie der Geständige berichtete, dann müssten sie eine Mauer des Schweigens durchbrechen, die nicht einfach zu knacken war. Wer mochte sonst noch alles in dieses Komplott verwickelt sein? Vielleicht konnten sie den Wachmann als Kronzeugen aufbauen, um so viel wie möglich an Wissen zu erlangen. Das wollte Steven zumindest erreichen. Vorausgesetzt, es blieb kein Mordverdacht an diesem hängen.

Früh am Morgen verließ Steven das Kommissariat, um nach Hause zu fahren. Das Schicksal des Wachmanns berührte etwas in ihm. Auch er, Steven, war viel des Nachts im Dienst. Auch er musste seine Frau viel allein lassen, die glücklicherweise gut beschäftigt war mit ihrem eigenen Beruf. Doch wusste er alles von ihr? Oder hatte sie auch ein privates, ihm unbekanntes Leben? Der Wachmann tat ihm leid. Denn offenbar hatten alle Kollegen um ihn herum schon länger Bescheid gewusst, nur er war der unwissende gehörnte Ehemann. Steven geriet ins Grübeln aufgrund dieser Geschichte. Zwar sollte man den Beruf und das Erlebte nie mit sich nach Hause tragen, doch an diesem frühen Morgen gelang ihm das nicht ganz.

War seine Ehe glücklich? Was dachte seine Frau darüber? Hatte sie sich zwangsweise arrangiert mit ihrem jetzigen Leben und wünschte sich aber ein ganz anderes? War Steven zu sehr auf sich und seinen Beruf fokussiert, sodass er die Bedürfnisse seiner Familie nicht mehr kannte? Er musste sie das fragen! Irgendwann.

# Wolfegg

»Das Material ist also in dieser Too... Toool...« Staatsanwalt Westphal versuchte, gegen den Lärm in der historischen Orangerie von Wolfegg anzukämpfen. Einer wunderbar restaurierten Ausstellungslokalität.

»Toolbox! Ja, das scheint so zu sein. Es ist zumindest unser Verdacht.« Steven blieb trotz der Geräuschkulisse auf Distanz. Das hier behagte ihm ganz und gar nicht. Es war Osterwochenende, und er wollte seine verdiente Auszeit vom Beruf!

Der Vorgesetzte winkte ihm etwas unwillig zu, damit auffordernd, zu folgen. Westphal mochte es doch selbst nicht, dass in seinem Refugium – Wolfegg – der Beruf einen Raum bekam. Das wollte er strickt trennen. Steven wusste das und lag innerlich auf der Lauer. Was war so wichtig, dass es nicht bis Montag warten konnte?

Stevens Frau beobachtete mit unglücklicher Miene, wie ihr Mann die Ausstellungshalle verließ, um mit dem Staatsanwalt, ihrem Gönner, durch die Grünanlagen zu wandern. Doch sie musste sich konzentrieren. Die Veranstaltung, die gerade stattfand, war ihr zu Ehren organisiert worden und galt als Auftakt der Dauerausstellung, die sie nun tatsächlich in den Räumen des ehemaligen Automobilmuseums erhalten sollte. Zahlreiche Gäste waren erschienen. Alle wollten sie mit ihr sprechen, sie zu den schönen Skulpturen beglückwünschen. Dagmar wandte den Blick endgültig von ihrem

Mann ab, der ganz in sein Gespräch mit dem Staatsanwalt vertieft schien. Sie hätte ihn jetzt hier bei sich gebraucht.

»Eindringlinge haben FuSchKa systematisch ausspioniert und dann offenbar gezielt Material entwendet. Es handelt sich um hochsensible Gerätschaften zur Industrie 4.0, wenn ich das so laienhaft erzählen darf. Material, welches für die Technik der Zukunft schon heute eine wesentliche Grundlage bildet und auch im Rüstungsbereich eingesetzt wird. Deshalb auch das Einschalten all dieser Behörden auf Bundesebene.« Steven plapperte wild drauflos, in der Hoffnung, alles in komprimierten fünf Minuten hinter sich zu bringen. »Wenn die Ermittlungsergebnisse stimmen, dann haben entweder die Diebe oder hat Strecker das Material in der Toolbox versteckt, die der Ausbilder gerade für den Versand an World Skills ins Ausland packen wollte. Deshalb war Tobias Strecker so spät in der Nacht noch im Betrieb.«

Der ehrenvolle Herr neben ihm grüßte so gut wie jeden Passanten, der ihnen begegnete. Man kannte sich eben in Wolfegg. »Ja, dann beschlagnahmen Sie die Box. Holen Sie diese nach Ravensburg zurück.« Steven schüttelte den Kopf. Ein Seufzer entlockte sich dem Staatsanwalt. »Ich habe es befürchtet.«

Steven beichtete weiter. »Die Box ist uns zweimal durch die Lappen gegangen. Es ist wie verhext. Erst im Verteilerzentrum der Spedition, dann im Hafen von Rotterdam – und jetzt weiß ehrlich gesagt gerade niemand, wo überhaupt der ganze Container von WorldSkills Germany ist. Alle sind etwas panisch. Aber die Frachtpapiere sind verloren gegangen und die digitalen Tracker – also Frachtverfolgungssysteme – sind nicht aktiv oder funktionieren nicht. Zumindest haben wir bisher keine Daten dazu erhalten.«

»Das heißt?«

»Das heißt, die Wahrheit und ein möglicher Schlüssel zur Lösung des Falls befinden sich irgendwo auf dem Atlantik zwischen hier und Mittelamerika.« Er machte eine kurze Pause, um vollends alle Schwierigkeiten zu offenbaren. »Und damit vermutlich auch bald alle Verdächtigen, von denen wir mehr haben, als uns lieb ist. Es ist anzunehmen, dass sich alle potenziellen Mörder auf den Weg nach Bogotá zu den WorldSkills Weltmeisterschaften machen: der verdächtige Trainer Jens Heber, die verdächtige Gruppe der Ukrainer, die wir verloren haben, und manch anderer mehr.«

»Um Gottes Willen. Ausgerechnet Kolumbien. Da haben wir keine vernünftigen Abkommen. Aber was meinen Sie mit manch anderer mehr?«

Schweigend wanderten sie durch die uralten Baumanlagen, die schon seit Jahrhunderten den Menschen bei ihren Machenschaften zuschauten. Das mächtige Schloss baute sich direkt vor ihnen auf. Steven zögerte, gab sich dann aber doch einen Ruck, nicht ohne einen prüfenden Blick auf den Staatsanwalt zu werfen. »Nach Lage der Ermittlungen ist die flüchtige Gruppe der vier Osteuropäer mit großer Wahrscheinlichkeit nur der ausführende Arm einer umfassenden Organisation, in die auch Führungskreise von FuSchKa und womöglich noch höhere Stellen involviert sein könnten. Nennen wir das Kind beim Namen: Es handelt sich um Industriespionage von bedeutendem Rang.«

Der Staatsanwalt ging mit versteinertem Gesicht neben ihm her. Keine einzige Regung verriet seine Gefühle. »Plodowski, woher wollen Sie das alles wissen?«

Der Kommissar ahnte, dass sich nun etwas zusammenbraute. Ihm wurde unwohl. »Ich habe eine Dienststelle in Bremen kontaktiert, die in solchen Fällen ermittelt.« Westphal blieb stehen. »Sie haben was?« Seine Stimme wurde ungemütlich laut. »Sie haben an mir vorbei andere Behörden kontaktiert?«

Was war daran falsch? Steven lockerte mühsam die Krawatte, die seinen Hals zuschnüren wollte. Er überlegte verzweifelt, was er antworten sollte.

»Plodowski, was ich jetzt sage, habe ich nie gesagt. Aber es ist simpel und einfach: Fahren Sie hin.«

Dieser stockte. »Wohin? Nach Kolumbien?«

Der Staatsanwalt nickte. »Jawohl! Verfolgen Sie die Kiste, begleiten Sie die Verdächtigen, werden Sie Teil des WorldSkills-Teams. Nur, lösen Sie mir ohne großes Aufsehen diesen Fall. Wissen darf das natürlich niemand. Und machen Sie mir keine Dummheiten, wenn Sie dort sind. Verstanden? Sie sind nicht offiziell dort. Und halten Sie unter allen Umständen andere Behörden aus dem Fall raus! Wir brauchen nicht noch mehr Öffentlichkeit. Dazu ist FuSchKa für diese Region viel zu wichtig!«

Der Duft der ersten Knospen und Blüten der aufblühenden Pflanzen erfüllte die Parkanlage des Hofgartens, in den sie gerade wieder eingebogen waren. Das Licht der untergehenden Sonne tauchte die über ihnen stehenden Federwolken in eine feurigrote Farbe.

»Und machen Sie sich um das hier keine Sorgen. Ich kümmere mich um die Ausstellung Ihrer Frau. Versprochen.«

Der Ton des Staatsanwaltes klang etwas merkwürdig, ohne dass Steven Genaueres dazu hätte sagen können. Er wurde unvermittelt wütend auf seinen Weisungsbefugten. Warum sollte er von hier verschwinden? »Herr Staatsanwalt, ich kann doch von hier aus weitaus mehr regeln und steuern. Hier ist der Tatort, und hier ist das Ermittlerteam. Zudem wissen wir bis heute offiziell nichts von einem Diebstahl. FuSchKa hat bis dato keine Anzeige erstattet …«

Doch der stolz daherschreitende Herr, der immer ein Lächeln für entgegenkommende Bürger des Dorfes hatte, um gleich darauf wieder in diese versteinerte Maske zu verfallen, stoppte ihn mit einer energischen Handbewegung. »Da gibt es nichts zu diskutieren. Sie haben die Order. Es gibt eine Anfrage aus Berlin, dass Sie die Begleitung jenes WorldSkills-Experten Heber und seines Wettkämpfers übernehmen.«

Steven blieb die Spucke weg. Warum bekam er das Gefühl nicht los, dass man ihn aus dem Weg haben wollte?

»Wann ist die Abreise der deutschen Mannschaft nach Bogotá?«

»Nächste Woche Mittwoch«, bemerkte Plodowski nicht ohne Sarkasmus. Packen, Visum, Flüge, Hotel, Abstimmung mit WorldSkills ... und das alles in nur vier Tagen, abzüglich der Osterfeiertage. War das überhaupt möglich?

»Na, dann wünsche ich viel Erfolg und eine gute Vorbereitung. Sie schaffen das schon.«

Die beiden Männer waren wieder an der Orangerie angekommen. Der Staatsanwalt klopfte Steven aufmunternd auf die Schulter und verschwand im Inneren. Durch die große Glasfront, die sich auf ganzer Länge zum fürstlichen Hofgarten hin öffnete, konnte Steven gut seine Frau sehen, wie sie lachend mit Gästen vor einer Skulptur stand und ihnen zuprostete. Das silbern glitzernde Cocktailkleid, das sie an diesem Abend trug, war umwerfend. Als der Staatsanwalt neben ihr auftauchte, hakte sie sich bei ihm unter, und sie wanderten gemeinsam zur nächsten Gruppe.

Steven setzte sich von der Veranstaltung seiner Frau ab und begann zu telefonieren. Schock und Aufregung mixten sich in ihm zu einem Cocktail.

***

Nicht weit von ihnen in Bad Waldsee dämmerte Lukas vor sich hin. Kaum hörbar sein Stammeln: »Essen, bitte Essen.« Er hatte Hunger. Großen sogar. Und dann dieses unsägliche Bedürfnis, sich zu waschen. Der kleine Wasserhahn im Klo bot ihm Flüssigkeit, und er konnte auch ein wenig das Gesicht waschen, mehr aber nicht. Niemand kam, niemand versorgte ihn.

Einmal – wann war das denn? –, da hörte er unten im Haus die Tür zuschlagen. Jemand musste kurz da gewesen sein. Doch der Besucher konnte seine schwache Stimme nicht hören. Oder vielleicht wollte er auch nicht? In jedem Fall kehrte schnell wieder Ruhe ein, und zurück blieb eine nebulöse Erinnerung in Lukas' Kopf. Der Tag wurde zum Tagtraum und dieser zum Albtraum. Hatte man aufgegeben, ihn zu suchen? War er jemals gesucht worden? Was, wenn seine Eltern dachten, er wäre ins Ausland abgehauen?

Er wusste ja nicht, dass sich seit einigen Tagen eine deutlich aufgestockte Sonderkommission mit dem Fall »Weltmeister« befasste. Doch sie stocherte im Trüben. Man verfolgte jede Spur, fand aber nichts.

Die Zeit rann dahin.

»Mors certa, hora incerta« thronte an einem der Kirchtürme seiner Kindheit. Lukas erinnerte sich plötzlich dieses weisen Spruches, den sie im Lateinunterricht immer spaßeshalber mit »totsicher geht die Uhr falsch« übersetzt hatten. Dabei hieß die richtige Übersetzung: Der Tod ist gewiss, die Stunde ungewiss. Sollte sie für ihn langsam zur Gewissheit werden? Eine fiebrige Erkältung hatte ihn seit dem gestrigen Tag ergriffen. Er spürte, wie sie sich langsam über seinen Körper ausbreitete. Die Glieder schmerzten, der Kopf fühlte sich von Stunde zu Stunde glühender an. Hatte er sich eine ernsthafte Grippe oder gar Lungenentzündung zugezogen?

Lukas sehnte sich nach einem warmen Bett, nach Menschen und nach der pflegenden Hand seiner Mutter. Stattdessen rollte er sich auf dem kühlen Boden des alten Stadthauses zusammen wie ein Embryo. Noch war sein Überlebenswille stark genug. Doch wie lange würde er durchhalten können? Warum half ihm niemand?

## Konfrontation

Stevens Reisevorbereitungen stießen im Team nicht gerade auf Begeisterung. Kerstin knallte mit einem tiefen Stöhnen ihren Berg von Akten auf den Tisch. »Dann müssen eben wir den ganzen Hinweisen nachgehen, während der Herr auf Staatskosten eine Reise tut.« Sie warf sich auf ihren Drehstuhl.

Steven blickte sich im Raum um. Trotz des offenen Fensters empfand er die Luft als stickig. Valmir starrte ihn mit zusammengekniffenen Augen an. Die Ellbogen auf den Tisch gestemmt. Beißender Schweißgeruch machte sich von seinen Achseln aus im Raum breit. Der Stress an diesem Morgen nach einer langen Feiernacht tat ihm nicht gut. Sein Magen schmerzte. Vor allem auch, weil er wusste, dass es gleich wieder anstrengend werden könnte. Die geladenen Personen mussten bereits auf dem Weg zum Präsidium sein.

»Was versprecht ihr euch von dieser Reise, Steven? Ich versteh das nicht ganz.«

Der Angesprochene zuckte mit den Schultern. Sollte er ihnen gestehen, dass sein Verdacht war, man wollte ihn aus verschiedenen Gründen aus dem Weg haben? Er blieb stattdessen bei der offiziellen Variante. »Ich soll Heber und Julian begleiten und die Toolbox bewachen. Das habe ich doch schon zigmal gesagt!«

Die Frühlingssonne warf ihre Strahlen in den Raum. Kleinste Staubpartikel flimmerten in der Luft. Sein Blick wanderte den Strahl entlang zum Fenster hinaus.

Der Schweißgeruch schwebte durch den Raum. Von Valmir allein konnte das nicht sein. Stevens gepeinigte Nase richtete sich zum offenen Fenster hinaus. Ob der Praktikant eventuell auch ein Deo bräuchte? Doch der versteckte sich hinter seinem Computer – wie immer.

»Der Schlüssel ist die Toolbox. Ihr folgen die Täter wie die Motten dem Licht!« Steven versuchte, überzeugend zu klingen. Glaubt mir, folgte stumm in seinem Kopf. Plodowski hatte sich entschieden, die Geschichte durchzuziehen. Auch bei seinen Kollegen.

Die alte Zentralheizung gluckerte trotz Frühlingssonne vor sich hin. Man konnte sie einfach nicht abschalten. Ungelenk griff er nach seinem Becher Kaffee. Doch der war schon lange kalt.

»Dann brauchen wir das jetzige Verhör gar nicht?« Der Praktikant hob wie ein Erdmännchen seinen Kopf, um gleich darauf wieder hinter seinem Schutzwall zu verschwinden.

Verärgert drehte sich Steven in dessen Richtung und giftete: »Darf hier jetzt jeder seinen Senf dazugeben?« Zu den Kollegen gewandt: »Es wird in gewohnter Weise weiter in alle Richtungen ermittelt! Wir gehen in die Vernehmungszimmer und führen die Befragungen wie geplant durch! Noch Fragen?« Kopfschütteln aller. »Dann lasst uns in den Kampf ziehen! Ich muss später nach Stuttgart, um das mit dem Visum zu klären.«

Im Gang holte ihn Kerstin ein. »Steven, was bist du denn derzeit so genervt? Stimmt irgendwas nicht?« Erstaunt blickte er sie an. Ihre Frage war offensichtlich ernst gemeint. Sie machte sich Sorgen um ihn. »Stimmt zu Hause etwas nicht?«

»Zu Hause?« Warum fragte sie das immer wieder?

»Na ja, ich habe den Eindruck, dass etwas in dir rumgeistert«, versuchte sie zu erklären.

Er lächelte sie dankbar an. Die Zuwendung tat ihm irgendwie gut. »Es ist … es liegt an der unglückseligen Verbindung von Staatsanwalt und Ehefrau. Ich kann das gerade nicht deuten.«

Im unteren Gangbereich tauchten einzelne Personengruppen auf. Polizisten begleiteten die Gäste in die Vernehmungszimmer.

»Weißt du, Kerstin, ich weiß aktuell so wenig von und über meine Frau. Unsere beiden Leben lassen uns auseinanderdriften. Und dann diese unheimliche Vermischung von Beruf und Privatleben. Was will nur der Staatsanwalt damit bezwecken?«

Sanft strich die Kollegin mit der Hand über seine Schulter. »Es wird sich schon klären. Glaub mir. Da ist mit Sicherheit nichts dahinter. Er hat doch nicht dein Format.« Dankbar blickte Steven sie an. Es schien, als ob ihm zum ersten Mal diese wunderbaren mandelbraunen Augen ins Bewusstsein drangen. Dabei arbeiteten sie schon ein paar Jahre Seite an Seite. Ein letztes Lächeln in beider Gesichter, dann gaben sie sich einen Ruck, marschierten energievoll den Gang hinunter und betraten Besprechungsraum eins.

Steven nickte beim Betreten des kahlen Raumes in die Runde. Die Anspannung bei allen Beteiligten lag förmlich in der Luft. Niemand sprach etwas. Steven musterte jedes einzelne Gesicht dieser ungewöhnlich großen Runde. Zahlreiche Personen dieses Falles waren zugegen: Julian, Jens Heber, der wegen Drogenbesitz verhaftete Hardi Maier und jener zum Kronzeugen mutierte Wachmann. Jonas Scharf war sein Name, wie Steven inzwischen wusste. Natürlich hatten sie auch dessen Ehefrau mit zum Gespräch beordert wie auch die noch immer festgehaltenen Wachleute von FuSchKa, die in Romanshorn die Entführungsaktion unternommen hatten. Mit den Beamten füllten gut achtzehn Personen den fensterlosen rechteckigen Raum. Nicht jeder hatte einen direkten Platz am Tisch und musste sich mit der zweiten Reihe begnügen. Die Luft war schon nach wenigen Minuten so gut wie aufgebraucht.

Ohne eine förmliche Begrüßung eröffnete Steven das Gespräch: »Ein Verbrechen ist immer eine Beziehungstat. Wie auch immer diese Beziehung aussieht.« Er machte eine kunstvolle Pause, stemmte sich mit ausgestreckten Armen und geballten Fäusten auf den langgezogenen Tisch. »Und sie alle standen in irgendeiner Weise mit dem Opfer in einer Beziehung.« Steven konnte es nicht vermeiden, streng in Richtung der Ehefrau zu blicken.

Die Kollegen vom LKA rutschten ungeduldig auf ihren Stühlen herum. Plodowski hatte ihnen lediglich einen Rang als Zuhörer zugedacht.

»Fassen wir doch einmal zusammen, was wir haben: einen Toten, übel in der Roboteranlage zugerichtet; Industriespionage; Diebstahl von Materialien von nationalem Interesse; einen Verschwundenen – ob tot oder noch lebend, wissen wir gerade nicht; und dann eine dreiste Form von Freiheitsberaubung wie auch Selbstjustiz.« Er schwieg einen Augenblick, atmete durch und fuhr fort. »Von Drogenhandel und Ehebruch wollen wir gar nicht reden. Es könnte auch noch nationale Verschwörung mit dazukommen.« Steven konnte es sich nicht verkneifen, das hinterherzuschieben.

Kerstin schmunzelte.

»Mann, Mann, Mann, was für ein Durcheinander«, Valmir schüttelte gekonnt entsetzt den Kopf. »Wie wollen wir das nur entwirren?«

Ruhe kehrte im Raum ein.

»Wer kann mir sagen, was das für Typen waren, denen ich in die Schweiz gefolgt bin?«

Das LKA horchte auf. Schweigen bei den Gefragten. Valmir stieß Jonas Scharf in die Rippen. »Man muss sich das verdienen!«, raunte er ihm zu. Doch der Bedrängte traute sich nicht aus der Deckung heraus. Verschüchtert blickte er zu seinen Kollegen und seiner Noch-Ehefrau.

»Herr Scharf!« Valmirs Stimme durchschnitt die Stille. Dieser räusperte sich. Mühsam schob er seinen Hintern in Richtung Stuhllehne und reckte sich. »Ähm, sie sind, ähm, also das sind die bösen Jungs, die uns bedrängten.«

»Jonas!«, zischte seine Frau.

Doch das bestärkte ihn nur noch. »Diese Kerle sind die Verbrecher. Sie stecken hinter allem. Sie haben mich bestochen, und ihnen habe ich die Informationen geliefert.«

Seine Kollegen vom Wachdienst blickten düster auf. Wenn sie gekonnt hätten, hätten sie sich wohl auf ihn gestürzt. Jonas Scharf begann zu zittern. Er war kein Held. Am liebsten wäre er in Grund und Boden versunken.

»Und diese Herren hier? Was ist mit denen?« Kerstin zeigte auf Julian und Jens. »Gehören die dazu?«

Alle blickten auf die zwei unsicher an der Ecke des Tisches sitzenden Männer. Julian fühlte sich so unglaublich elend und allein. Warum hatte er niemanden zu Hause informiert, als sie ihn aus dem Betrieb herausholten?

»Nein! Nicht die beiden.«

»Wer dann?«

»Er da.« Scharfs Kopf wandte sich zu Hardi Meier. »Er mit seinen leidigen Drogengeschichten und illegalen Geschäften. Er versorgte die Kollegen vom Wachschutz mit Haschisch, Viagra oder besonderer Schmuggelware. All das eben, was man im Unternehmen so als Wachmann weiter verschachern konnte. Die Gewinnspannen waren nicht schlecht! Er hat unseren Kollegen damals schon den Kopf verdreht, als er noch bei uns als Auszubildender arbeitete.«

»Maul halten, du Verräter.« Wütend schnellte einer der Wachleute hoch. Der schwere Verhörtisch im Raum schoss gut einen halben Meter nach vorn. Schmerzvoll stöhnten die gegenüber Sitzenden auf. »Du verstößt gegen unseren Codex! Halt's Maul!« Schnell drückten ihn drei Polizisten mit geübten Griffen auf den Stuhl zurück.

Doch der als Kameradenschwein Gescholtene trat die Flucht nach vorn an. Seine Angst vor dieser Situation schlug in Verzweiflung und dann in Mut um. Heftig streckte er seine Hand aus, bohrte mit dem Zeigefinger durch die Luft: »Du bist der Verräter! Du hast es zugelassen, dass wir alle in diesen Drogenschlamassel und in alles hineingezogen wurden. Auch in diese Industriespionagen!« Wütend fuchtelte Jonas mit der Hand.

Hier taten sich Abgründe auf. Mit offenem Mund schaute Steven diesem Spiel zu. Noch mehr Verstrickungen.

»Hardi Meier versorgte alle in unserem Betrieb. Alles, was man benötigte. Selbst Viagra für Strecker. Jetzt weiß ich auch warum. Mit ihm hielt die Gier nach Geld bei uns ihren Einzug. Das öffnete den größeren Geschäften Tür und Tor. «

Seine Frau blickte betreten auf den Boden. Der erwähnte Hardi Meier scharrte mit den Füßen. »Ihr könnt mir die Dealerei mit dem Haschisch anhängen, Freunde, aber mehr nicht. Euren idiotischen Pakt mit diesen Teufeln, den müsst ihr schon selbst verantworten!« Er lachte betont locker in den Raum hinein.

Doch als Kerstin ihm bewusst die Information zukommen ließ: »Herr Meier, Ihre Großmutter ist in guter Obhut, machen Sie sich keine Sorgen. Der Sanitätsdienst hat sie vergangene Woche abgeholt«, zuckte er kurz zusammen und blickte erschrocken auf. Ihr Plan ging auf, ihn aus der Reserve zu locken.

»Sie ist nicht mehr zu Hause? Warum haben Sie das getan?«

Warum wohl, du Blödmann, erwiderte Kerstin in Gedanken, weil du vielleicht auf lange Zeit in den Bau wanderst, deshalb.

»Was hat das denn nun mit den Dieben und Mördern zu tun?« Einer der LKA-Beamten hielt es nicht mehr aus.

»Keine voreiligen Schlüsse bitte«, konterte Steven schnell. »Herr Scharf, bitte reden Sie weiter!«

Und tatsächlich, bei diesem waren nun alle Dämme gebrochen. »Sie alle brauchten Geld! Sie alle wurden anfällig und korrupt – wie ich auch!«

»Verräter«, zischte es mehrfach durch den Raum.

»Als ich dann von den Kerlen aus Osteuropa angesprochen wurde, witterten wir ein nettes Zusatzgeschäft. Tobias Strecker selbst sollte liefern. Er sollte das Material bereitstellen. Doch Tobias wollte erst das Geld und hielt deshalb das Material zurück. Die Gangster aber verlangten zuerst die technischen Komponenten. Es kam deshalb die Tage zuvor zum Streit unter allen Beteiligten. Was aber in der Nacht passierte, weiß niemand so richtig. Zumindest ich weiß es nicht. Ich vermute, Tobias wollte noch mehr Geld herauspressen und versteckte die Geräte. Wie gesagt, ich vermute in der Toolbox. Doch WorldSkills selbst hat nichts damit zu tun.« Jonas Scharf fühlte sich zunehmend erleichtert. »Diese Gangster waren nicht die ersten, die bei uns auftauchten! Nochmals: Wir brauchten Geld – für Drogen, Spielsucht und undankbare Ehefrauen!«

»Schlappschwanz«, raunte die Frau. Schnell schoss die Hand des gehörnten Ehemannes in ihr Gesicht. Es klatschte heftig, als er Wange und Nase traf. Das Blut schoss in Strömen aus ihrem linken Nasenloch. Erschrocken blickte sie ihren Ehemann an, ließ ungehindert das Blut auf ihr weißes T-Shirt tropfen.

Dann ging alles ganz schnell: Die Wachleute stürzten sich auf Jonas, prügelten auf ihn ein. Die Beamten hingegen versuchten, diese zurückzuhalten. Jens und Julian zogen sich in eine Ecke des Zimmers zurück. Stühle flogen gegen die Tür, Brüllen und Schreie erfüllten den Raum. Mit lautem Krach flog die Tür auf und weitere Beamte stürmten herein. Nur mit gemeinsamer Anstrengung und einigen blauen Augen konnte die Schlägerei beendet werden.

»Stümper«, kommentierten die LKA-Beamten, als sie leicht lädiert den Raum verließen und den Gang hinunterstampften. Steven sortierte sein zerrissenes Hemd, so gut es ging. Auch er hatte kräftig eins auf die Nase bekommen. »Abführen«, brüllte er und ließ eine abfällige Handbewegung folgen. »Raus mit ihnen in den tiefsten Kerker.«

Julian und Jens Heber wurden von Valmir zum Ausgang begleitet. »Ihr könnt gehen. Wir haben ohnehin eure Alibis überprüft, was die Entführung von Lukas betrifft. Sie stimmen. Aber haltet euch bitte bis zur Abreise zur Verfügung, falls wir noch was brauchen.« Stumm nickten sie, froh, schnell von hier verschwinden zu können.

Kerstin war es, die als Erste entdeckte, dass einer fehlte: Hardi Meier! »Der Kerl hat es geschafft, in diesem Tumult zu verschwinden. Unfassbar.«

Doch Steven winkte ab. »Lass ihn. Er ist für uns eine Nebenfigur. Sollen sich die Kollegen von der Droge um ihn kümmern. Die Lösung liegt bei diesen vier Osteuropäern. Sie können uns einige Antworten geben. Für mich sind das die Haupttäter. Lasst sie uns schnappen – und zwar, bevor die Kollegen vom LKA die Kerle in die Finger kriegen.« Denn dann wären sie erst einmal für die Kriminalbeamten unerreichbar.

## Botschafter Deutschlands

Der Abflugbereich A in Terminal 1 des Flughafens Frankfurt füllte sich an diesem Mittwoch mehr und mehr mit WorldSkillern. Alle trugen sie schwarze T-Shirts mit Logo und weißem Schriftzug »WorldSkills Germany« sowie Deutschlandflagge auf dem rechten Ärmel – man erkannte schnell, wer dazugehörte. Gut dreihundert dieser WorldSkills-Teilnehmer bildeten ein lustiges Volk, voller Energie und Begeisterung. Weiße Hüte des Hauptsponsors tragend, tanzten die Teilnehmer aufgeregt in der Gegend herum. Die Ausbilder und Experten schleppten schwere Koffer – Werkzeug und Wettkampfmaterial, das nicht mehr auf dem Seeweg hatte verschickt werden können, musste eben mit dem Gepäck ins Land eingeführt werden.

Neugierig beobachteten andere Fluggäste das Geschehen. Kamerateams rannten umher, versuchten die besten Jubelbilder einzufangen. Familien und Freunde mischten sich mit Deutschlandfahnen unter sie. Einige kamen zum Abschied, andere flogen direkt mit.

Mitten unter ihnen Plodowski. Etwas einsam und verloren schaute er dem Geschehen um ihn herum zu. »Hier, Ihr Aufkleber für den Koffer und das ist Ihr Badge«, ermunterte ihn die Assistentin aus dem Organisationsteam. Badge, das war das Umhängeschild, das jeder Delegationsteilnehmer erhielt. »Official Oberserver« stand auf dem seinen.

»Das ist sozusagen ihr Existenzbeweis und ihre Daseinsberechtigung in einem«, ergänzte sie ernst. »Ach – und hier Ihr T-Shirt. Ziehen Sie es einfach über, das hilft gleich enorm beim Check-in.«

Steven blickte unsicher umher, ob er sich in einem versteckten Winkel aus- und umziehen konnte. Er war noch etwas aus der Form zu dieser Jahreszeit. Das sollte keiner mitbekommen.

»Willkommen im Team«, unterbrach Reinhard Michalik seine Gedanken. Der Geschäftsführer und Chef der Mannschaft hatte sich gern damit angefreundet, dass Steven sie als neues Mitglied begleiten sollte. Solange dadurch die beiden Teammitglieder Jens und Julian mitreisen konnten, sollte ihm das recht sein. Welches Nationalteam hatte schon einen persönlichen Bodyguard? Nur sie. Das war auch was Besonderes.

Plodowski gab die Suche nach einer Umkleidegelegenheit auf und spannte das etwas zu kleine T-Shirt über sein Hemd. Kragen und Ärmel lugten hervor. Leider konnte es nicht ganz seinen etwas gewölbten Bauch verdecken.

Lautsprecheransagen im Terminal kündigten den Passagieren Abflüge zu unzähligen exotischen Reisezielen in der ganzen Welt an. »Jonkoping, Terminal 1 Gate B, Windhuk, Terminal 2 Gate E, Kayseri, Terminal 2 Gate E, …« Steven kannte nur einen Bruchteil der Namen. Wie es wohl wäre, einfach die Reisen nach Namen und Abflugzeit zu buchen! Ohne Grund und Ziel. Einfach so. Ein reizvoller Gedanke für einen Beamten, der im Oberschwäbischen Ravensburg verortet war und zahlreichen Verpflichtungen nachkommen musste.

Sein Blick streifte die freudigen Gesichter der vielen jungen Menschen aus allen Regionen Deutschlands, die in die Welt hinaus durften. Der Hauch von Freiheit und weiter Welt wehte durch die Hallen. Er steckte alle Beteiligten an. Und erst jetzt wurde Steven klar, dass er in eine dieser exotischen Welten würde mitreisen dürfen. Nach Kolumbien. In ein Land, das er noch nicht einmal auf dem Globus auf Anhieb finden würde. Plodowski bekam leichte Gänsehaut. Der Reiz jener Weite und Freiheit schien auch ihn in sanften Wellen durchdringen zu wollen.

»Die Ministerin wird gleich hier sein und eine Ansprache halten. Kommen Sie dann zum abschließenden Gruppenbild dazu?«

Mechanisch nickte Steven. Wie kam er nur zu dieser Ehre? Aber natürlich machte man da mit. Ein Bild mit der Bundesministerin für Bildung und Forschung. Wenn das mal nicht am Stammtisch für Anerkennung sorgte! Unten in Ravensburg, im geliebten Oberschwaben.

Der Lärm schwoll mehr und mehr an. Die Flughafensicherheit beobachtete beunruhigt die Szenerie. Mit so viel Rummel hatten sie nicht gerechnet. Mühevoll bahnten sich die Sicherheitskräfte des Bundeskriminalamtes ihren Weg durch die Menge. Die Ministerin lächelte freundlich, drückte viele Hände und ging beherzt aufs extra vorbereitete Podium.

»Sie liebt WorldSkills. Kommt immer gern dazu«, kommentierte die Assistentin für ihn das Geschehen.

Das bestätigte die Erwähnte dann auch sogleich. »Liebe Mitglieder der deutschen Nationalmannschaft. Immer und immer wieder komme ich sehr gern zu Ihnen. Denn mit WorldSkills verbindet mich eine besondere Sache: Ihre Veranstaltung vor sehr vielen Jahren war für mich der erste große öffentliche Auftritt als Ministerin, und damals war es für mich auch das erste Mal, vor so vielen Menschen aufzutreten und zu sprechen. Vor allem vor so vielen hoch motivierten und inspirierenden Talenten …« Plodowski wurde abgelenkt. Sein geübtes Auge entdeckte einen Tumult im Außenbereich des Terminals. »… sind Sie schon jetzt die Gewinner. Die Erfahrungen, die Sie sammeln werden, kann Ihnen keiner nehmen. Sich der Herausforderung eines weltweiten Berufswettbewerbs zu stellen ist mutig und bewundernswert.«

Steven wandte sich ab, um sich die Szene da draußen näher anzuschauen. Vier Männer bedrängten zwei jüngere Personen. Ihre T-Shirts verrieten, es waren World Skiller: Jens Heber und Julian! Schnell beschleunigte er seine Schritte in ihre Richtung und kam gerade rechtzeitig dazu, als die Angreifer tätlich werden wollten. »Halt, Polizei! Lassen Sie die Leute los!«

Irritiert wandten die Angesprochenen sich ihm zu. Sie wollten nicht von ihren Opfern ablassen. Einer setzte dazu an, sich auf Steven zu werfen. Schimpfend stürzte er sich ihm entgegen. Doch der Kommissar packte den Kontrahenten ohne Vorwarnung beim Arm und drehte ihn in einer geschickten Bewegung nach hinten auf dessen Rücken. Schmerzvolles Brüllen war die Antwort. Mit einer Ausgleichsbewegung nach vorn versuchte der Angreifer, sich etwas Entlastung zu verschaffen. Dabei stolperte er und fiel bäuchlings auf den Boden. Steven ließ ihn liegen und nestelte unter seinem T-Shirt herum, um den Dienstausweis aus der Hemdentasche zu fischen.

»Polizei! Versteht ihr Hornochsen nicht?« Tapfer näherte er sich den restlichen drei Männern, die noch immer Julian und Jens fest umklammert hielten. »Ich habe eine Waffe«, log Steven. »Und ich werde schießen.« Das schienen sie zu verstehen. Endlich ließen sie von ihren Opfern ab und verschwanden rasch in der Menge eines ankommenden Reisebusses. Der gestürzte Gangster befand sich ebenfalls schon auf dem raschen Rückzug. Steven ließ sie ziehen. Er wollte erst wissen, wie es Jens und Julian ging. Den Vorgang selbst würde er nachher ohnehin der Bundespolizei übergeben, die hier zuständig war.

»Was wollten die von euch?«

Beide schüttelten den Kopf. »Keine Ahnung. Sie brüllten etwas von Kiste und drohten, uns umzubringen, wenn wir ihnen nicht sagten, wo diese wäre.«

Plodowski blickte in die Richtung, in der die Kerle verschwunden waren. Konnten es die Osteuropäer aus dem Transporter gewesen sein? Wenn ja, dann tappten diese Gesellen ebenfalls im Dunkeln. Sonst würden sie nicht solche Risiken eingehen. Oder sie hatten mächtig Druck von anderer Seite.

Alle jagten sie hinter irgendetwas her, wie es schien. Die Gangster selbst offenbar ihrem eigenen Diebesgut.

»Auf, das Gruppenbild! Alle reinkommen. Schnell!« Sie wurden gerufen.

»Nun denn, haltet die Augen offen, das kann eine gefährliche Reise werden!« Steven war sich sicher, dass die Kriminellen ihr Diebesgut durch die ganze Welt verfolgen würden.

Im Terminal hatten die Redner in der Zwischenzeit gewechselt. »… so spannend wie die Fußballweltmeisterschaft, so hautnah erlebbar, als wäre man selbst der Akteur, so nachhaltig wirksam wie kein anderer Wettkampf. Das ist die WM der Berufe.«

Sie vernahmen gerade noch die letzten Worte des Delegierten von WorldSkills Germany, als sie die Gruppe erreichten. Höflich lächelte die Ministerin zum Gesagten. Ein Termin mit jungen Menschen war immer eine gute Sache für die Öffentlichkeitsarbeit.

Steven war tatsächlich stolz, mit aufs Bild zu kommen. Er war noch nie Teil einer echten Nationalmannschaft gewesen, die die Bundesrepublik Deutschland in der Welt vertritt. Er hatte es gerade mal bis zur Vereinsmeisterschaft in der C-Jugend gebracht. Das hier war schon was anderes. Eine ehrenvolle Aufgabe.

Sie lächelten viel, schauten in unzählige Kameras und fühlten sich wie Stars. Julians Blick, der sich neben ihn gestellt hatte, hellte sich wieder auf. In der großen Menschenmenge der Jubelnden entdeckte der junge Mann ein besonderes Gesicht. »Jessi«, flüsterte er beglückt. »Sie ist gekommen.«

Plodowski freute sich über das Strahlen und das vorübergehende Happy End. Gerührt beobachtete er, wie Julian zu ihr hinüberstürmte und sie in seine Arme nahm. Tränen rannen beiden die Wangen hinunter.

»Pass auf dich auf, und komm gesund heim«, meinte Steven über den Lärm hinweg zu verstehen. Julian nickte. »Und mit deiner kleinen Schwester gehe ich täglich an den Strand, um Schiffbrüchige auszurauben.« Sie versuchte zu lächeln.

»Ich hab dich lieb, Jessica, sehr sogar. Lieben Dank für alles.« Er drückte sie fest, um dann schnell zu den anderen aufzuschließen, die bereits zu den Sicherheitskontrollen vorausgegangen waren. Nach wenigen Minuten war die Delegation hinter den Metallsuchgeräten verschwunden. Zurück blieben Freunde, Familienmitglieder und Firmenkollegen, deren Gedanken noch ein Stück mitwanderten.

»Der Flug über den Atlantik Richtung Südamerika ist immer etwas kritisch. Lassen Sie besser Ihren Gurt an.« Stevens Nachbar, Bundestrainer für die Fliesenleger – auch so etwas gab es – schien ein erfahrener Mensch zu sein. »Ja, ich komme sehr viel mit WorldSkills in der Welt umher. Außerhalb der Weltmeisterschaftszeiten sind wir in sehr viele Ausbildungs- und Trainingsmaßnahmen eingespannt. WorldSkills, das ist eine große Familie, die weltweit miteinander trainiert und schult.« Er nahm einen Schluck seines Rotweins, den es zum

Abendessen gegeben hatte. »Wir überqueren eine Großwetterzone, da kann es immer rumpeln. Trinken Sie lieber noch ein oder zwei Gläser, dann fühlt es sich leichter an.«

Der Airbus 380 hatte bereits den Atlantik erreicht. Spanien und Portugal lagen schräg hinter ihnen. Das Abendessen wurde gerade abgeräumt. Dämmerlicht erfüllte die Kabine. Ob wir nun in einem U-Boot sind oder in der Luft, macht irgendwie keinen Unterschied, dachte sich der Kommissar auf Reisen. Sein zweiter Whisky stand bereits vor ihm. Nur noch halb voll. Steven war auf schnellem Wege, beschwipst zu sein. Das Essen im Flieger, das er als Genussmensch nicht zu sich nehmen wollte, fehlte als Grundlage. Im Gegensatz zu seinem Nachbarn, der – gleich den anderen Passagieren – gern und zügig am Entleeren der Barbestände des Fliegers arbeitete. Ob das Gewicht eines Flugzeuges leichter wird, wenn man alles wegtrinkt? Der Alkohol umnebelte ihn bereits. Dem Rat des Fliesenlegers aber folgte Steven gern. Mit einem Ruck war Glas zwei auch schon leer.

»Das dritte kostet aber, mein Herr.« Die Stewardess lächelte ihn freundlich an. Er nickte und nahm Nummer drei entgegen. Schweigend blickte er aus dem Fenster. Die Wolken lagen tief unter ihnen, der Horizont schien unendlich. Beinahe so wie auf seinem Aussichtsturm auf dem Gehrenberg.

Stevens Frau war nicht sehr glücklich gewesen, als sie vernahm, dass er für gut zwei Wochen verschwinden würde. »Urlaub in Kolumbien? Ohne mich? Und zu einer Zeit, wo ich dich so dringend für das Projekt meines Lebens gebraucht hätte.« Der Vorwurf hatte tief gesessen. »Aber wenigstens hat mir Herr Westphal seine generöse Hilfe angeboten.« Sie stichelte und gefiel sich dabei. Steven aber war sich sicher, dass er diesem guten Herrn einmal privat seine Meinung sagen musste. Es ruckelte im Flieger. Sie durchquerten erste Turbulenzen. Der Gedanke, ob ein Flugzeug nun leichter wurde, wenn man dessen Bestände wegtrank, beschäftigte Steven schon sehr. Träge verfiel er in einen ungemütlichen Schlaf. Sein Kopf schlug hin und her, schmiegte sich kuschelnd an die Schulter des irritierten Experten, der sich gerade mit dem Nachbarn zur anderen Seite über die Vorzüge mittelamerikanischer Hausmannskost beratschlagte. Doch Steven war weit weg. Dort, wo die sanften Wellen des Bodensees, seines schwäbischen Meeres, auf einen kieselsteinbelegten Strand ausrollten und wo die würzig-frische Luft aus den Bergen die Haut und Seele umschmeichelte. Er ließ sich im Traum auf seinem Katamaran über die Wellen gleiten, sanft von diesen hin- und herwiegend. Heimat und Geborgenheit umfingen ihn. Föhnbretter zogen über die Berge hinweg aus dem Süden nach Norden. Leichter Wind kam auf. Steven holte im Traum die Segel dicht und spürte sofort den Ruck, den der Kat durch die Beschleunigung erfuhr. Das Wasser begann zu rauschen. Die Geschwindigkeit wurde atemberaubend. Der dem Wind zugewandte Kiel hob sich fliegend leicht aus den Wellen. Am Heck gurgelte das Wasser hinter dem Ruder. Gischt spritzte nach oben. Steven jauchzte.

»Schneller, Wind, schneller«, brüllte er und holte die Segel noch dichter. Kurs hart am Wind. Die roten Signallichter der Sturmwarnung erstrahlten. Erst bei Bregenz, dann bei Rohrschach, Romanshorn und schließlich in Friedrichshafen und Lindau. Bedrohlich erhöhte sich die Geschwindigkeit, in der die Lichter blinkten. Ein großer Sturm deutete sich an. Der Kat schoss über das Wasser. Starker Wind trieb über die Berge hinweg, kühlte ab und stürzte in die Tiefe. Die Föhnbretter brachen zusammen und türmten Wolkenberge auf. Von Westen her erleuchtete die sinkende Sonne die bizarren Formationen, die bedrohlich auf den See zuwanderten.

Doch Steven brüllte: »Schneller, Wind, schneller!«, und schoss über das tiefe Blau des Sees hinweg …

Ein kräftiger Ruckler riss ihn aus tiefsten Träumen. Mühsam versuchte er, die Nässe des umgekippten Wasserglases mit einer Serviette auf Arm und Hose zu trocknen. In Gedanken schoss er noch immer über den See. Umso surrealer wirkte die künstliche Atmosphäre im von Menschenhand geschaffenen Lebensraum hoch oben über den Wolken.

Immer wieder Schütteln. Sie überquerten wohl gerade die angekündigte Wetterfront. Ächzend setzte sich Steven im Sitz aufrecht hin. Sein Genick tat ihm weh. Sein Nachbar war eingeschlafen. Meditatives Summen erfüllte den Raum. Die meisten Gäste schliefen. Vereinzelt hörte man Menschen schnarchen. Ein kleines Kind schrie etwas weiter entfernt in der Ersten Klasse.

Die Frage nach dem Gewicht des Flugzeuges tauchte wieder in seinen Gedanken auf. Ob die Maschine leichter wurde, wenn man sich selbst auf dem Klo entleerte? Wohin ging eigentlich das Zeug? Steven wusste es nicht. Musste er dringend einmal nachlesen. Doch in diesem Moment quälte ihn tatsächlich die Blase, und er musste etwas dagegen tun. Mühsam kletterte der Beamte hinaus in den Gang des Fliegers. Zahllose Beine verstellten ihm den Weg zum Klo.

»Hallo, Herr Kommissar, wie steht's?«

Erfreut blickte er in das Gesicht von Reinhard Michalik. »Gut, ja, sehr gut. Und selbst? Auch in der Warteschlange zum Klo?«

Der durchtrainierte Mittvierziger nickte. »Ja, aber eher auf der Suche nach etwas Ablenkung.«

Steven verstand. »Aufgeregt?«

Die Schlange vor der Toilette wollte nicht kleiner werden. Doch das Stehen tat gut. Träge drückte er seine Knie durch.

»Ja, sehr. Ehrlich gesagt, extrem.«

Endlich schaffte es ein junger Kerl aus der Toilettenkabine. Hosen noch immer am Knie tragend. Steven dachte, das wäre nicht mehr trendy, freute sich aber, dass es einen Schritt voranging. »Woran liegt's?«

Der Chef zögerte etwas, gab aber schließlich Auskunft. »Es ist bei uns wie im Leistungssport. Wenn wir keine Medaillen liefern, geht der Ärger los.« Er blickte etwas gedankenverloren aus dem kleinen Kabinenfenster. Sie mussten sich gerade auf den Atlantischen

Rücken zubewegen. »Dann ist nichts mehr mit ›Jugend fördern und Zukunft geben‹. Dann geht es um Köpfe und um die zukünftige finanzielle Förderung. Herr Plodowski, irgendwie sind diese Wettkämpfe, egal ob im Leitungssport oder bei uns, auch so etwas wie der Ersatz für internationale Muskelspielchen. Man will gegenüber den anderen Ländern protzen und als Sieger dastehen. Wir haben zu liefern!«

Die Schlange bewegte sich etwas voran. Auch aus der zweiten und dritten Toilette kamen endlich erleichterte Menschen heraus. Steven beobachtete sein Gegenüber. »Sie leben und lieben das, was Sie machen, richtig?« Er klopfte ihm vertraulich auf die Schulter.

»Oh ja, das tue ich. Ich liebe diesen Job. Ich liebe den Austausch mit all diesen fantastischen Menschen. Sie sind die wahren Friedensstifter. Sie geben sich alle gegenseitig so viel – ich würde sie sehr vermissen.«

Gerade als Steven etwas erwidern wollte, öffneten sich zwei Toiletten gleichzeitig, und der WorldSkiller verschwand in einer der Kabinen. Steven blickte auf den Boden. Und auf seine Füße. Socken – er hatte nur Socken an. Hoffentlich pinkelten die Menschen hier im Sitzen, sonst könnte es feucht werden. Vorsichtig tapste er in die nächste frei gewordene Toilette und stellte sich auf Zehenspitzen in Bereitschaft. Das dürfte zu Hause jetzt niemand sehen. Doch die Erleichterung tat gut.

Zurück am Platz wollten seine Gedanken keine Ruhe mehr finden: WorldSkills war eine eigenartige und doch so faszinierende Bewegung. Niemand schien sie zu kennen, diese ganz eigene Welt. Wie Alice im

Wunderland, sprach eine Stimme in ihm nicht ganz unrichtig. Man ging durch eine kleine Tür hindurch und plötzlich eröffnete sich einem ein Universum, das man so zuvor nicht erlebt hatte. Fantastisch. Auch wenn die Tür in diesem Fall mit dem Fleischberg eines unglücklichen Menschen gesäumt war. Der Mord, der Fall …, doch da wollte Steven nun absolut nicht eintauchen. Dazu hatte er gewiss nicht die Ruhe im Moment.

Schnell bestellte er sich einen letzten Whisky bei einer der wenigen noch wachen Stewardessen und tauchte in einen der Kinofilme ein. »Beauty and the Beast«, traumhafter Kitsch, so richtig zum Abschalten. Der Whisky rann brennend die Kehle hinunter. Aber er tat gut. Zeigte jedoch auch schnell seine Wirkung! Steven verfiel in einen dämmrigen Zustand, und plötzlich mutierte die Beauty im Film zu seiner Frau und das Beast zu – seinem Staatsanwalt. Er schüttelte sich. Wie konnte man nur solche Assoziationen haben? Der Staatsanwalt als Biest. Steven halluzinierte wohl. Bemerkte gar nicht, dass er schon längst wieder in traumähnliche Zustände verfallen war. Ständig schlug sein Kopf von einer Seite zur anderen, hämmerte gegen das kantige Schlüsselbein seines Nachbarn. Und dennoch wachte er erst wieder auf, als die Sondermaschine in Bogotá zur Landung ansetzte.

Der Fliesenleger lachte ihn herzlich an und schlug ihm kameradschaftlich auf die Schenkel. »Guten Morgen, der Herr! Und, meine Schulter als Kissen gut genossen?«

Die Sonne musste sie wohl wieder von hinten eingeholt haben, denn ihr heller Schimmer deutete sich im Rücken des Fliegers an. Mühsam rekelte und streckte sich Steven. Diese Träume waren nicht geeignet, erholsamen Schlaf zu finden.

»Willkommen in Kolumbien. Willkommen auf dem Aeropuerto Internacional El Dorado Luis Carlos Galán Sarmiento, liebe Fluggäste und liebe WorldSkiller! Im Namen von Kapitän Merker und der gesamten Crew wünschen wir Ihnen einen erfolgreichen und guten Aufenthalt. Bringen Sie uns viele Medaillen mit.«

Die Ansprache der Stewardess löste tosenden Applaus unter den Passagieren aus. Sofort schoss den jungen Wettkämpfern das Adrenalin in die Adern. Von einer Sekunde zur anderen entwickelte sich der Airbus zu einer lebendigen und fröhlichen Box, voller Lachen und gegenseitigem Necken. Die Mannschaft spürte, dass etwas Besonderes auf sie zukam.

Begeistert beobachtete Steven die Szenerie und ließ sich von ihr mitreißen. Er entdeckte in sich dieses einzigartige WM-Fieber, von dem alle, die jemals auch nur als Zuschauer dabei gewesen waren, immer erzählten. »Na, jetzt hat's dich auch erwischt, oder?« Sein Nachbar nickte wissend, als er Stevens Blick entdeckte. Sein Bayrisch klang wie aus einer fremden Welt. Wenn nur Herr Max das erleben könnte. Das wäre eine feine Sache gewesen. Sicherlich gab es in Kolumbien auch Leguane. Dann hätten sie gemeinsam welche in der Natur besuchen können.

»Auf, mein Bester. Kolumbien wartet. Lassen Sie uns neue Welten entdecken.« Michalik winkte ihm aus der gegenüberliegenden Gangreihe zu. Gern folgte der Kriminalhauptkommissar dieser Aufforderung. Neue Welten, neue Horizonte. Steven, mach was draus, raunte er sich selbst zu und beeilte sich, den anderen hinterherzukommen.

Die Einreiseformalitäten waren schnell erledigt. Die Koffer kamen zügig auf den Förderbändern daher und die aufgeregten Mitglieder der deutschen Delegation hatten es eilig aus dem Flughafen heraus zu treten, um die neue Welt zu entdecken. Mit dem deutschen Team kamen auch viele andere WorldSkills-Nationen in Bogota an und der Ankunftsbereich füllte sich mit zahlreichen bunten Trikots der Nationalmannschaften. Doch die Kolumbianer hatten alles perfekt im Griff. Kundige Guides führten sie hinaus in Richtung Busterminals, wo dann die Betreuerin für das deutsche Team auf sie warten sollte.

Kolumbien empfing die Gäste mit einem erstaunlich angenehmen Klima. Nicht zu heiß, nicht zu feucht, wie man es von einer Region in Äquatornähe hätte erwarten können. Steven war angenehm überrascht und sog tief die würzig-frische Luft ein. Sein Blick folgte dem von Reinhard Michalik, der die kolumbianische Betreuerin suchte. Der Kommissar konnte später nicht mehr nachvollziehen, was genau mit ihm in dieser Sekunde geschah, als er sie zum ersten Mal sah – diese Betreuerin. Ihm war, als ob er von einem Stromschlag nach dem anderen durchflossen wurde. Steven vergaß das Gehen, stand wie erstarrt. Unkontrolliert wanderte sein Blick von Kopf bis Fuß und wieder zurück. Mund halb geöffnet, als ob er etwas sagen wollte, ihm aber die Worte auf halbem Weg im Hals stecken geblieben waren. Etwa einen Meter siebzig groß, hübsch, aber nicht die Figur eines Topmodels. Und doch war da etwas, was Steven in seinen Bann zog. Waren es ihre langen, braunlockigen Haare? Die feste, durchtrainierte Figur? Sportlich schien sie zu sein. Dann diese tiefgründigen blauen Augen. Wie konnte eine Lateinamerikanerin nur blaue Augen haben? Willensstärke und Entschlossenheit sprachen aus ihren Bewegungen.

Er bekam nicht mit, was sie dem deutschen Team zur Begrüßung sagte. Alle klatschten und lachten, doch Steven wusste nicht, warum. Er hatte nur einen Blick für ihre Schönheit, war geblendet. Verliebt vom ersten Moment an. Er versteckte sich etwas verlegen hinter der Gruppe, die den Eingang des Flughafens blockierte. Sicherheitsleute versuchten, die deutsche Delegation etwas zur Seite zu schieben. Doch Andrea-Domenica wusste dies mit klaren Ansagen zu verhindern. Hier war der Treffpunkt für den Bus, und hier würden sie warten, machte sie den zwei Herren in Uniform klar.

Jetzt erst blickte Steven um sich und musste erstaunt feststellen, dass es gar keine Palmen gab. Er hatte alle möglichen tropischen Pflanzen erwartet. Doch stattdessen präsentierte sich die Botanik Bogotás beinahe wie bei ihm zu Hause. Saftig grüne Laubbäume zierten die Flächen vor dem Flughafen. Die nahen Berghügel hätten auch jene des Bodensees sein können, wie sie sich dort auf der Österreichischen und Schweizer Seite erhoben. Die Hauptstadt Kolumbiens hätte ebenso in den Alpen liegen können.

Brüllen und Rufen ertönte hinter ihnen. Weitere Delegationen von WorldSkills drängten aus den Ankunftshallen des Flughafens. Hier die in den Nationalfarben Rot, Weiß und Blau gekleideten Franzosen. Dort die große Truppe der Russen, ebenfalls in Trainingsanzügen mit den Landesfarben. Dazwischen die gelb-blaue Gruppe eines der baltischen Staaten. Die deutsche und andere Delegationen wichen aus und standen bereits auf der Zufahrtsstraße des Flughafens. Fröhliches Singen und WorldSkills-Rufe tönten über das weite Areal hinweg.

Keiner der Taxifahrer, die mit ihren Gästen in diesem Durcheinander stecken geblieben waren, traute sich zu hupen. Alle schauten sie nur auf das wundersame Spektakel, das sich vor ihnen abspielte. Die Erfahrenen unter den deutschen Trainern strahlten und riefen sich zu: »Es ist wieder so weit. Hurra!« Sie klatschten sich ab und strahlten übers ganze Gesicht.

Steven selbst ließ sich ein wenig mittreiben, in Gedanken aber beschäftigte ihn anderes: Okay, sie ist jung. Viel zu jung. Kühl dich ab, mein Bester.

Er blickte erneut der Betreuerin der deutschen Delegation hypnotisiert in die Augen. Sie schaute an ihm vorbei, lächelte aber vielsagend. Steven wandte sich mit aller Kraft ab, wollte seinen Gefühlen entfliehen. Versuchte, sich von den unbekannten, würzigen Düften des Hochlandes von Bogotá ablenken zu lassen. Er war verheiratet, hatte Frau und Kinder! War noch nie wirklich in eine Liebesbeziehung geschlittert! Und das sollte so bleiben. Er war ein treuer, fürsorgender Ehemann. Glaubte er. Doch es war bereits zu spät. Steven war gefangen im betörenden Netz, das diese Schöne umgab.

Artig ließ er sich mit den anderen zu den inzwischen eingetroffenen Bussen führen. Beim Einsteigen berührte sein Arm die Schulter der Kolumbianerin. Stromstöße durchzuckten erneut seinen Körper, erzeugten eigenartige Gefühle in der Bauchgegend. Etwas erwachte in ihm, nach so vielen Jahren. Etwas, das offenbar über so lange Zeit verkümmert war. Seine Gefühle stürmten kreuz und quer durch sein Inneres: die Reise mit WorldSkills, das neue Land, die Begegnung. Erschöpft setzte er sich und blickte zu den anderen Teams dort draußen auf der Straße, dann zu seinen Teamkollegen und schließlich doch wieder zu Andrea-Domenica. Der Kommissar aus Ravensburg lief feuerrot an wie ein kleiner Junge.

# Gangster

»Du frisst wie ein Schwein!« Er schlug seinem Nachbarn wütend auf den Hinterkopf. Doch der ließ sich nicht beirren, nahm sein Schnapsglas mit dem Wodka in die Hand und prostete den Kollegen zu: »Auf Maksym! Auf unseren tapferen Kollegen.« Das Fett vom Döner lief ihm aus dem Mundwinkel die Wangen herunter. Eine altmodische Krawatte zierte seinen speckigen Bauch. Überhaupt waren alle anwesenden Männer feierlich angezogen. Aus besonderem Anlass brachten sie extra Servietten und eine kleine Kerze mit in den türkischen Imbiss in der Ulmer Altstadt.

»Er war ein feiner Kerl«, sprach der eine.

»Er war ein Dummkopf«, schimpfte der andere. Wieder verfielen sie in ihre russische Sprache und redeten wild aufeinander ein. Der mitgebrachte Wodka vernebelte ihnen die Sinne. »Wenn er kein Dummkopf wäre, würde er noch leben.«

Schweigen. Schmatzen. Türkische Musik erfüllte den Raum.

Verunsichert blickte der Besitzer der Dönerbude hinter seinem Tresen hervor. Er traute sich nicht, auch nur ein Wort gegen den mitgebrachten Alkohol zu sagen. Die Typen kamen schon seit einiger Zeit bei ihm vorbei. Niemand kannte sie, niemand wusste, woher sie kamen. Doch die anderen Gäste ekelten sich vor ihnen. Wenn die Gangster aus dem Osten kamen, wollte niemand mehr hier sein.

Spatzen pickten vor der Eingangstür Brotkrumen vom Boden auf. Nur zu gern wäre er jetzt bei ihnen da draußen. Der Duft von Fleisch und Frittierfett durchzog den Raum, drang unaufhaltsam in die Acrylfasern der dunklen Anzüge.

»Das am Flughafen in Frankfurt war das Dümmste, was wir tun konnten! Das gab nur Ärger!« Nazar klatschte mit der Hand auf den Tisch. »Danylo, wenn du nicht willst, dass ich dir die Nase breche, dann hör jetzt auf, dich wie ein Schwein zu benehmen!« Er drückte ihm die Gurgel zu. Es tat gut, endlich mal jemandem wehtun zu können. Druck ablassen, den man selbst abbekommen hatte.

»Woher hatten diese brutalen Kerle gewusst, wo wir waren?« Alle zuckten mit den Schultern. Wie aus dem Nichts waren sie aufgetaucht. Diese vernarbten Gesichter mit ihren stahlharten Fäusten. Diese üblen Kerle fingen die Gang nach ihrer verkorksten Aktion auf dem Flughafen Frankfurt während ihrer Rückfahrt nach Ulm beim Rastplatz Hockenheim ab. Selbst ihre Komplizin Angelina bekam eine gehörige Portion Prügel ab. Sie traute sich mit ihren blutunterlaufenen Augen erst gar nicht mehr aus der Wohnung.

Vladislav wischte sich den Mund ab. »Das war nur ein Warnschuss, glaubt mir. Wenn wir jetzt nicht bald das Material liefern, sieht es schlecht aus mit uns. Und mit Maksym.« Den Kollegen hatten sie niedergestreckt und in ihren Wagen gepackt. »Dann hauen wir einfach ab.« Danylo schob sich eine Handvoll Pommes in den ohnehin schon vollen Mund.

Vladislav ließ ihn gewähren. »Vergiss es. Sie finden uns, so, wie sie uns auch in Hockenheim gefunden haben. Wir hätten den Auftrag niemals annehmen dürfen. Aber das ist jetzt zu spät! Jetzt müssen wir liefern und dorthin, wo das Material ist, um das jetzt ein für alle Mal vor Ort zu klären. Vielleicht bekommen wir Maksym ja zurück. Ich glaube nicht, dass sie ihn schon umgebracht haben. Sie werden ihn misshandeln und abwarten, was wir machen. Hoffentlich.«

Nazar nickte. Vladislav hatte recht. Sie mussten jetzt das Ding endgültig zu Ende bringen. Ruckartig schoss er vom Stuhl hoch, sodass dieser mit lautem Schlag nach hinten fiel. Überraschend behände sprang er hinter den Tresen und baute sich vor dem Besitzer auf.

»Du hast es selbst in der Hand, ob du morgen noch Fladenbrot backen kannst oder deine gebrochenen Finger im Gips bejammerst! Raus mit der Kohle!« Er packte das Nudelholz zum Auswalzen des Brotteiges und hob es in die Luft. Doch die Drohung war nicht notwendig. Mit zitternden Händen packte der Bedrohte alle Geldscheine aus der Kasse und warf sie auf den Tisch. Der Schock machte ihn stumm.

»Alles!«, brüllte der Angreifer. Weiteres Geld tauchte aus der Tiefe der Schublade auf, bis alle Einnahmen der letzten Tage vor ihnen lagen.

»Die Firma bedankt sich«, bellte Nazar, bevor er alles in seine Taschen packte, erstaunt, wie viel Umsatz solch ein Dönergrill in wenigen Tagen machen konnte. Das sollte helfen, dass drei von ihnen reisen konnten.

Eilig verließen sie den Raum und entschwanden in dem Gewirr der Gassen des Fischerviertels von Ulm. Trotz bester Personenbeschreibung, die der Ausgeraubte der Polizei später geben sollte, fand man niemanden mehr vor. Die verwahrloste Unterkunft, die die Polizei nach einigen Tagen entdeckte, war leer. Offenbar in großer Eile verlassen. Die Gangster waren über alle Berge.

Drei auf dem Weg zum Flughafen, einer auf der Suche nach dem verschwundenen jungen Kerl, diesem dreckigen Dealer, der mit Strecker zusammengearbeitet hatte. Irgendwo musste der doch sein. Nicht umsonst war er untergetaucht, vermuteten sie. Denn er steckte wohl mit dem Ausbilder unter einer Decke und wusste mit Sicherheit, wo die Geräte zu finden waren, die sie so dringend suchten und die ihnen nicht nur eine große Summe an Geld einbringen würden, sondern auch ihr Leben garantierten.

## Official Observer

Andrea-Domenica verschwendete keine Zeit damit, auf Signale zu warten. Sie holte sich, was sie wollte. Und das war Steven!

»Warum gerade ich? Warum nicht einer der WorldSkiller? Einer der Experten? Andrea-Domenica!« Er konnte es noch immer nicht fassen. Doch sie war es wirklich, wie sie nackt neben ihm auf dem Bett lag. Die Angesprochene zuckte mit den Schultern. Darüber machte sie sich einfach keine Gedanken.

Bogotá und der Lärm der Stadt schienen in weiter Ferne, tief unter ihnen liegend. Das Zimmer im sechsundzwanzigsten Stock des etwas in die Jahre gekommenen Hotels ließ sie auf Wolke sieben schweben.

Zärtlich fuhr seine Hand über ihren geschwungenen Rücken. »Du bist wunderschön. Und gefährlich, meine Beste!« Stumm fügte er hinzu: Wie ein Tsunami voller Liebe und Lebensenergie, der mich überrollt. Seine Hand umfasste ihre linke Pobacke und genoss das Gefühl, wie die perfekte Rundung seine Hand ausfüllte.

»Ist das etwas typisch Deutsches, Steven?« Sie wandte sich ihm zu, den Kopf auf den Arm gestützt.

Verwundert hielt er inne. »Was denn?«

»Na, sich immer und über alles Gedanken zu machen! Warum lässt du es nicht einfach geschehen und genießt den Moment?«

Er lächelte. »Das tue ich, meine Liebste, das tue ich. Beinahe zu viel.« Er prostete ihr genussvoll zu, doch dann seufzte er. »Wir müssen unbedingt bald los. Ich habe eine Aufgabe zu erfüllen, wie du weißt.« Die Pflicht ließ ihn nicht los. Und schon hatte er Sorge, sie würde ihn wieder tadeln. Doch Andrea-Domenica setzte sich vollends auf. Ihre wallenden, kräftigen Haare fielen sinnlich über ihre Schultern, verteilten sich über die samtige helle Haut. Die deutsche Linie in ihr schlug hierbei durch.

»Erzähl mir davon. Was steckt da dahinter?«

Nur zögerlich begann er zu erzählen. Aber das Vertrauen siegte schließlich und ließ ihn zunehmend reden wie einen Fluss. Es tat ihm gut, sich auszutauschen und die Gedanken zu sortieren.

So verbrachten sie den ganzen restlichen Tag im Bett, ließen die Welt draußen vor der Tür und bewegten sich mit ihrem »Raumschiff« in weit entfernte Welten, in denen Steven dahinschwebte, sich mit seiner Geliebten unterhielt, vergnügte und das Leben in vollen Zügen genoss. Die Pflicht immer wieder wegdrückend, wenn sie nach ihm rief.

Das Team selbst war gleich nach der Ankunft am Flughafen mit dem Mannschaftsbus ins sogenannte Pre-Camp gefahren. Die Experten und Funktionäre wie auch das Orga-Team befanden sich bereits auf dem Veranstaltungsgelände, um die Wettkampfstätten vorzubereiten. Das alles war so weit weg für Steven. Quasi nur eine kleine Seitennotiz in seinem Gehirn. Er musste sich zwingen, wieder ins Gedächtnis zu rufen, warum er hier war und was seine Pflicht von ihm verlangte.

Als sie am nächsten Morgen dann endlich auf dem Messegelände von Bogotá ankamen, begaben sich Andrea-Domenica und Steven umgehend zum Länderstand Deutschlands. Sie musste sich beeilen, um rechtzeitig zu den Wettkämpfern in deren Camp zu gelangen. Die Teambildung sollte beginnen, und Andrea-Domenica war ein Teil dieses Teams.

»Wir begeben uns jetzt ins Pre-Camp. Hier sollen die Teilnehmer als Team den letzten Schliff bekommen, bevor es losgeht.« Einer der Teamleiter erklärte den anwesenden Medienvertretern gerade das Programm der nächsten Tage.

»Das heißt, alle sind jetzt für drei Tage weg?« Steven stockte ein wenig der Atem.

»Richtig. Jetzt noch zwei Tage«, nickte Andrea-Domenica, die bereits die Teamleader von den Medien wegholte und um sich scharte. »Aber wir kommen wieder zurück, versprochen. Und ein Tag ist ja schon fürs Team vorbei. Heute ist Tag zwei, das bedeutet, morgen Nacht sind wir alle wieder hier vereint.«

Traurig wandte sich Steven ab. Er wollte niemanden merken lassen, dass er schon jetzt seine neue Freundin vermisste. Gern hätte er Andrea-Domenica zum Abschied geküsst und in den Arm genommen. Doch sie lächelte ihn stattdessen entwaffnend an, zwinkerte kurz und entschwand mit den anderen im Bus, der sie zum Ressort in den nahen Bergen bringen würde.

»Plodowski, sie wird wiederkommen, keine Sorge.« Einer der Experten amüsierte sich prächtig beim Anblick von Steven. »Mann, dich hat es ja mächtig erwischt. Guckst wie ein verliebter Gockel. Kann so was innerhalb zweier Tage geschehen?«

Der Kommissar lief puterrot an. Er spürte die Hitzewallung, die das Blut in seinem Kopf verursachte. Die Runde der Experten lachte sich buckelig. Das war ganz nach ihrem Geschmack. »Was sie wohl an dir findet. Verstehe ich nicht«, scherzte der Experte weiter.

Steven wollte gerade protestieren und scheinheilig von seinem Verheiratet sein berichten, als unerwartet Hilfe nahte: »Leute, lasst doch den armen Kerl in Ruhe. Der ist ja ganz verwirrt. Komm, Plodowski, wir nehmen dich mal mit ins Pressezentrum.« Der Medienchef des deutschen Nationalteams packte Steven bei seiner Schulter und zog ihn lächelnd von der Gruppe hinweg. Froh über die Ablenkung folgte er ihm artig durch die Gänge.

»Noch sehen die Hallen nicht fertig aus. Wir haben heute C-3, also drei Tage vor Wettkampfbeginn. Das bedeutet, in den restlichen drei Tagen kommt noch alles hier rein, was die Wettkämpfer an Maschinen und Geräten benötigen. Das geht dann rasend schnell.«

Sie wanderten durch die vielzähligen Baustellen. Überall herrschte reges Treiben auf den bereits abgetrennten Wettkampfflächen. Steven versuchte zu erraten, auf welchen Arealen welche Wettkämpfe stattfinden würden. Hier die Friseure, dort die Maurer und hinten die Mechatroniker, das sah man sehr schnell. Auch die Köche, Zimmerer, Schreiner oder Robotiker waren gut zu erkennen. Andere jedoch entzogen sich noch seiner Erkenntnis.

Jürgen, der Pressechef, zeigte auf den vor ihnen liegenden Bereich. »Hier werden die heilpflegerischen Berufe stattfinden. Ein wirklich spannender Wettkampf.« Plodowski runzelte die Stirn. »Wie soll denn hier ein Wettbewerb stattfinden können? Was machen die denn da? Verbände wechseln?«

Jürgen lachte kurz auf. »Womöglich. Aber viel mehr geht es darum, in Interaktion mit den Patienten zu treten. Dazu haben wir hier echte Schauspieler. Sie sind die Unfallopfer, Demenzkranken oder sonstigen Hilfsbedürftige. Ich sag dir, du zitterst regelrecht mit, wenn die Teilnehmer versuchen müssen, sie zu behandeln und gegebenenfalls zu überzeugen, bestimmte Dinge zu tun. Lohnt sich auf jeden Fall vorbeizuschauen.«

Sie wanderten in die nächste Halle hinein. »Hier sind die ganzen Industrieberufe wie CNC-Dreher und -Fräser, Polymechaniker, Formenbauer und so weiter untergebracht.«

Eine echte Industrielandschaft tat sich vor ihnen auf. Dutzende wohnzimmergroße Maschinenanlagen reihten sich aneinander. Alles brandneue Maschinen, Werkzeuge und Arbeitscomputer.

»Das muss doch Millionen kosten. Wer bezahlt das?« Steven war beeindruckt.

»Der Veranstalter und die Sponsoren. Aber glaub mir, am Ende einer jeden Veranstaltung ist das alles verkauft. Da macht man kein Minus.« Der Geruch von Maschinenöl und Schmierfetten durchzog die Hallen. Techniker mühten sich mit Lasermessgeräten ab, die Maschinen zu kalibrieren. Steven und Jürgen trafen bei den Polymechanikern auf Jens Heber, der mit anderen Experten diskutierte. Sie standen um ihre Maschinen herum und verglichen Pläne mit den Aufbauten.

»Stimmt was nicht, Jens?« Jürgen kannte alle Trainer bereits seit Jahren und grüßte fröhlich in die Runde. Der Angesprochene löste sich kurz von der Gruppe und kam zu ihnen. »Es stimmen einige Aufbauten mit den Plänen nicht überein. Auch sind die Maschinen nicht diejenigen, die wir zugesagt bekommen haben.« Er seufzte. »Jetzt müssen wir die Aufgaben anpassen. Vor allem haben einige von uns Angst, dass der Gastgeber das mit Absicht macht, um sich einen Vorteil zu verschaffen.«

Steven hörte aufmerksam zu. Das würde ja für Julian einen Nachteil bedeuten. »Und zu allem Überfluss stimmt was mit der Anlieferung der Toolboxen nicht. Der Zoll gibt sie nicht frei. Wir alle sitzen hier auf Kohlen. Vor allem sind zwei Boxen aus Deutschland angeliefert worden. Ist ja auch klar. Die von Lukas und die von Julian. Doch erklär das mal den Chefs hier. Sie wittern sofort Betrugsabsichten, denn es darf nur eine hierher auf die Wettbewerbsfläche.«

»Fährt denn niemand zum Zoll, um das zu klären?« Steven suchte nach Lösungen.

Jens nickte. »Ja, wir wollen alle zusammen hinfahren, damit jeder seine Kiste freibekommen kann.«

Der Kommissar in ihm regte sich sofort. »Da muss ich mitkommen. Ist das möglich?« Endlich konnte Steven wieder etwas für seine Ermittlungen tun. Endlich konnte er diese Box in Augenschein nehmen, auf die so viele gierig warteten.

Jens zögerte, nickte dann aber und sagte: »Wir sagen ihnen, dass du unser Helfer bist. Dann dürfte das schon gehen.«

»Wann geht es denn los?« Plodowski erreichte endlich wieder seinen notwendigen Arbeitsmodus.

Der Trainer winkte ab. »Nicht vor morgen Vormittag. Wir müssen uns noch um die Technik hier kümmern. Das wird eine lange Nacht werden!«

Sie grüßten zum Abschied und schlenderten in Richtung Medienzentrum. Jürgen telefonierte unentwegt mit Korrespondenten deutscher Medien in Mittelamerika, die Interviews und Drehzeiten anfragten. Aufmerksam lauschte Steven den Gesprächen.

»Eine wirklich exotische Welt für mich, eure Journalistenwelt«, bemerkte er dann auch in einer kurzen Gesprächspause. Was mochte denn Footage-Material sein? Doch Jürgen nickte nur kurz, um sogleich mit seiner Kollegin in Deutschland zu telefonieren, die im fernen Leipzig die wichtigen Koordinationsaufgaben zu bewältigen hatte.

Der Journalist grinste zu ihm rüber. »Ach je, ich habe vergessen, dass in Deutschland ja schon Nacht ist. Kollegin Alice sitzt jetzt im Pyjama am Computer.«

Weitere Skills tauchten auf. »Hier auf der rechten Seite findest du die IT-Leute. Man sieht leider nicht immer, was sie anstellen, aber die Aufgaben sind sehr anspruchsvoll und für Insider hoch spannend.«

Sie kamen endlich im Mediacenter an. Die ersten Presseteams aus aller Herren Länder waren angereist und richteten ihre Arbeitsplätze ein.

»Wenn du möchtest, kannst du einen unserer Computer nutzen, um Mails zu checken.« Jürgen zeigte in Richtung eines Sechsertisches, auf dem die deutsche Fahne stand. Steven nickte. »Das ist eine gute Idee. Wie viele Journalisten werden denn erwartet?«

»Wir gehen von mehr als tausend Kolleginnen und Kollegen aus. Es werden von Veranstaltung zu Veranstaltung mehr. Die großen TV-Sender platzieren sich in ihren eigenen Fahrzeugen draußen vor dem Mediacenter.«

Für den Kriminalbeamten, der bisher lediglich auf einer größeren Auszeichnungsfeier im Innenministerium in Stuttgart mit Ministerpräsident und gut zweitausend Kollegen hatte dabei sein dürfen, waren das natürlich unglaubliche Zahlen. Warum engagierte man nicht einfach ein großes Medienteam, das Bilder und Informationen für alle bereit hielt? Das aber traute er sich nicht zu fragen, sondern setzte sich stattdessen an einen der Plätze. Das kleine Körbchen mit den Süßigkeiten vor ihm ließ Steven sofort schwach werden. Verschämt blickte er um sich und stahl gleich drei der bunt verpackten Schokostücke. Das erste zerschmolz bereits zart in seinem Mund, als er den Computer anschaltete. Es dauerte ein wenig, bis er sich in seine Mails einloggen konnte. Das erste Passwort schlug fehl, das zweite ebenfalls und erst beim dritten und letzten schaffte er es reinzukommen.

»HerrMax1«, flüsterte er erleichtert. Seine Schokofinger hinterließen braune Tapser auf den Tasten.

Jürgen stellte ihm Kaffee und Kekse hin und verschwand mit einer Gruppe internationaler Kollegen zu einem Pressebriefing. Steven war nun beinahe allein im Raum. Gelangweilt scrollte er durch die Liste der Mails. Nichts wirklich Spannendes, was seine Aufmerksamkeit erregen konnte, tauchte auf. Die Reihen der Betreffzeilen sprangen immer schneller über den Bildschirm. Er konnte sie beinahe nicht mehr lesen. Irgendwann gelangte er ans Ende und schloss den Web Mailer.

Seine Gedanken wanderten zu Andrea-Domenica, seiner deutsch-italienischen Kolumbianerin. Das war ihm sein Lebtag noch nicht passiert! Frauen schön finden, sich über das Erwidern eines Lächelns freuen, ja, das gab es immer wieder. Aber niemals das! Er bemerkte nicht, dass er laut mit sich selbst redete.

Jetzt bist du schon wieder typisch deutsch, würde Andrea-Domenica sagen. Let it go. Live is too short! Steven lächelte. Gelangweilt öffnete er neue Programme. Skype tauchte nach einem Klick auf dem Bildschirm auf. Er loggte sich ein und durchwanderte seine Kontaktliste. Was faszinierte ihn nur so an der braunlockigen Kolumbianerin? Sie war so unbeschwert anders, so klar in ihren Aussagen und bei dem, was sie tat! Und sie hörte zu und interessierte sich wirklich für ihn und seine Arbeit. Das tat außer den Kollegen nur noch Herr Max, den er übrigens sehr vermisste. Sie beide hatten schon einige Fälle während langer Autofahrten gelöst.

Einfach nur dadurch, dass sein grüner Leguan genau zuhörte und an den richtigen Stellen eindeutig nickte. Dagmars Name tauchte in der Skype Liste auf. Status »nicht online«. Er scrollte schnell weiter.

Sie war eine leidenschaftliche Liebhaberin im Bett, diese Kolumbianerin. Puh, das konnte er nicht leugnen. Wollte er aber auch nicht! Wallungen stiegen in ihm hoch, allein schon beim Gedanken an die letzten gemeinsamen Stunden. Andrea-Domenica wusste, was sie wollte, bei Gott. Und sie nahm sich das auch ohne jede Hemmung.

Dagmars Name tauchte schon wieder in der Liste der Skype-Kontakte auf. Jetzt unter ihrem Künstlernamen. Sie und er mussten sich in der letzten Zeit regelrecht bemühen, um endlich mal wieder Zeit und Lust für gemeinsame Stunden im Bett zu finden. Das hier war so anders. Die Liste auf dem Bildschirm war bei K angekommen. Kerstins Name erschien mit dem Status »verfügbar«. Stevens Gesicht heiterte sich auf. Die treue Kollegin. Immer konnte man sich auf sie verlassen. So viele Jahre arbeiteten sie schon zusammen, und nie hatte es bisher ernsthafte Konflikte gegeben. Weil sie sich gegenseitig respektierten und genügend Abstand zueinander hatten.

Steven setzte das Headset auf, das vor ihm lag, und steckte den Cinch in die Buchse. Ein Click auf den grünen Button und schon hörte er das Wählzeichen von Skype. Tut, tut, tut … wo war sie nur? … tut … tut …

»Hallo?« Die Stimme am anderen Ende klang müde.

»Kerstin? Hörst du mich?« Er wirkte aufgeregt.

»Ja, aber wer ist da?«

»Ich bin's, Steven. Hörst du mich?«

»Ja, gut und deutlich. Steven. Weißt du, wie spät es ist?« Ja, natürlich wusste er das. Es war helllichter Tag.

»Nein, werter Freund. Es ist stockduster und ich hatte einen verdammt langen Tag.«

Oh, der Zeitunterschied. Steven hatte ihn nicht mehr im Blick gehabt, dabei hatte er vorhin mit Jürgen noch über die Kollegin im Nachthemd gelacht.

»Sieben Stunden sind das, Steven. Denk bitte daran.«

»Oh, sorry, aber dein Status war auf …«

»Steven, das ist bei meinem Handy immer so eingestellt, wenn es auf Standby ist. Damit mich meine Schwester aus den USA erreichen kann.«

»Tut mir echt leid, wenn du schon geschlafen hast. Wollte nur ein kurzes Lebenszeichen von mir geben.«

Sie lachte am anderen Ende. Die Verbindung war erstaunlich gut. »Solange du mich nicht bittest, das Video anzumachen, ist alles okay. Ich möchte nur nicht in meinem Pyjama im Bett erwischt werden.« Sie lachte. Er versuchte sich vorzustellen, was für ein Pyjama das sein mochte. Sicherlich ein bequemer. »Wie kommst du da drüben voran?«

Steven räusperte sich. Irgendein Kloß hatte sich in seine Kehle geschlichen. »Gut, ähm, ja, sehr gut. Wir machen Fortschritte.«

»Wer ist wir? Denke, du bist allein und inkognito dort. Wer ist bei dir?«

Beinahe hätte er sich verplappert. Andrea-Domenica durfte nicht erwähnt werden. Auch ihre guten Ideen nicht, die sie am Morgen im Gespräch gehabt hatte. »Ich meinte das Team. Ja, das Team. Wir sind alle hier ein tolles Team. Das ist schon beachtlich, was diese Menschen bei WorldSkills machen. Heute habe ich sogar den Präsidenten von WorldSkills International getroffen. Ein echter Präsident aus England, weißt du. Sehr sympathisch.«

Kerstins Stimme drang amüsiert durch die Ohrmuscheln seines Headsets zu ihm. »Steven, also noch nichts erreicht, oder? Ich kenne dich doch, wenn du Ausflüchte machst. Habe mich eh gewundert, warum du dorthin gereist bist. Mord und Diebstahl haben hier stattgefunden.«

Er protestierte. »Es braucht eben seine Zeit, Kerstin. Du kennst das doch. Und außerdem hat mich der Herr Staatsanwalt …«

Sie unterbrach ihn: »Der ist im Moment irgendwie abgetaucht. Da brauchen wir uns keinen Druck machen lassen. Zum Glück. Vielleicht hat er Urlaub genommen.« Vielleicht wollte er mich aus dem Weg haben – in Deutschland, in Ravensburg! Stevens Kopfkino lief auf vollen Touren. Schon schlimm, wenn man eine solch bildhafte Fantasie hatte, die dann auch noch so stark auf das Gemüt schlug. Du musst ja gerade reden, sprach eine andere Stimme in ihm: Was du hier machst, ist ja nicht unbedingt die feine Sache.

»Steven, bist du noch da?«

Er kam aus seinen Gedanken zurück. »Oh ja. Ja, sicher.«

»Steven, es könnte eventuell Ungemach auf dich zukommen. In Ulm fand vorgestern ein Raubüberfall statt. Die Räuber sind geflohen. Aber die Beschreibung passt auf unsere Übeltäter, die wir seit der Schweizer Geschichte und der am Frankfurter Flughafen suchen. Am Flughafen München sollen verdächtige Personen mit passender Beschreibung für einen Flug nach Brasilien registriert worden sein. Bis die Daten bei uns ankamen, waren sie aber leider schon weg. Wir vermuten, da ist unsere Räuberbande auf Umwegen nach Bogotá unterwegs.« Steven hatte Ähnliches schon erwartet. »Bitte pass auf dich auf. Sie stehen offenbar mächtig unter Druck. Der überfallene Besitzer des Dönerstandes berichtete von einer aufgeheizten Stimmung und Streitereien in der Gruppe.«

Steven war vorgewarnt. Die Gegner konnten also aus dem Nichts auftauchen. Er hatte zu wenige Erinnerungen an ihre Gesichter, als dass er sie wiedererkannt hätte. Sie tauschten sich noch ein wenig über den Büroalltag, Valmir und vor allem den Praktikanten aus, bevor sie sich mit dem Versprechen voneinander verabschiedeten, täglich miteinander eine kleine Dienstbesprechung via Skype abzuhalten.

»Schlaf gut«, rief Steven, bevor er den roten Knopf drückte. Das Programm wollte noch wissen, ob er zufrieden mit der Qualität des Gesprächs war. Sicher, stimmte Steven zu. Sicher. Sowohl vom Inhalt als auch von der Verbindung her. Er klickte auf »sehr gut« und fuhr den Computer herunter.

Die Nacht setzte, wie in Äquatornähe üblich, gegen sechs Uhr beinahe nahtlos ein. Steven wollte nach den letzten Tagen endlich mal wieder die Zweisamkeit mit sich selbst genießen. Somit marschierte er, etwas erschöpft von den Eindrücken des Tages, kurzerhand über das Messegelände Corferias im Stadtteil Quinta Paredes hinweg, hinaus durch eines der Tore, um sich in den Moloch mit seinen gut sieben Millionen Einwohnern zu begeben. Man spürte die enorme Höhe, auf der Bogotá lag. Es war, als ob München und Berlin wie auch Hamburg gemeinsam knapp unter dem Gipfel der Zugspitze liegen würden.

Steven hatte schon aus dem Hotelzimmer heraus diese sich ins Unendliche ausweitende Steinwüste bestaunt. In weiter Ferne thronten die beiden zu den Anden gehörenden Kordillerenberge Guadalupe und Monserrate. Aus dieser Distanz wirkte der Fluss San Francisco klar und rein. Aber Steven wusste, dass er genauso wie der Funza mit seinem großen Wasserfall schön und verdreckt in einem war. Die Slums an den Rändern der Stadt mussten gigantisch sein, wie er hörte. Doch davon wollte das Stadtzentrum nichts wissen! Wolkenkratzer zierten den Kern der Metropole. Zogen sich an den Hauptadern der Prachtstraßen entlang.

Steven ließ sich ein wenig durch die Straßen der Stadt treiben. Er musste aufpassen, hier nicht verloren zu gehen. Besonders in der Nacht, die bereits um sich gegriffen hatte. Die Messe befand sich im Westen der Stadt, das wusste er. Das Hotel lag in Richtung Norden. Doch die Straßen selbst führten ihn unweigerlich in die Mitte. Aufmerksam beobachtete er einzelne Gruppen junger Männer, die eng beieinanderstanden. Das geübte Auge des Kriminalisten erkannte sofort, dass hier geheime Geschäfte getätigt wurden. Vorsorglich wechselte er die Straßenseite, um nicht die Aufmerksamkeit der Dealer zu erregen. Dem Oberschwaben mit polnischen Wurzeln wurde erst jetzt bewusst, wie wenig und oberflächlich er sich über sein Reiseziel informiert hatte. Besonders die Frage nach der persönlichen Sicherheit in der Nacht inmitten eines Viertels, welches wohl nicht besonders vertrauenserweckend wirkte, wäre interessant gewesen, vorab zu klären. Was ihm aber Wikipedia verraten hatte, war, dass die Stadt zentraler Verkehrsknotenpunkt sowie wichtigstes Wirtschafts- und Kulturzentrum des Landes mit Universitäten, Hochschulen, Museen und Baudenkmälern war. Sein bisheriges Bild von Kolumbien war geprägt gewesen von Drogenkrieg und Gewalt.

»Schon erstaunlich, wie uns die Medien ein einseitiges Bild eines Landes zeichnen können, wenn sie wollen.« Steven sprach gern mit sich selbst, wenn ihn etwas beeindruckte. Und das tat die Lebensfreude, die mit der aufsteigenden Nacht auf den Straßen und in den Cafés herrschte, unbedingt. Die Menschen lachten miteinander, tanzten spontan zu Salsa-Klängen, die teilweise live in den Bars gespielt wurden und genossen die Zeit, um miteinander zu plaudern. Je näher Steven der Prachtstraße der Stadt kam, umso dichter und lebendiger wurde das Nachtleben.

»Das ganze Jahr über wie Fasnet. Was für ein schönes Dasein«, begeisterte sich der Oberschwabe.

Im Stadtteil Palermo mit seinen gedrungenen Flachdachgebäuden setzte sich Steven vollkommen müde und hungrig in ein kleines und unscheinbares Restaurant. Nur Einheimische waren zu entdecken. Touristen verliefen sich wohl sonst nicht hierher. Sie suchten sich die schönen und edlen Restaurants entlang der besseren Straßen im Norden und Westen aus.

Steven hatte Mühe, die Menükarte an der Wand zu entziffern. Doch die Bedienung sah diesen stieren Blick und die zusammengekniffenen Augen des Gastes und freute sich, ihm mit Händen und Füßen zu erklären, was sich wohl hinter »El cuy in Narino« verbergen mochte. Gegrilltes Meerschweinchen, wenn er es richtig verstand. »Heute mal ausnahmsweise nicht«, lächelte er. Das konnte ja heiter werden. Steven zeigte auf den Nachbartisch, wo gerade ein Eintopf serviert wurde. »Por favor«, stammelte er und zeigte nochmals darauf. »Ah, Ajiaco Santafereno«, lachte sie auf, sodass zwei wunderbare Zahnlücken in der vorderen unteren Reihe sichtbar wurden. »Si.«

Wein bestellte Steven nicht extra. Er kam einfach mit dem Eintopf dazu. Zurückhaltend separierte der vorsichtige Oberschwabe mit dem Löffel die bräunliche Kreation. Huhn, einen Maiskolben und drei verschiedene Kartoffelsorten entdeckte er darin. Sein Zutrauen steigerte sich. Hungrig nahm er einen Löffel voll und schob ihn in den Mund. Ein aromatisches Gewürz, das dem Gericht einen charaktervollen Geschmack verlieh, erfüllte Rachen und Gaumen. Das weckte Begeisterung. »Guasca, Guasca«, erklärte eine sichtlich stolze Wirtin, die seine Reaktion beobachtet hatte. Dabei zeigte sie auf eine Tüte mit einem speziellen Gewürz. Sie reichte schnell noch Sahne, Kapern und Avocado, die er untermischen sollte. Dann verschwand sie in der Gruppe der zahlreichen Gäste, die lachend und schwatzend beieinanderstanden oder saßen, wo immer sie Platz fanden.

Steven sog die Stimmung auf und löffelte genüsslich vor sich hin. Er fühlte sich unbeobachtet und irgendwie dazugehörend. Das war ihm schon immer am liebsten. Die Menschen auf der Straße, die Tiere auf dem Gehweg, der Geruch des Lebens, die Stimmen, wie sie sich mit der Musik vermischten, das Flirten des Pärchens nebenan und das enttäuschte Abwenden des unterlegenen Rivalen – das alles verband sich in Stevens Fantasie zu einer neuen, vollkommen eigenen Geschichte. Dann entwickelten sich vor seinem geistigen Auge ganz eigene Fantasien, wer diese Menschen waren, wie sie hießen, was sie sonst im Leben so machten. So zum Beispiel die reizvolle Dame am Tresen, die indigene Wurzeln zu haben schien. Sie liebte es offenbar, den Männern in ihrer Nähe den Kopf zu verdrehen. Wer mochte sie sein? Wie war ihr Name? Würden die Gockel um sie herum gleich einen Streit wegen ihr beginnen?

Plötzlich hielt Steven mit dem Genießen des Gerichtes und des bunten Treibens um ihn herum inne, als sein geschulter Blick aus dem Augenwinkel heraus eine rasche Bewegung wahrnahm.
Seine Aufmerksamkeit war geweckt. Ein Touristenpärchen hatte sich wie er hierher verirrt. Sie bewegten sich etwas verunsichert und zögerlich durch die Straße. Eine kleine Rotte Jugendlicher hatte sich bereits hinter sie gehängt. Sie folgten in etwas Abstand, der sich aber zunehmend verkürzte. Das Pärchen reagierte instinktiv und beschleunigte seine Schritte. Die Jugendlichen zogen nach, liefen schneller. Es konnte sich nur noch um Sekunden handeln, bis sie bei ihnen waren. Steven legte mit einem Seufzer seinen Löffel weg, warf einen traurigen Blick auf den leckeren Eintopf und schnellte hoch, um über den niedrigen Sims, der seinen Tisch vom Gehweg trennte, zu springen. Ohne nachzudenken hetzte er über die Straße und kam gerade rechtzeitig an, als die vier Angreifer das Pärchen erreichten. Einer von ihnen hatte bereits den Weg nach vorn verstellt. Aus der Gruppe trat ein kleiner Junge heraus, zückte ein Messer und hielt es den beiden entgegen. Die Frau blieb wie angewurzelt stehen. Der Mann reagierte hektisch und hysterisch. Steven näherte sich von schräg hinten. Der kleine Angreifer mit dem Messer schaute verunsichert zu seinen Kumpanen. Doch die stachelten ihn an. Es handelte sich wohl um eine Mutprobe für ein neues Gangmitglied.

Das Hampeln des Touristen machte den Jungen nervös. Bereits einmal hatte er sein Messer nach vorn gestoßen, als Reaktion auf den fuchtelnden Arm. Der Tourist jammerte auf, als sein Unterarm dabei aufgeritzt wurde. Er musste wohl Todesängste ausstehen. Steven brüllte los, so laut er konnte und nutzte das Überraschungsmoment, um sofort zuzuschlagen. Das Messer fiel auf den Boden samt dem Jungen. Steven brüllte kräftig weiter und plusterte sich so mächtig auf, wie es nur ging. Einem Grizzly gleich marschierte er auf die anderen zu. Eine Pranke traf den am nächsten Stehenden. Die geübte Handkante des trainierten Kriminalen traf den Dritten schmerzhaft auf das Schlüsselbein. Dessen Jaulen signalisierte den anderen, dass es Zeit zur Flucht wäre. Sie wandten sich um und sausten in alle Winde. Nur den Kleinen packte Steven am Kragen und zog ihn hoch. Aus dem Restaurant gegenüber blickten die aufmerksam gewordenen Gäste zu ihnen rüber. Doch niemand kam zu Hilfe.

Steven war unsicher, was zu tun war. »Sind Sie okay?« Er wandte sich an die beiden Überfallenen.

»Ja«, erwiderte die Frau. Der Mann zitterte wie Espenlaub. Sie begutachtete die Wunde. »Eine kleine Schnittwunde, nichts Wildes. Vielen Dank, Herr …«

Erst jetzt bemerkte Steven, dass sie Deutsch sprachen. »Plodowski, Steven Plodowski. Und Sie?«

Es stellte sich heraus, dass beide ebenfalls zur deutschen Gruppe von WorldSkills gehörten. »Wir gehören zu Family and Friends«, erklärten sie. »Unsere Tochter ist eine der drei Teilnehmerinnen. Im CNC-Fräsen.« Ihr Dialekt verriet die fränkische Herkunft. »Ja, wir kommen aus Bad Mergentheim, südlich von Würzburg. Für uns ist das ganz schön aufregend.«

Steven entdeckte erst jetzt, dass er den Jungen noch immer am Nacken fest hielt. Just in diesem Moment fuhr eine Polizeistreife die Straße entlang und hielt. Offenbar hatte jemand doch nach ihnen gerufen. In Englisch versuchten sie miteinander zu kommunizieren und die Sachlage zu erklären. Die Beamten zeigten keinerlei Emotionen, blickten lediglich von den Erwachsenen zum Jungen, den Steven noch immer festhielt. Tränen standen inzwischen in den Augen des Kleinen. Sein Blick flehte, ihn laufen zu lassen. Doch die Polizisten zeigten auf ihr Fahrzeug und deuteten an, dass man einsteigen sollte. Steven zahlte schnell sein Essen und kletterte ebenfalls in den nagelneuen US-amerikanischen Geländewagen. Die Fahrt führte sie unnötigerweise mit Blaulicht auf die große Hauptwache des Landes, da dort Dolmetscher verfügbar waren.

Als das Fahrzeug vor dem wuchtigen Gebäude hielt und sie ausstiegen, bildete sich eine große Menschenmenge um sie und das noch immer blau aufleuchtende Fahrzeug. Hoffentlich war niemand aus der WorldSkills-Gruppe in der Gegend. Steven duckte sich weg und versteckte sein Gesicht ein wenig hinter dem Jackenkragen, den er hochgestellt hatte.

Die Gänge der Polizeiwache waren voll von Menschen und Polizisten, die heftig miteinander debattierten. Es war ein beständiges Kommen und Gehen. Das in die Jahre gekommene, aufgeplatzte Linoleum auf dem Gang roch nach scharfem Putzmittel, die Türen, die in die einzelnen Büros führten, verloren an einigen Stellen ihre Farbe.

Das deutsche Pärchen blickte ängstlich und verunsichert um sich. Erst als man sie in einen schlichten Raum führte und die Türen schloss, beruhigten sich beide ein wenig. Ein Beamter brachte Verbandsmaterial, damit die Frau ihren Mann verarzten konnte.

»Werden wir jetzt hier festgehalten?« Der Mann war noch immer kreideweiß im Gesicht.

Plodowski schüttelte den Kopf. »Nein, keine Sorge. Sie nehmen alles auf, und das war es. Man wird den Fall zu den vielen anderen Akten legen, und gut ist es.« Er bemerkte nicht, dass inzwischen zwei Beamte den Raum betreten hatten, begleitet von einem kleinen, hageren Mann, der sie in gebrochenem Deutsch begrüßte.

Die Befragung dauerte gut zwei Stunden. Auch der Chef der Station ließ es sich nicht nehmen, die World-Skills-Gäste, wie er bemerkte, zu begrüßen. Steven verschwieg tunlichst seine Profession, erzählte seine Version der Geschichte und bat darum, den Jungen nicht zu sehr zu bestrafen. Er wollte so schnell wie möglich aus diesem Gebäude heraus. Plodowski ahnte nicht, dass er in wenigen Tagen wieder hier würde auftauchen müssen, unter deutlich unglücklicheren Umständen.

Der Dolmetscher übermittelte ihnen zum Abschied die besten Grüße der Stadt Bogotá und bat im Namen des Polizeipräsidenten um Entschuldigung für das Erlebte. »Die Gastfreundschaft ist uns das Wichtigste, und es tut uns zutiefst leid, dass Sie Schaden erleiden mussten. Wir werden die Täter bestrafen.«

Dem Pärchen schmeichelten diese Worte, und sie begannen erstmalig wieder, höflich zu lächeln.

Spät am Abend gelangten die Deutschen mit einem der Polizeiautos zu ihrem Hotel. Die Nacht war frisch, aber dennoch konnte man es im Freien aushalten. So saß die deutsche Trainergruppe vor dem Restaurant, das sie okkupiert und liebevoll »Deutsches Eck« getauft hatten, was wiederum den Wirt stolz machte, als er das von den Dolmetschern vernahm. Ein einfaches Restaurant zwar, aber mit hervorragendem Fleisch.

Die Polizisten positionierten sich noch eine Weile in der Nähe, während sich die beiden Familienangehörigen und Steven an die lange Tafelreihe setzten. Natürlich war das Geschehene eine gute Story, die jetzt heldenhaft ausgebreitet wurde. So nahm der Tag doch noch einen versöhnlichen Ausklang.

***

Bogota erwachte aus seinem tiefen Schlaf und deutete schon am frühen Morgen einen heißen Tag an. Steven wäre am liebsten gleich nach dem Aufstehen zum Team-Hotel gefahren, um Andrea-Domenica und die Wettkämpfer zu begrüßen, die endlich wieder auf dem Weg in die Stadt waren. Die Sehnsucht trieb ihn. Doch war nicht möglich: Er musste zu den Polymechanikern. Und wenn alles gut lief, dann trafen sich ohnehin alle später auf der Wettkampffläche. Dieser Tag brachte ihn wieder auf die Spur seiner Ermittlungstätigkeiten, wie der pflichtbewusste Kripobeamte erleichtert feststellte. Die Toolbox erwartete sie. Und endlich sollte Steven den Inhalt kennenlernen, für den organisierte Banden über Leichen gingen. Wie mochten die Geräte denn am Ende aussehen? Wie etwas Fremdartiges aus einem Science-Fiction-Roman? Steven wusste es nicht. Es war in den letzten Wochen unmöglich gewesen, von FuSchKa Zeichnungen oder Abbildungen, geschweige denn eine Liste der fehlenden Teile zu bekommen. Wäre da nicht die große Hilfe namens Sarah gewesen, die ihm zumindest eine gute Beschreibung des zentralen Steuermoduls geben konnte, hätte er genau davor stehen können, und nicht gewusst, um was es sich gehandelt hätte.

Schnell schrieb er Kerstin eine Nachricht, solange er noch das WLAN des Hotels nutzen konnte. Der heutige Skypecall musste verschoben werden, und er wollte wissen, ob es Neuigkeiten zu der Verbrechergruppe gab, die auf dem Weg nach Bogota war. Auf beinahe unwirkliche Weise rückte die Gefahr, die von dieser Tatsache ausging, wieder in sein Bewusstsein. Steven musste vorbereitet sein. Doch wie sollte das gehen, ohne Waffen und ohne behördliche Unterstützung? Etwas unruhig geworden, steckte er das Handy wieder in die Brusttasche und begab sich ins Foyer des Hotels.

Steven wollte an diesem schönen Morgen ein gutes Stück des Weges vom Hotel zur Messe zu Fuß laufen, um dann den Trans-Milenio zu nutzen, jenes einzigartige Gelenkbus-System, das bis zu 250 Fahrgäste aufnehmen konnte. Er liebte die Stimmung und Frische des neuen Tages. Jedes Land und jede Stadt besaßen ihre eigene besondere Würze, hatten ihren eigenen Takt, mit dem sie in den Tag starteten.

Doch das untersagten ihm die anderen Delegierten sehr schnell. »Keiner macht sich hier zum Freiwild! Alle steigen brav in den bewachten Shuttlebus, damit auch alle heil die Eröffnungsveranstaltung morgen erleben können, Steven.«

Der Gescholtene schluckte schnell mit einem heißen Kaffee seinen Protest herunter, eingedenk des gestrigen Abends, und fügte sich.

»Nun denn, dann lasst uns fahren, WorldSkills ruft.« Mit diesen Worten schnappten sie sich ihre Jacken und stiegen in den Bus.

Bogotá überraschte wieder mit seinem satten Grün, das sich inmitten der Steinwüsten der Häuser in den Parks und auf kleinen Verkehrsinseln wiederfand. Städtische Bedienstete wässerten unnötigerweise mit großen Schläuchen die Bäume und Sträucher entlang der Straßen. In dieser Jahreszeit regnete es an sich genügend.

Das Leben war bereits voll im Gange. An vielen Straßenecken postierten sich die bedauernswerten Bettler und Straßenverkäufer, die man hier leider doch häufig entdeckte. Die Landflucht erzeugte unentwegt ein Heer von Hilfsbedürftigen und Armen.

Der Busfahrer versuchte, in dem schachbrettartigen Straßenmuster der Stadt Schleichwege zu finden, doch das übliche Verkehrschaos einer jeden Großstadt verhinderte ein zügiges Vorankommen.

Steven bewunderte die neuen Radspuren, die überall eingerichtet wurden. Zwar hielten sich die Autorfahrer nur bedingt daran, doch die Radler selbst waren auch nicht gerade zimperlich, wenn es darum ging, voranzukommen.

Ihr Bus erreichte nach einer gefühlten Ewigkeit die Messe und entließ sie am Haupteingang. Vor dem silbernen, überdimensionalen Bogen, der sich in den Himmel reckte, hatten die Veranstalter bereits die Nationalflaggen der WorldSkills-Länder gehisst. Die Delegation freute sich und gab Applaus, als gerade diejenige von Deutschland am Fahnenmast hochgezogen wurde.

»Lasst die Spiele beginnen«, intonierte Reinhard Michalik, und sie gingen stolz in ihre Hallen.

Steven hielt sich an seinen Oberschwaben Jens, mit dem er stumm durch die Hallen marschierte. Das Vertrauen zu ihm war nach dem Geständnis von Jonas Scharf gestiegen. Er hatte Jens und Julian eindeutig entlastet. Die anderen Experten, so wurden die Bundestrainer auf internationaler Ebene zumeist genannt, und ihre Dolmetscher standen bereits auf der Wettkampffläche der Polymechaniker beisammen und unterhielten sich intensiv. Die Gespräche verstummten, als sich Jens und Steven zu ihnen gesellten. Ein höfliches »Good Morning« fehlte zwar nicht, doch die Distanz war spürbar.

»Das war schon gestern so. Irgendwelche Gerüchte sind bis hierher geschwappt«, murmelte Jens. Beide warteten darauf, dass es losging. WorldSkills-Funktionäre tauchten in Begleitung dreier Regierungsbeamter auf. Als die Gruppe komplett war, führte sie der

Chefexperte zum Hallentor, wo bereits ein Kleinbus auf sie wartete.

»Ganz schön heftig, diese frostige Stimmung hier. Die grenzen ja vollkommen aus. Wer mag denn irgendwelches Gerede verbreitet haben?« Steven blickte sich in der Runde der internationalen Kollegen von Jens um.

»Ich habe keine Ahnung. Wirklich. Sonst ist das ein lustiger und kollegialer Haufen.« Der Trainer schien das sehr persönlich zu nehmen.

Der österreichische Kollege hörte ihre Unterhaltung und schaltete sich ein. »Sie sind etwas verwirrt, dass statt Tobias und Lukas nun du und Julian aufgetaucht seid. Es gibt Gerüchte, die sich schnell weitertragen. Gib einfach nichts drauf. Auch dass jetzt das mit dem Zoll so komisch ist und dass es plötzlich zwei Lieferungen aus Deutschland gibt, finden einige seltsam.«

Steven verstand: die erste Kiste, die von Lukas auf den Weg gebracht worden war, und dann die Lieferung von Jens und Julian. Sie hatten ja ihr eigenes Material.

Stumm verlief die Fahrt von der Halle zum ausgelagerten Zollgebäude vor der Stadt. Die große Gruppe stiftete vor Ort einige Verwirrung. Es gab keinen Raum, wo man sie alle unterbringen konnte: die zwanzig Experten, fünf WorldSkills-Funktionäre, die drei Regierungsvertreter und die drei Dolmetscher plus Steven. Ein Zollbeamter führte sie deshalb direkt in die Lagerhalle der Zollverwaltung. Die Toolboxen lagerten direkt vor ihnen. Teilweise klebten bereits Prüfsiegel auf diesen. Die Kisten des deutschen Teams waren separat gestellt. Deckel offen. Steven meinte, kleinere dunkle Flecken auf der Innenseite derjenigen von Tobias Strecker und Lukas zu erkennen. Es könnten Blutspritzer sein, mutmaßte der Kriminalbeamte. Doch um das eindeutig feststellen zu können, müsste er näher drankommen. Was sich in der Box befand, erkannte Steven nicht.

»Eigentlich brauchen wir die Kiste von Lukas gar nicht«, flüsterte Jens. »Wir haben doch unser eigenes Material hier. Da steht doch unsere Box. Haben wir ja teuer mit dem Flugzeug als Super-Expressgut rüberfliegen lassen, damit es überhaupt noch rechtzeitig ankommt.« Er blickte verlegen in die große Runde. »Warum lassen die uns nicht einfach diese Kiste hier zurücksenden und gut isses.« Er zeigte auf diejenige von Tobias Strecker. So einfach war es aber nicht. Spezialistenteams untersuchten die Box und auch den Inhalt.

»Zollwaren müssen einfach geprüft werden, Jens, wenn sie schon im Land angekommen sind. Das kann man nicht übergehen. Und dann der Inhalt. Offenbar stimmt der nicht mit den Lieferscheinen überein.«

Die WorldSkills-Funktionäre erhielten die Möglichkeit, die verdächtige Fracht als Erste zu inspizieren. Kopfschütteln folgte. Doch niemand sprach etwas.

»Was ist denn nun?« Jens stampfte mit den Füßen auf den Boden, drohte aufzubrausen. »Frag sie doch, was los ist!« Er blickte seinen Übersetzer an. »Das nervt hier langsam.« Nervös fuhr er sich durch die Haare. Die anderen Experten durften inzwischen zu ihren eigenen Toolboxen und mit den Zollbeamten die Listen mit dem Inhalt abgleichen.

Dank der Hilfe der Regierungsbeamten erfolgte eine Freizeichnung nach der anderen. Kleine Lieferwagen wurden geordert, die die Kisten eine nach der anderen zur Wettkampffläche bringen sollten.

»Jens, sie winken dir, geh hin.« Steven stupste den Experten an. Dieser war vollkommen abgelenkt durch die Vorgänge bei seinen Kollegen. »Was soll ich denn dort? Ich habe mit dieser Kiste nichts zu tun.« Ihn ängstigte das ganze Aufsehen und die Sorge um das, was im Inneren sein könnte. Doch die Funktionäre gingen auf ihn zu und sprachen etwas in Spanisch.

»Sie wollen, dass wir die Kiste mitnehmen. Sie können nichts damit anfangen und wollen das loshaben.« Jens protestierte. Sein Gesicht lief krebsrot an, und seine Atmung wurde flacher und hektischer. Die erste Sicherung drohte durchzubrennen. Er zeigte aufgeregt auf seine eigene, links danebenstehende Box. »Das ist meine, die will ich mitnehmen und nichts anderes. Ich will weder mit Mord oder sonst irgendwelchen Sauereien zu tun haben.« Dabei war er selbst bis vor Kurzem einer der Hauptverdächtigen gewesen, kam es Steven in den Sinn.

Die WorldSkills-Funktionäre redeten auf Jens ein. Auch die Regierungsbeamten waren eifrig in die Gespräche involviert. Sie wollten offenbar das alles schnell beendet sehen. Steven wunderte sich sehr darüber, dass offenbar das Blut keine Rolle mehr spielen sollte. Er musste nachher unbedingt einen Abstrich machen. »Wahrscheinlich hat sich jemand beim Verpacken verletzt, vermuten sie«, erklärte schließlich der

Dolmetscher. Ihm sollte es recht sein. Dann musste er sich bei seinen Ermittlungen nicht mit den kolumbianischen Behörden auseinandersetzen.

»Jens, lass uns das mitnehmen, dann ist Ruhe. Wir können später schauen, was wir damit machen.« Doch so einfach war das wohl nicht. »Wo wollen wir das lagern? Ich kann das nicht auf der Wettkampffläche platzieren lassen. Da sind unerlaubte Gegenstände drin, die ich nicht benutzen darf. Wer weiß, was Strecker da alles reingepackt hat und sonst noch wer! Wenn das einer meiner Gegenspieler unter den Experten sieht, haben wir eine Beschwerde und einen möglichen Ausschluss am Hals!«

Steven war kurz davor, dass ihm der Kragen platzte. Alles, was er wollte, war, so schnell wie möglich die Kiste zu sichern und von hier wegzukommen. Danach wollte er allein und in Ruhe diese samt Inhalt untersuchen. Er bemühte sich nach vorn und zerrte Jens an den Schultern herum. »Jetzt hör mir genau zu: Wir nehmen diese Kiste jetzt ohne Wenn und Aber mit. Verstehst du mich?« Er brüllte den Experten beinahe an. »Wir finden einen Platz und eine Lösung. Aber jetzt will ich einfach nur weg von hier mit all diesen Kisten. Und du hilfst jetzt dabei!« In Deutschland hätte er die Kiste beschlagnahmen und kriminaltechnisch untersuchen lassen müssen. Doch hier in Kolumbien? Wenigstens wollte er die Kontrolle darüber behalten.

Aufmerksam blickte Plodowski in die noch geöffnete Box. »Was, zum Beispiel, glaubst du, hat Strecker zusätzlich reingepackt, was nicht auf die Fläche darf?«

Seine Stimme klang ruhiger und versöhnlicher, als er Heber sanft mit dem Arm zu sich zog.

»Na, das hier!« Der Angesprochene zeigte träge auf gut fünf Objekte, die über die Box verteilt waren. »Und das hier, diese Steckmodule. Sie sind nirgends aufgelistet. Auch dieses Ding da. Weiß gar nicht, was das ist. Eine neuartige Form von Steuerung? Scheint so.«

Steven nickte anstelle von Jens in Richtung der Beamten und Funktionäre und gab Signal, dass die Kiste mit aufgeladen werden sollte. Er war zufrieden. Ein alter, wackliger Transporter fuhr sodann vor, und die Lagerarbeiter hievten beide Toolboxen auf dessen Ladefläche. Niemand merkte zu diesem Zeitpunkt, dass nun etwas in der Fracht fehlte. Ein Arbeiter trug ein schuhkartongroßes Bauteil unbemerkt unter seiner Uniform in den Aufenthaltsraum, nachdem Steven es ihm gemeinsam mit einer Fünfzigdollarnote zugesteckt hatte.

»Ich hole es mir später zu Hause ab, einverstanden? Schreiben Sie mir hier ihre Adresse auf, okay? Dann gibt es nochmals einen Fünfziger«, raunte er ihm zu. Der Mann verstand die englischen Sätze und tat, wie ihm geheißen wurde. Rückversicherungen konnte man nie genug haben, da war sich Steven sicher.

Wie angekündigt, ordnete WorldSkills eine Untersuchung an, da diese Toolbox ja die ursprüngliche gewesen war und offenbar Tobias Strecker unerlaubtes Material auf die Fläche hatte schmuggeln wollen. Dies war nach den Regeln von WorldSkills Technik, Werkzeug oder Hilfsmittel, die nicht auf einer gemeinsam vereinbarten Liste standen, um allen Wettkämpfern gleiche

Bedingungen zu gewährleisten. Musste Deutschland dafür quasi kollektiv bestraft werden?

»Siehst du, jetzt haben wir den Salat«, maulte Jens in Richtung des Kommissars. Es kostete den Experten alle Kraft, den Verantwortlichen die Existenz der zweiten Kiste zu erklären, und das auch nur mit Stevens Hilfe. Erst mit der Offenbarung der ganzen Geschichte akzeptierten die obersten Wettkampfhüter Jens' und Julians Unschuld.

»Dass diese zusätzlichen Materialien in dieser World-Skills-Kiste gelandet sind, ist nach dem jetzigen Stand unseres Wissens reiner Zufall. Eine internationale Verbrecherorganisation wollte auf diesem Weg Technologie entwenden, um so an rüstungsrelevante Technik zu gelangen. Diese unscheinbaren Dinger hier«, er hob einzelne Bauteile aus der Kiste heraus, »können Kampfmaschinen zu Monstern machen. Ich habe mir das erklären lassen, verstehe aber als Laie ohnehin nur einen kleinen Bruchteil von allem. Es spielt sich aber alles im Bereich der Mikro- und Nanotechnologie ab, wenn wir über Größen und Dimensionen sprechen.« Steven blickte erwartungsvoll in die Runde der WorldSkills-Funktionäre.

»Das ist ja beinahe wie bei Men in Black«, frotzelte einer der anwesenden Vorstände. »Aber sei es, wie es ist. Jens und Julian arbeiten ja ohnehin mit einer anderen Kiste. Dann versiegelt diese hier, und packt sie gut weg!« Der technische Vorstand und die kleine, rothaarige technische Funktionärin von WorldSkills sprachen jedoch eine Verwarnung aus. In ihrem australischen

Akzent war das nicht leicht zu verstehen für die Männer. Aber sie erkannten den Ernst der Situation. Die Kiste bekam einen Lagerlatz in einer der Vorhallen der Messe. »Puh, gerade noch rechtzeitig geschafft, bevor Julian kommt.« Jens setzte sich erschöpft auf seine eigene Kiste. Er wirkte etwas verloren inmitten der Kollegen, die einen unsichtbaren Ring um ihn gezogen zu haben schienen.

Doch Steven war das jetzt egal. Das deutsche Nationalteam sollte in Kürze eintreffen. Und mit ihm die Betreuerinnen. Aufgeregt verabschiedete sich Steven und zog noch beim Gehen das Handy aus der Tasche, um nach einer Nachricht von ihr zu schauen. Doch außer einer knappen SMS seiner Frau fand sich nichts. Mit gemischten Gefühlen wanderte er zum Haupteingang und setzte sich in eine der Sitzecken, um auf den deutschen Teambus zu warten. Er fühlte sich schlecht, als er mit zittrigen Fingern die Nachricht seiner Frau öffnete:

»Ich hoffe, es geht dir gut? Mach dir keine Sorgen um mich. Ich bin gut versorgt, und alles geht seinen guten Weg. LG Dagi.«

Das konnte man lesen und interpretieren, wie man wollte! Steven tat es auf seine Weise. Doch mehr erschreckte ihn, wie entfernt sie und ihre Botschaft auf ihn wirkten. Er lehnte sich zurück und schloss die Augen. Hatte er nun einen Fall zu lösen oder Eheprobleme zu bewältigen – oder durfte er sich einfach nur auf Andrea-Domenica freuen? Und wer kümmerte sich um

Herrn Max? Steven konnte nur hoffen, es ging seinem Leguan gut.

Einige Kilometer entfernt von ihm fing der kolumbianische Dienst für innere Sicherheit ein Telefonat ab. Unverzüglich begab sich der diensthabende Offizier gemäß den Vorschriften zu seinen Vorgesetzten.

»Es gibt wieder Aktivitäten. Eine ausländische Gruppe, die aus Europa eingereist ist, nahm Kontakt mit unserer Zielgruppe auf. Die Kollegen melden eine weitere Einreise einer Gruppe über die Grenze im Süden. Auch sie sollen mit den Europäern in Kontakt stehen. Hier tut sich was. Aber, wir können die Vorgänge noch nicht vollständig einschätzen. «

Der Vorgesetzte nickte. »Bleiben Sie dran. Sie haben alle Freiheiten der Überwachung. Keine Restriktionen! Die alten Banden dürfen nicht wieder aktiv werden! « Es wäre ein echter Alptraum, würden die kriegerischen Gruppen des vergangenen Bürgerkrieges in die organisierte Bandenwelt abrutschen. Die Regierung musste das im Keim ersticken. Der Friedensprozess war in vollem Gange, und gerade jetzt, wenn die Jugend der Welt zu Gast in Kolumbien war, durfte keine Gewalt das Land erschüttern.

Der diensthabende Offizier salutierte und begab sich zurück in die Überwachungszentrale. Solche Jagden trieben das Adrenalin in seine Adern. Besser als jedes Computerspiel. Drei scheinbar unabhängige Banden aus aller Welt vernetzten sich hier in Bogotá. Was sie nur wollten?

## Lukas in Not

Das fühlte sich für Hardi ziemlich bescheuert an, als er zum ersten Mal gewahr wurde, dass man ohne Geld, Handy und andere Habseligkeiten ganz schön dumm dastand. Die Flucht aus dem Präsidium war nicht geplant gewesen, bot sich aber an, als sich alle in die Wolle bekamen. Wohin ging man denn nur, wenn man so gar nichts hatte? Eine Nacht ging ja gerade noch. Aber dann sollte die Frage geklärt sein, wohin man sich wenden konnte.

Nach Hause ging nicht. Da warteten sie sicherlich schon. Zu Kumpels? Er hatte keine Kumpels oder Freunde. Zu seinen Geschäftskunden? Also zu den Abnehmern der Ware? Sie würden ihn meiden wie die Pest. Aber einen gab es: den Wirt der »Höhle des Schwarzen Veri« in der Stadt. Eine echte Spelunke, aber auch ein neutrales Revier, in das sich nicht jeder hinein traute. Der Kerl verdiente gut und viel an ihm. Der konnte Hardi mit Geld und Klamotten aushelfen, bis alles vorüber war.

Bei beginnender Dunkelheit schlich sich der Flüchtige deshalb aus dem Friedhof hinter der Brauerei Leibinger heraus, auf dem er sich versteckt gehalten hatte, hinein in die Gassen der Stadt. Der »Schwarze Veri« befand sich am Berg in Richtung des Obertors.

Die Passanten nahmen keine Notiz von ihm, auch wenn er unwillkürlich versuchte, den Blick nach unten zu richten. Ein altmodischer Hut, den er vom Stuhl eines Cafés gestohlen hatte, passte nicht wirklich zum Rest seiner Kleidung. Doch das war jetzt egal. Er wollte einfach nur schnell und unerkannt zum Wirt der Spelunke, wo er dann auch nach gut einer Viertelstunde nassgeschwitzt ankam.

Der Wirt staunte nicht schlecht, ihn in dieser Aufmachung zu sehen. Vor allem so früh am Abend. Noch waren nur wenige Gäste da, in der »regierungsfreien Zone Schwarzer Veri«, wie vor der Tür zu lesen war.

»Du machst den Scheiß noch immer?«, wollte Hardi dann auch gleich wissen.

Der Angesprochene protestierte. »Welchen Scheiß denn? Das ist absoluter Ernst und wichtige Realität! Wir müssen uns den Besatzern aus Berlin entgegenstellen! Wir schützen unsere Heimat und unsere Werte!«

Hardi konnte sich ein spöttisches Lächeln nicht verkneifen. »Spinner«, frotzelte er nur.

»Na, du kannst dich gerade darüber beschweren!« Der Wirt stellte ihm ein Bier hin. »Die Bürger dieser Republik hier sind wohlzahlende Abnehmer deiner Waren. Sie machen dich reich.«

»Und ich sie glücklich.« Hardi blickte sich in dem vertrauten Raum um. Überall hingen Plakate. An den Wänden, den Säulen im Raum, am Tresen, der Tür und selbst an der Decke. Proklamationen aller Art. Die Tische waren noch immer dieselben, wie sie die Brauerei vor Jahrzehnten angeliefert hatte. Echtes Massivholz, das schon viele Räusche und Saufgelage überlebt hatte. Die Patina der Jahrzehnte lagerte auf allem. Die ehemals weißen Wände starrten dort, wo die vielen Plakate den Blick auf sie freigaben, nur so vom gelblichen Teint der Zigarettenschwaden, die seit Generationen den gedrungenen Raum vernebelten. Tageslicht war ohnehin nie wirklich erwünscht gewesen. Jetzt aber konnten selbst die wenigen Fenster nichts mehr durchlassen. Ein Putztuch dürften sie nie gesehen haben.

»Das bringt mich auch gleich zu meinem Anliegen, mein Freund.« Hardi blickte über den Tresen hinüber zum Hausherren, der an einem neuen Plakat arbeitete. »Ich brauche Hilfe.«

»Die brauchen wir alle. Da bist du nicht allein.« Der Angesprochene schrieb unbeeindruckt weiter.

Hardi blieb dran. »Aber bei mir ist es etwas anderes. Ich bin ein Verfolgter der staatlichen Gewalt der Imperialisten, quasi ein Asylsuchender. Die Häscher jagen mich, wollen meine Großmutter auf ewig in einer ihrer Gehirnwäsche-Anstalten wegsperren und uns enteignen.«

Hardi musste nur die einzelnen Worte auf dem neuen Plakat und denen an der Wand aneinanderreihen, um zu solchen Texten zu kommen. Doch sie zeigten Wirkung. Der Wirt richtete sich auf und blickte mit seinen gut zwei Metern zehn zu ihm hinüber. »Das hört sich typisch nach diesen Monstern an. Was ist passiert?«

Hardi breitete eine wunderbare Geschichte vor ihm aus. Berichtete von seiner monströsen Zeit im Polizeikerker und der Folter dort. Man wollte ihn zur »Freien Republik Schwarzer Veri« ausfragen und seine Nähe zu ihnen durchleuchten. Hardi fantasierte sich in Rage und gefiel sich immer mehr darin.

Gemeinsam rauchten sie noch einen Joint, und Hardi verließ sehr spät an diesem Abend vollkommen neu eingekleidet, mit Geld und allerlei »Spionageabwehrgeräten« versorgt das Lokal. Die Beamten des Drogendezernates und des Staatsschutzes, die schon seit Längerem ein Zimmer in Sichtrichtung bezogen hatten, erkannten ihn nicht mehr wieder. Der aufgeklebte Bart und die Brille waren in der Dunkelheit nicht auffällig genug. Man machte sich Notizen und beobachtete weiter.

Hardi aber freute sich, endlich im Hotel Obertor ein kleines aber feines Zimmer beziehen zu dürfen. Er war schlichtweg nur müde.

Nicht weit von Ravensburg – in Wolfegg – saßen noch spät in der Nacht zwei Personen hinter den meterdicken Mauern des Schlosses und unterhielten sich. Die Vorbereitungen zur Dauerausstellung liefen auf Hochtouren, nachdem die Auftaktveranstaltung selbst schon ein großer Erfolg gewesen war.

Sie fühlte sich geschmeichelt, dass der adrette Herr, dessen alte, charmante Schule des Umgarnens sie umnebelte, ihr so viel Aufmerksamkeit und Zuwendung zuteilwerden ließ. Er schien sich wirklich für sie und ihre Kunst zu interessieren. Das war Balsam für ihre Seele. Dann diese nächtelangen intensiven Gespräche über Kunst und Philosophie. Geistige Nahrung, die, einer seltenen Delikatesse gleich, all ihre Sinne weckte und stimulierte.

Die geständerten Baulampen erleuchteten den weiß gekalkten Raum. Die Plastikplanen der Maler waren noch nicht vom Boden abgezogen. Der Duft der frischen Farbe erfüllte den Raum. Gemütlich saßen sie auf ihren Klappstühlen um den runden Campingtisch. Immer näher rückten die Stühle zusammen. Galant füllte er die beiden großen Glaskelche mit tiefrotem Wein, dessen samtig weiches, sinnliches Aroma gleich ihren Gaumen berühren würde. Stumm stießen sie mit ihren Gläsern an. Das Klingen des Kristalls erfüllte die Stille.

»Auf das Leben«, flüsterte er.

»Auf das Leben«, hauchte sie kaum wahrnehmbar. Die Flamme der kleinen Kerze auf dem Tisch begann zu tanzen.

***

Der neue Morgen brachte neues Leben und neue Kräfte. Hardi reckte und streckte sich wohlig. Nach den Tagen im Knast und der Nacht in der Friedhofskapelle war das alles hier reinste Wellness. Der Himmel auf Erden. Doch er durfte nicht in träumerische Trägheit verfallen, so gern Hardi das an diesem Tag getan hätte. Es war Nachlässigkeit, die zu seiner Festnahme geführt hatte. Wie konnte man auch Päckchen mit Haschisch offen auf dem Beifahrersitz liegen lassen? Die wurden bei der Verkehrskontrolle, in die er geraten war, schnell entdeckt. Nun gut, Hardi war zudem kräftig zugedröhnt, als man ihn kontrollierte. Da war die eigene Wahrnehmung nicht mehr ganz perfekt.

Zwei wichtige Dinge galt es zu regeln. Eine Aufgabe davon war, seine Großmutter ausfindig zu machen. Er musste sie sehen. Seine liebste Omi. Hardi sprang aus dem Bett, wusch sich und kletterte die enge Treppe des Altstadthotels hinunter in den Frühstücksraum. Die Bedienung lächelte ihn freundlich an und wies ihm einen Platz am Fenster zu.

Wo mochte er sie finden? Es gab nicht viele Einrichtungen in der Region, die für eine Nachforschung in Frage kamen. Hardi war sich sicher, dass die Behörden seine Großmutter in keiner privaten Klinik unterbringen würden. Es musste eine der drei staatlichen Einrichtungen sein. Zum Beispiel das ehemalige Kloster Weissenau oder Kloster Schussenried. Schließlich war da noch die neue Einrichtung, die in Weingarten speziell für Demenzkranke eröffnet worden war.

Hardi hing während des Frühstücks seinen Gedanken nach. Die Bedienung schenkte ihm frischen Kaffee ein. Das Frühstücksei hatte exakt fünf Minuten im kochenden Wasser zugebracht. Der Schinken, der Käse und alle anderen Leckereien lagen fein arrangiert auf den Tellerchen vor ihm. Er hatte sich genau vorgenommen, in welcher Reihenfolge was gegessen werden musste. Am Ende kam der Käse dran, den er mit Erdbeermarmelade verfeinern wollte. Nur war ihm noch nicht klar, ob er dafür ein Laugenbrötchen oder einen normalen Wecken nehmen sollte. Doch das hatte Zeit. Er hatte jetzt erst mal keine Eile, solange das schöne Strahlen der Bedienung sein Frühstück begleitete. Er lächelte ihr zu, wann immer sie mit einem Korb neuen Brotes oder frischer Wurst auf der Platte aus der Küche kam. Ihr schien das zu gefallen, und so traute sich der kleine Casanova, ihr beim Hinausgehen seine Nummer zu hinterlassen.

»Bis bald«, flüsterte er der Hübschen zärtlich zu und berührte frech ihren Arm. Sie kicherte.

Die Sonne strahlte bereits freudig durch die alten Fenster aus Bleiglas. Ravensburg breitete sich unter ihnen aus. Es war dieselbe Sonne, die einige Stunden später auch Steven im weit entfernten Kolumbien den Tag versüßen sollte. Jetzt aber kümmerte sie sich um die mittelalterliche Stadt, die seit vielen Jahrhunderten nur wenig Veränderungen erfahren hatte und einem liebens- wie auch lebenswerten Museum glich.

Hardi machte sich auf den Weg zu seinem ersten Ziel. Er musste nun doch etwas Gas geben, wenn er danach bis nach Bad Waldsee kommen wollte. Doch nicht bevor er sich sicher war, dass es der einzigen wichtigen Person in seinem Leben gut ging. Das Risiko musste er eingehen.

Unglücklicherweise hatten sich das auch die Beamten der Staatsmacht so gedacht. Gleich in der ersten Einrichtung, in Weißenau, entdeckte Hardi beim Heranschleichen die Einsatzfahrzeuge in Zivil. Vollkommen auffällig unauffällig saßen die Beamten in mehreren Fahrzeugen über den Parkplatz verteilt. Zu seiner Rettung erinnerte sich Hardi an seine Zeit als FSJler, also der Zeit des Freiwilligen Sozialen Jahres. Er hatte damals hier gearbeitet, im Schwesternheim gewohnt und kannte die Hintereingänge für die Bediensteten. Dorthin schlich er sich dann auch.

Seine Großmutter war für ihn die wichtigste und einzige Bezugsperson. Schon als Kind hatte er die Tage bei ihr verbracht, wenn seine Mutter als Managerin durch die Welt gereist war. Ihr war der Job wichtig, und die Arbeit sog sie auf. Kein Wunder, dass das erste Wort von Hardi namens »Mama« der Großmutter galt und nicht der ohnehin viel zu jungen leiblichen Mutter. Den Vater selbst lernte er nie kennen. Das war aber auch egal. Seine Omi war cool. Affenstark cool. Mit ihr konnte er Dinge anstellen, die sich andere Kids nie zu erträumen wagten.

Hardi hatte bereits die Umkleideräume im unteren Hausbereich der Einrichtung erreicht. Den Code zu seinem alten Schrank kannte er noch. Und tatsächlich, er funktionierte weiterhin. Nach so vielen Jahren. Schnell zog er den weißen Kittel irgendeines seiner Nachfolger aus dem Spind und warf ihn über. Wichtig war nur, unerkannt zu bleiben. Ein Wunsch, der leider unerfüllt blieb. Schon beim Einsteigen in den Personalaufzug rannte er beinahe in Schwester Helga hinein, jene gutherzige Mittfünfzigerin, die ihn während seines sozialen Jahres aus mancher Not errettet hatte. »Mensch Hardi, was machst du denn hier?« Sie drückte ihn voller Freude herzhaft an sich. »Lass dich anschauen. Gut siehst du aus, auch wenn mir der gestohlene Kittel nichts Gutes verheißen mag.« Sie zog eine ihrer Augenbrauen weit nach oben. »Hast du was ausgefressen?«

Hardi nickte verlegen, erklärte ihr aber in schnellen Worten, um was es ging. »Ich will wissen, dass es Omi gut geht.«

Ihn hatte damals die ärztliche Diagnose wie ein Schlag mit einem Baseballschläger ins Gesicht erwischt. Benommen und nur noch wie durch einen Nebelschleier hatte er der Ärztin gelauscht, die ihm verständlich machen wollte, dass seine Omi, diese immer so starke Frau, die ein Leben lang für ihn da gewesen war, bald nicht mehr wissen sollte, wer sie war. Die nichts mehr selbstständig würde machen können und sich und ihr Dasein vollkommen vergessen würde. Unfassbar für ihn. Er recherchierte daraufhin über Wochen und Monate, ging jeder Hoffnungsspur einer Heilung nach und fand auch den Weg zur scheinbaren Linderung durch Cannabis. Das Zeug mochte er ja selbst sehr gern. Warum sollte es nicht auch seiner Omi helfen? Somit wuchs die Plantage in ihrem Haus konsequent an, als der Bedarf durch Externe nicht mehr gedeckt werden konnte. Omi hatte aber auch ein gutes Händchen für die Pflanzen und so viel Freude daran, sie zu pflegen. Es machte ihr Spaß, und die Verwendung der Ernteerzeugnisse schien auch eine gute Wirkung bei ihr zu zeigen.

Jedes Mal, wenn er in der Folgezeit wieder bei seiner Großmutter auftauchte, überraschte sie ihn mit neuen Cookie-Rezepturen. Hardi war begeistert. Genauso wie seine schnell wachsende Anzahl an Abnehmerinnen und Abnehmern, denen die unverfänglichen Kekse schöne Momente bereiteten.

Schwester Helga packte ihn beherzt bei den Schultern und drehte Hardi in Marschrichtung. »Dann komm schnell mit. Die Visite ist in vollem Gange. Nicht dass dich jemand erkennt. Man sucht dich wahrscheinlich schon.«

Sie liefen Seitengänge entlang zum entsprechenden Behandlungstrakt der Einrichtung. Schwester Helga ließ sich per Funk die Zimmerdaten geben, huschte erst einmal selbst dort hinein, während Hardi in einer Abstellkammer wartete. Kurz darauf tauchte sie auch schon mit der älteren Dame im Rollstuhl auf, fuhr an ihm vorbei und raunte: »In mein Büro!«

Er verstand und folgte ihnen mit einigem Abstand. Ihm wollte das Herz vor Freude platzen, als er die Heldin seiner Kindheit und Jugend an sich vorbeirauschen sah. Herzhaft nahm er sie in den Arm, als sie gemeinsam im Büro waren. Doch die Dame blickte ihn erstaunt an. Lächelte ihm freudig zu. Erst jetzt erkannte Hardi, dass sie mächtig nachgelassen hatte. Wie ging das in diesen wenigen Tagen nur?

»Zu viel Betüddelung. Man fordert sie hier zu wenig«, erklärte Schwester Helga, als sie seinen Blick sah. »Du musst wiederkommen, sobald du deine Sachen geregelt hast, und dich um sie kümmern. Sie braucht dich.« Dann, nach einer kurzen Pause: »Es ist aber auch wichtig, dass sie bei uns ist. Sie braucht professionelle Betreuung.«

Er nickte. »Könntest du ihr ein paar dieser Kekse geben? Jeden Tag ab zehn Uhr in entsprechenden Abständen drei Stück?« Er hatte die Packung gestern in der Räuberhöhle mitgehen lassen.

Schwester Helga war sich sofort bewusst, um was es ging. »Hardi, was machst du denn für Sachen! Das geht doch nicht.« Doch sie hatte schon den kleinen Beutel verstaut. Hardi selbst drückte einen der Kekse in die Hand seiner Großmutter.

»Hardi, Kekse. So lustig«, lächelte diese ihn an.

Erkannte sie ihn? Er freute sich unbändig und ging neben ihrem Stuhl in die Hocke. »Ja Omi. Immer lustig und schön. Und du darfst jetzt in den Ferien bleiben, und ich kümmere mich um deine Wohnung und die Pflanzen. Okay?«

Sie blickte ihn angestrengt an. Die Stirn legte sich in Falten, und die Augen verengten sich leicht. »Wasser. Unbedingt. Es ist zu trocken. Weißt du? Er braucht Kekse und Wasser. Ist lustig, der Junge. Wie du.« Dann verstummte sie und aß ihren Keks.

Als draußen im Gang Stimmen laut wurden und es an der Tür klopfte, verschwand Hardi eilig durch eine Nebentür, dankbar Schwester Helga zuwinkend.

»Ein guter Kerl«, sagte sie sich selbst. Nur eben zu viel Unfug im Kopf. Dann schob sie Hardis Großmutter wieder zurück in deren Abteilung, wo bereits die Beschäftigungstherapeuten warteten.

Hardi aber wusste, was zu tun war. Keine leichte Aufgabe stand ihm bevor, in vielerlei Hinsicht. Doch er wollte reinen Tisch machen und ab jetzt sein Leben in richtige Bahnen lenken. Seine Großmutter brauchte ihn!

## Big Show

Nur zu gern wachte Steven an diesem Morgen früh auf. Diese Nacht wollte er schnell beenden. Ein weiterer Albtraum hatte ihn durch den Schlaf begleitet. Einer von denen, die den Träumenden wild vor sich hertrieben, ihn unter Druck setzten und vor unmögliche Herausforderungen stellten. Steven fühlte sich darin immer so hilflos, konnte nicht so schnell rennen, wie er müsste, konnte sich nicht wehren oder körperlich darin das tun, was er im Traum tun wollte.

Erschöpft rieb sich der Gepeinigte den Schweiß von Stirn und Brust. Bogotá schlief noch. Die kurze Morgendämmerung setzte erst jetzt ein. Auch Andrea-Domenica lag noch friedlich neben ihm. Ihr Körper zeigte selbst im Schlaf diese energievolle Spannung, wie sie so auf dem Bauch lag, ein Bein angezogen, beide Arme nach oben gestreckt. Als ob sie im Traum Freeclimbing betrieb. Ihre wilden Locken verteilten sich fröhlich auf dem weißen Bettlaken. Sie rekelte sich wohlig und behaglich, um mit dem Gesicht ihm zugewandt wieder weiterzuschlafen. Für Steven war sie die Schönheit in Person. Einfach perfekt. Wenn man von einem Menschen das behaupten durfte. Andrea-Domenica war ein besonderer Charakter: offen, neugierig, hilfsbereit, super intelligent und voller Lebensenergie, die einen mitriss.

Zart strich Steven ihr durchs Haar und massierte sanft ihren Nacken. Das liebte sie. Er lernte schnell.

Was nur die vielen Menschen in all seinen Träumen zu suchen hatten? Reichte es nicht, wenn sie im Alltag bereits in größerer Dosierung auftraten, als ihm das lieb war? Steven brauchte Auszeiten, liebte alles in Maßen, aber nicht dauerhaft zu viel. Das hier war aber schon deutlich drüber – mit den Menschenmassen. Und im Traum trieben sie ihn, nein, sie jagten Steven!

Jetzt fiel es ihm wieder ein: die Schlusssequenz, bevor er durchs Wachwerden daraus flüchten konnte, war eine reine Hetze gewesen. Alle waren hinter ihm her, zerrten an ihm, brüllten den armen Kommissar an. Die gebrüllten Vorwürfe machten ihm selbst bei Bewusstsein noch ein schlechtes Gewissen.

Steven schlich sich aus dem Bett und hinüber zu der Fensterreihe des Zimmers. Vorsichtig schob er eines nach oben. So mussten in den Sechzigerjahren die Fensterrahmen der Büros der Detektive in den Hinterhöfen Chicagos ausgesehen und gequietscht haben. Steven mochte dieses überalterte Hotel sehr. Es war so wunderbar altmodisch. Einige seiner World-Skiller meckerten zwar hin und wieder, doch selbst von diesen wollte niemand in die neuen, schicken Klimaanlagen-gekühlten Bunker der internationalen Ketten umziehen, wie sie beispielsweise die Schweizer bewohnten.

Die Straßen tief unter ihm waren noch so gut wie leer. Nur vereinzelte Nachtgestalten verloren sich in den Gassen und Winkeln. Einzig eine etwas größere Gruppe entdeckte Steven auf der gegenüberliegenden Straßenseite. Wie festzementiert standen sie da, ohne jegliche Regung.

»Hallo, lieber Oberschwabe, was machst du denn da?« Andrea-Domenica blickte noch etwas müde unter ihren Haaren hervor. »Jemand hat das Kraulen aufgehört! Wie geht das denn?«

Ihre Stimme hellte sein düsteres Gemüt etwas auf und ließ alle Schwere aus dem Traum verschwinden.

»Nichts, mein Schatz, nichts. Ich wollte für meine Prinzessin die Sonne wecken, damit sie diese an der Nase kitzeln kann mit ihren goldenen Strahlen.« Er bewegte sich zu ihr hinüber und küsste sie. »Das soll Glück bringen, weißt du?«

Sie packte ihn mit beiden Händen beim Gesicht und zog ihn zu sich runter. »Spinner«, lachte sie, und schon warf sie ihn mit einem geschickten Griff ins Bett, sodass er quer über sie fiel. Hinter den Bergen der Anden lächelte tatsächlich bereits die Sonne und freute sich am beginnenden Liebesspiel dieser beiden, die sich so guttaten. Die Gestalten in der Straße erwachten aus ihrer Starre und zogen sich weiter in das Dunkel eines Hauseinganges zurück. Gelangweilt beobachteten sie weiter das Hotel.

Es war C-1, also der Tag vor Beginn der WorldSkills-Weltmeisterschaften. Am Abend sollten die Eröffnungsfeiern stattfinden. Noch etwas Zeit, um sich zu entspannen. Andrea-Domenica führte Steven in den Simón-Bolívar-Park. Einem der größten Stadtparks der Welt, wie er wusste. Traumhafte Blicke eröffneten sich von hier hinüber zu den Anden. Innig schlenderten sie die schön angelegten Parkwege entlang, beobachteten andere Liebespärchen, die am Ufer miteinander kokettierten. Andere wieder ruderten gemächlich in bunt gestrichenen Holzbooten über die kleinen Seen.

»Was für eine friedliche Welt, was für ein Paradies«, frohlockte Steven in Hochstimmung. Er gab ihr einen Kuss. »Niemand bei uns würde hinter dem Namen Kolumbien so eine fantastische Welt vermuten. Die Regenwälder, die Inseln, die Berge, die Städte, die Menschen …« Er tanzte fröhlich über den Gehweg.

»… und dabei sieht man bei euch immer nur Bilder von Drogen, Mord und Totschlag und Armut, richtig?«, unterbrach Andrea-Domenica seinen Redefluss.

Er nickte. »Ja. Alles andere verkauft sich nicht. Das ist das Geschäft mit den Medien. Sie manipulieren uns, weil wir es wollen. Verzerrte Welten sind das Ergebnis.«

»Dabei haben wir eine der fortschrittlichsten Verfassungen. Wusstest du zum Beispiel, dass wir bereits 1991 eine Verfassung geschrieben haben, in der wir die Nachhaltigkeit mit ins Zentrum stellten?« Die studierte Politologin kam bei ihr zum Vorschein. »Ungefähr sechzig unserer Verfassungsartikel kümmern sich um die Umwelt.«

Das hatte er tatsächlich nicht gewusst. »Das ist beeindruckend. Die Natur ist aber auch euer großes Kapital. Das solltet ihr nutzen.«

Andrea-Domenica nickte. »Ja, das müssen wir, und dafür will ich mich einsetzen. Gleich nach den WorldSkills darf ich meinen Job bei der SINA, unserer nationalen Dachorganisation für die Umweltbehörden antreten. Als politische Verbindung zu den anderen Bereichen wie Wirtschaft, Umweltschutz und Politik.«

Steven drückte sie fest an sich. »Ich bin mächtig stolz auf dich! Du bist die Zukunft des Landes, genauso wie die jungen WorldSkiller aus allen Teilen Kolumbiens, die der Welt zeigen, wie gut schon eure jungen Talente und Fachkräfte ausgebildet sind.«

Lob war nichts für die junge Kolumbianerin. Sie freute sich zwar, drehte sich aber etwas beschämt zur Seite. »Andrea-Domenica, durch dich und WorldSkills habe ich ein vollkommen anderes Kolumbien erleben dürfen und lieben gelernt. Ich will mithelfen, eure Visionen zu erfüllen, wenn ich wieder zurück bin in Deutschland.« Seine unbedarften Worte ließen ihr Gesicht erstarren. Die Erwähnung Deutschlands und seiner Rückkehr dorthin weckten unglückliche Gefühle bei beiden. Sie hatten sich in eine Blase begeben, die sie von dem Rest der Welt sowie ihrer Vergangenheit und Zukunft isoliert hatte. Doch das konnte nicht ewig so bleiben. Das Glücks-Ufo, in dem sie schwebten, musste irgendwann mal wieder in der Realität landen. Doch nicht jetzt! Andrea-Domenica schüttelte sich und boxte ihn in die Schulter. »Auf, netter Kerl! Lass uns ein Eis holen und dann auf eines der Boote gehen. Ich will mit dir in die Welt hinaussegeln!«

Erleichtert nahm er sie bei der Hand, und sie schlenderten hinüber zum Eisstand.

***

»Na, ist das die Ruhe vor dem Sturm heute?« Steven schlug einige Stunden später kräftig in die ihm angebotene Hand ein.

Julian strahlte. »Ja, es geht endlich los. Habe ich meine Fliege richtig sitzen?«

Steven inspizierte gespielt kritisch Fliege, Hemd und den schwarzen, gut taillierten Anzug des Wettkämpfers. »Passt alles. Schick seht ihr aus mit euren Uniformen. Wird jede Nation so auftauchen?«

Julian nickte, während er nervös die Ärmel seines Hemdes nach unten zog. »Ja, jede Nation hat ihre eigene Uniform. Wir marschieren heute Abend gemeinsam in das große Stadion ein.«

Andrea-Domenica tauchte im Eingang auf, umringt von fragenden Funktionären und Delegierten. Sie hauchte ihm unmerklich einen Kuss zu.

»Wo warst du heute, Steven? Wir haben dich bei OSOC vermisst.« Der Teamleader kam ihm entgegen.

»OSOC? Ach das ›One School One Country‹-Programm.« Steven hatte es schlichtweg vergessen. Er stotterte unglücklich ein: »Ich wollte mitkommen, aber es kam leider was dazwischen.« Wirklich überzeugend war das jedoch nicht.

Julian blickte verstohlen in Richtung der Teambetreuerin. »Hat sie eventuell braune Locken, diese Verhinderung?« Hier blieb aber auch nichts verborgen.

»Leugnen lohnt sich wohl nicht, oder? Ja, wir waren im Park. Wie war es denn?« Der verliebte Kommissar wollte ablenken.

Der Teamleiter bekam glänzende Augen. »Es war unbeschreiblich. Als wir aus dem Bus ausstiegen, empfing uns die ganze Schule. Alle jubelten, hielten deutsche und kolumbianische Flaggen in der Hand und standen für uns Spalier. Danach ging es in die Schulaula, wo die Schüler Tänze vorführten, Geschichten erzählten, Lieder sangen und uns Löcher in den Bauch fragten.«

»Was wollten sie denn wissen?« Steven wurde neugierig.

»Alles Mögliche rund um unsere Berufe. Sie waren perfekt vorbereitet und wussten auch so unglaublich viel über Deutschland. Mehr als mancher von uns selbst. Jede Nation war in einer anderen Schule. Bei denen war es auch so toll!«

Die Halle des Hotels füllte sich zunehmend mit deutschen Teilnehmern in der WorldSkills-Uniform. Andrea-Domenica war noch immer dabei, die vielen Fragen der Delegierten zu beantworten. Dennoch beobachtete sie ihn liebevoll aus dem Augenwinkel. Der Lärm schwoll sichtlich an. Familienangehörige und Fans gesellten sich zu ihnen. Deutschlandfahnen in allen Größen wurden geschwungen. Der mächtige Bariton von Reinhard Michalik dröhnte durch die Halle: »Einsteigen, bitte! Alle bitte einsteigen. Die Busse stehen bereit. Die Show startet.« Sein rollendes R schwang durch die Hallen.

Steven klopfte Julian auf die Schultern. »Alles Gute für heute Abend, und genieße es.« Der junge Wettkämpfer nickte aufgeregt.

Sie gingen zum Ausgang. Steven schaffte es dabei tatsächlich, sich in Richtung seiner Geliebten treiben zu lassen und im Getümmel ihre Hand zu fassen zu bekommen. Wenige liebevolle Meter konnten sie sich halten. Frech kniff sie ihm in der Enge des Gedränges am Ausgang in den Hintern und flüsterte: »Setzt du dich zu mir?« Gern tat er das und schwebte auf der Fahrt zum Stadion auf Wolke sieben. Sie war so schön. Er verliebte sich in hohem Tempo mehr und mehr in diese Frau. Dabei wollten beide das unbedingt vermeiden.

Als die Busse auf dem Vorplatz des großen Stadions vorfuhren, verstummten die Menschen im Inneren. Erstaunt blickten sie auf die Menschenmassen dort draußen. Es mochten schon jetzt gut Zehntausende sein, die sich versammelt hatten. Ein Fahnenmeer mit Flaggen aus aller Welt überzog die Szenerie. Gesänge der Teams hallten über den Platz. Ein Team feuerte das andere an. Musikbands spielten fröhliche Märsche. Es war ein lautes und buntes Farbenmeer, in das die Busse die leicht eingeschüchterten Deutschen entließen. Doch schnell sammelten die Teamleiter ihre Nationalmannschaft. Die Experten gesellten sich dazu. Alle anderen aus der Fangruppe umringten dann auch schon diese mit ihren Fahnen, Deutschlandhüten und was sie noch so alles bei sich trugen.

»Wir müssen uns wahrlich nicht verstecken mit dieser riesigen Delegation«, freute sich Pressechef Jürgen und rannte von einem Fotomotiv zum anderen.

Blaulichter tauchten aus der Ferne auf. Sie bewegten sich in Form eines Konvois schwarzer Limousinen im Schritttempo auf den Haupteingang zu.

»Il presidente. Il presidente«, scholl es aus vielerlei Kehlen. Er kam also tatsächlich persönlich zur Eröffnung.

Steven blieb eng bei der deutschen Delegation, für die es das Orga-Team endlich geschafft hatte, einen kompletten Block im Stadion zu reservieren. Eine gigantische Bühne thronte schräg gegenüber. Licht- und Showeffekte erfüllten das Stadion. Der Lärm der feiernden Gäste war unbeschreiblich. Er riss alle mit, und niemand wollte auf den Plätzen sitzen bleiben. Voller Enthusiasmus schwang Steven seine eigene Fahne.

Eine Fanfare ertönte. Trommeln folgten. Das Licht richtete sich auf die Seiten der Bühne. Links und rechts reihten sich Trommler, Trompeter und Tänzerinnen wie auch Tänzer in farbenfroher Landestracht auf. Es wurden mehr und mehr. Steven schätzte sie auf gut zweihundert. Ihre Musik schenkte Fröhlichkeit. Die Show hatte begonnen! Steven versuchte, die Zuschauerzahl zu schätzen. Zwanzigtausend, dreißigtausend?

»Lasst uns die Hauptgäste des Abends begrüßen«, brüllten die Moderatoren ins Mikrofon. Die Menschen steigerten ihren Applaus. Doch nicht der Präsident, sondern die Teilnehmer der Nationen erschienen unter dem tosenden Lärm auf der Bühne. Ein Land nach dem anderen marschierte ein. Stolz schwangen sie ihre Fähnchen und winkten der Menge der Jubelnden zu. Die Menschen erhoben sich, klatschten frenetisch und erfreuten sich an ihren eigenen Teilnehmern. Als das deutsche Team erschien, wogte ein Fahnenmeer aus Schwarz-Rot-Gold durch die Ränge. Schick gekleidet marschierten sie über die Bühne. Es war toll, ihren Stolz zu erleben. Dieses Strahlen in den Augen meinte Steven bis zu ihnen hoch erkennen zu können. Ein erhebender Moment für alle.

Die Besten der Welt, vereint, um vier Tage lang ein großes Fest zu feiern und um sich miteinander friedlich in ihren Berufen zu messen.

Die Stuhlreihen im Innenbereich des Stadions füllten sich mit den Teilnehmern und als die Gastgebernation unter stehenden Ovationen aller Länder ihren Platz eingenommen hatte, erschien der bereits angekündigte Präsident auf der Bühne.

»Ich heiße euch willkommen in einem Land, das mehr denn je die Zukunft sucht und die Schatten der Vergangenheit hinter sich lassen will. Euer Kommen ist ein Geschenk für unser Land, das mit keinem Gold der Welt aufzuwiegen ist. Ihr schenkt uns euer Vertrauen, ihr zeigt unserer Jungend, wie wichtig und wertvoll es ist, sich zu bilden und zu entwickeln. Sie können von euch lernen. Und das werden die mehr als Hunderttausend jungen Menschen, die mit Bussen aus dem ganzen Land kommen werden, um euch zu sehen. Somit werden diese Tage nicht nur für euch einzigartig, sondern auch für die Jugend Kolumbiens, die daraus Hoffnung und Zuversicht schöpfen mag, genauso wie ihr …«

»Steven, was schaust denn immer dem kolumbianischen Mädel hinterher?« Sein Fliesenleger-Experte hatte es sich wieder neben ihm gemütlich gemacht. »Verlieb dich bloß net! Ich sag's dir. Das sind Eintagsfliegen. Sie will was von dir und wenn sie das hat, dann bist wieder vergessen.«

So hatte Steven das bisher gar nicht gesehen. Auch wenn sich alles in ihm gegen solch einen Gedanken sträubte, so fraß sich der Zweifel doch in ihn hinein. Andrea-Domenica saß weit unten bei den Delegierten des deutschen Teams. Sie musste dort assistieren. Und während mit dem Eid ausgewählter Wettkämpfer und Experten als Vertreter für alle Aktiven die Veranstaltung auf der Bühne einen weiteren emotionalen Höhepunkt fand, grübelte Steven. War das alles richtig, was hier mit ihr und ihm passierte?

Plötzlich verdunkelte sich das Stadion. Die Ränge wurden mit den Farben Kolumbiens erleuchtet, Rot, Blau und Gelb. Ein tiefer Ton dröhnte aus den Soundanlagen, ließ die Ränge vibrieren und eröffnete eine atemberaubende Show, die über eine Stunde hinweg den Besuchern die Geschichte Kolumbiens von den Ureinwohnern bis heute in farbenfrohen Szenarien und Tänzen nahebrachte. Und mit dem letzten großen Trommelschlag drückten die Vertreter der Ureinwohner des Landes einen großen roten Knopf, der mit Licht und Musik den Start der Spiele verkündete. Die WorldSkills-Weltmeisterschaften hatten begonnen! »Oh, das war unfassbar«, hörte Steven aus allen Richtungen im deutschen Block. Selbst die erfahrenen und vielgereisten Trainer zeigten sich beeindruckt. Eilig stürmten sie die Treppen hinunter, um zu ihrem Nationalteam zu kommen. Sie wollten Bilder für Ihre Fotoalben schießen. Steven selbst verabschiedete sich früh von der Gruppe. Er wollte noch schnell ein paar kleine Tapas und Wein besorgen.

Als er gut eine Stunde später alles so ansprechend und schön wie möglich in seinem Zimmer aufgebaut hatte, klopfte es auch schon, und Andrea-Domenica huschte herein. Sie drückte ihn innig und fest an sich und flüsterte: »Ich habe dich so vermisst, Liebster. Das macht mir fast schon Angst.«

Er erwiderte die Umarmung und spürte jeden Zentimeter ihres Körpers an seinem. Tränen standen ihm in den Augen. Er konnte ein leichtes Schluchzen nicht unterdrücken. Mit einem Mal waren alle Schatten verschwunden, die sich mit den Worten des Fliesenlegers auf seine Seele hatten legen wollen.

Gerührt schaute sie ihn an und küsste seine Augen. »Lass mich kurz unter die Dusche springen, dann bin ich bei dir.«

Er nickte und suchte die Streichhölzer. Zwei kleine Kerzen erhellten den Raum und tauchten ihn in gemütliche Farben. Der Wein wartete bereits in den Gläsern, als sie nackt aus der Dusche kam und zu ihm ins Bett hüpfte.

»Ich will dich und dann den Wein«, flüsterte sie und bedeckte seine Brust mit sanften Küssen. Fest hielt er sie dabei in seinen Armen und schwebte mit ihr in eine Welt voller Zärtlichkeit. Andrea-Domenica war ergriffen von der Wärme und Leidenschaft, die dieser kühl wirkende Mann ihr geben konnte. Man würde ihm das nicht zutrauen. Doch das hatte sie vom ersten Moment an so angezogen. Sie wusste, dass hinter der Fassade ein anderer steckte, den die Welt sonst nicht zu sehen bekam. Nur sie.

Die ganze Nacht hindurch redeten und lachten sie bei Wein und feinen kolumbianischen Delikatessen. Eine Nacht, bei der man sagt, sie möge nie zu Ende sein. »Segle mit mir bis ans Ende der Welt, Liebster, und lass mich nie mehr los«, wollte sie ihm zurufen. Doch das traute sie sich nicht. Denn beide wussten, wie endlich ihre Liebe sein würde.

Der Morgen dämmerte, als sie in einen tiefen Schlaf fielen, und beinahe hätten sie den Start der World-Skills-Wettbewerbe verpasst.

Die dunklen Gestalten vor dem Hotel fehlten in dieser Nacht. Sie waren bereits unterwegs zu ihrem Ziel.

# Steven in Not

C1: Der erste Wettkampftag startete! Nach so vielen Monaten intensivster Vorbereitung und innerer Aufregung konnten die Wettkämpfer endlich zeigen, was in ihnen steckte. Ihre rotbackigen, fiebrigen Gesichter waren allerorten zu entdecken. Noch hatten sie ihren Rhythmus nicht gefunden, arbeiteten etwas zu schnell und hektisch an ihren Arbeitsplätzen. Die aufgeregte Stimmung waberte regelrecht durch die Hallen, getragen auch von den betreuenden Trainern, die ab sofort nicht mehr mit ihren Teilnehmern kommunizieren durften.

Steven und Andrea-Domenica erreichten die Wettkampfstätten verspätet. Ihre hektischen Bewegungen passten zur Stimmung in den Hallen. Nur dass der Ursprung ihrer Aufregung in dem kaum mehr enden wollenden Liebesspiel am Morgen lag. Ihnen war es sichtlich unangenehm, nicht zum Start da gewesen zu sein.

Menschenmassen drängten sich an den Eingängen. Das Lachen Tausender schnatternder Schülerinnen und Schüler hallte über die Plaza vor der Messe. Sie sammelten sich in Gruppen, um dann eine nach der anderen von Guides in die Hallen geführt zu werden.

Die zwei Liebenden drängelten sich an den Besuchern vorbei, hin zum Stand von WorldSkills Germany. Dort fand gerade die Einsatzbesprechung für diesen Tag statt. Besondere Gäste aus Deutschland galt es zu betreuen. Wirtschaftsdelegationen, politische Gruppen,

Vertreter der Botschaft. Auch die Standbesetzung musste organisiert werden.

Ein paar verwegene Gäste aus der Zunft der Landschaftsgärtner testeten bereits die ersten Biere an. Ehemalige WorldSkills-Teilnehmer befanden sich unter ihnen, wie Steven im Gespräch erfuhr. Jetzt wollten sie den aktuellen Teilnehmer unterstützen. Erste Live-Bilder aus den Hallen liefen bereits auf dem großen Fernseher. Twitterbotschaften der Fans in Deutschland wanderten über den Bildschirm. Da mussten einige eine schlaflose Nacht auf der anderen Seite des Ozeans verbringen. Man konnte glattweg seine eigenen Pflichten und Aufgaben aus den Augen verlieren, wie es Steven seit seiner Ankunft in Bogotá schon öfter passiert war.

Schließlich war es Zeit für ihn, zu den Polymechanikern zu gehen. Er musste Jens Heber noch ein paar Fragen zu den Arbeitsgeräten, die jeder mitnehmen durfte, stellen, und dann wollte er nach der versiegelten Toolbox schauen. Kerstin sollte heute einen fundierten Statusbericht während ihres täglichen Meetings via Computer bekommen.

Schweren Herzens verließ Steven seine Geliebte, drückte ihr unverblümt einen Kuss auf die Wange und begab sich in die Hallen. Dort waren die Wettkämpfe bereits in vollem Gange. Die Aufgaben lagen allen Wettkämpfern vor. Jetzt galt es, vier Tage lang höchste Konzentration zu zeigen und sich von nichts und niemandem ablenken zu lassen.

Steven war beeindruckt von der Unterschiedlichkeit der Herangehensweise der einzelnen Wettkämpfer.

Gerade bei den technischen Berufen sah er Einzelne, die sich hoch konzentriert über Pläne und Aufgabenblätter beugten und Notizen machten, während andere bereits am Hantieren und Arbeiten waren. Die Nervosität trieb aber alle an. Wortgewaltig und mit gestenreicher Sprache erklärten die Guides den Schülern die Hintergründe zu den Aufgaben und Wettkämpfen. Sie dramatisierten natürlich etwas und erfreuten sich an den offenstehenden Mündern ihrer jungen Zuhörer. Auf den meisten Skill-Flächen konnte Steven deutsche Teilnehmer entdecken. Kleine Fähnchen standen auf den Tischen. Steven nickte vielen von ihnen zu und zeigte den Daumen nach oben.

Kurz bevor er die Halle erreichte, in der auch die Polymechaniker ihre Wettkampffläche hatten, stieß er mit dem technischen Direktor von WorldSkills International zusammen. »Sebastian, wohin stürmt ihr denn?« Er betrachtete aufmerksam das sorgenvolle Gesicht des Österreichers.

»Zu den Polymechanikern. Es stimmt was nicht.« Und schon setzte er sich wieder in Gang, drei Mitarbeiter des Sekretariats hinter sich her schleifend.

»Wartet, ich komme mit«, rief Steven ihnen nach und folgte rasch. »Was ist denn los?« Er hatte Mühe, den agilen Weltenmann aus Graz einzuholen.

»Weiß nicht. Es ist niemand auf der Fläche. Sie scheinen wie vom Erdboden verschwunden, und die Hallenkameras sind ausgeschaltet.« Endlich erreichten sie die betreffende Stelle, an der das Leben nur so pulsieren sollte. Doch weder Wettkämpfer noch ihre Trainer waren weit und breit zu entdecken. Die Wettkampffläche war leer.

Sofort schärften sich alle Sinne des Kommissars. Sein Blick wanderte über die Fläche hinweg. Er scannte jedes einzelne Detail. Die Dreh- und Fräsmaschinen standen in Reih und Glied. Zu den Besuchern hin waren die Werk- und Montagebänke positioniert. Die Toolboxen standen ordentlich verteilt an jedem Arbeitsplatz. Im Zentrum befanden sich die groß angelegten Materialkabinen und Aufenthaltsräume, mit weißen Messewänden umbaut. Vordergründig war nichts Ungewöhnliches zu erkennen. Auch die Besucher nahmen keine Notiz von der Fläche und wanderten an ihr vorbei, hinüber zu den Skills, wo bereits Action geboten war.

Aufmerksam umrundete Steven das Areal. Etwas stimmte nicht. Doch was war es? Der technische Direktor und sein Gefolge wollten bereits den Bereich betreten, aber Steven rief sie gerade noch rechtzeitig zurück. Er observierte die Wettkampffläche ein weiteres Mal. Jetzt stachen ihm die offenen Toolboxen ins Auge. Und wenn man mit geübtem Auge genauer hinsah, fiel die untypische Unordnung auf. Keiner der Wettkämpfer würde das in seiner Box dulden wollen. Und schon gar nicht die Experten.

Steven nahm einem Schweißhund gleich die Fährte auf. Man sagte ihm nach, dass er Angst und Aggression regelrecht riechen konnte. Mit kurzem Sprung überwand er die Balustrade der Wettkampffläche und schlich sich zum Materialraum, der sich in der Mitte der Fläche befand. Leer. Doch nebenan raschelte es. Etwas rieb mit einer Jacke oder Stoff an der Kabinenwand. Schnell verließ er den Materialraum und lief nach vorn zum Eingang der Jury- und Expertenkabine, die sich direkt daneben befand. Vorsichtig drückte Steven die Klinke nach unten und öffnete die Tür einen kleinen Spalt. Doch sie wurde ihm beinahe aus der Hand gerissen, als sie von innen mit Schwung geöffnet wurde und eine kräftige Hand ihn reinzog. Schnell flog die Tür wieder zu. Verblüfft stolperte Steven über eine Gruppe am Boden sitzender World- Skiller, deren verängstigten Blicke in seine Richtung wanderten.

»Abschließen, du Trottel«, brüllte ein an der Tür stehender Kerl seinen Komplizen an. Sie hatten ihre Motorradhauben nach oben geschoben, sodass sie auf der Stirn aufsaßen. Leicht benommen vom Hereinzerren und anschließendem Sturz über die am Boden Sitzenden blickte Steven blinzelnd umher. Alle Experten und Competitors hockten eng beieinander. Um sie herum fuchtelte ein halbes Dutzend Räuber mit schweren Waffen. Waren das Reste noch bewaffneter kolumbianischer Banden? Was wollten sie?

»Unseren Chefexperten haben sie k.o. geschlagen. Er liegt bewusstlos dort drüben.« Ein Schweizer mit aschfahlem Gesicht deutete auf eine liegende Gestalt. »Jens und Julian haben sie besonders in die Mangel genommen. Jens hat einige Schläge abbekommen.«

»Ruhe!« Vermutlich der Anführer brüllte sie in gebrochenem Deutsch an. Eine Erinnerung blitzte in Steven auf. Doch dann entdeckte er Jens und Julian. Sie standen. In der Ecke des Raumes. Jens sah übel zugerichtet aus. Immer wieder brüllten sie auf ihn ein.

»Sag endlich, wo Material ist.«

Doch der stand unter Schock. Rief immer nur: »Tut ihm bitte nichts. Bitte tut Julian nichts. Er muss doch den Wettbewerb mitmachen. Bitte lasst ihn doch rausgehen zum Arbeiten.«

Wieder Schläge. Jens taumelte gegen die Wand. Die Kabine vibrierte. Fassungslos blickten alle in seine Richtung.

»Halt!«

Irritiert drehten sich die Schläger und der Anführer um. Steven stellte sich ihnen entgegen: »Habt ihr es endlich von Deutschland hierher geschafft, ihr Jammerlappen!« Er wechselte von Englisch ins Deutsche: »Ich habe, was ihr braucht!«

Wütend stapfte einer der Kerle auf ihn zu. Seine Hand schoss in Lichtgeschwindigkeit an Stevens Gurgel und drückte den Kehlkopf nach innen. »Bastard!«, brüllte er.

»Lass ihn! Hau ab, Idiot.« Nazar schlug seinen Gewehrkolben in die Rippen des Banditen und schleuderte ihn in die Ecke. Zu Steven gewandt: »Du bist doch Schnüffler. Richtig?«

»Wie man es nimmt. Auf jeden Fall bin ich derjenige, der euch zur Strecke bringen wird. Ihr Mörder und Diebe!«

Heiser lachte der Angesprochene auf. »Wenn du willst, dass ihr und wir am Leben bleiben, dann zeig uns wirklich, was du haben. Denn …«, er zeigte auf drei weitere Gestalten, die definitiv südamerikanischer Herkunft waren, »… diese Freunde nicht von uns. Sie sind unsere Wachhunde, damit wir liefern. Sonst wir alle Tod.«

Aha, dachte sich Steven. »War der Job eine Nummer zu groß für euch, was? Spionage von internationaler Relevanz. Das kann schnell ins Auge gehen. Jetzt haben die großen Auftraggeber euch also Kettenhunde hinterhergehetzt, die euch in den Hintern beißen, wenn ihr nicht erfolgreich seid. Scheiße so etwas, oder?« Nun traf auch ihn der Gewehrkolben in den Unterleib. Steven schnappte verzweifelt nach Luft und krümmte sich. »Halt die Schnauze. Wir werden das zu Ende führen, und dann alles wieder gut.«

Gut? Steven wollte innerlich lachen. Die Deppen schienen nicht zu wissen, dass zumeist Regime und ihre Geheimdienste hinter solchen Diebstählen steckten. Dass sie sich nun aus der Deckung wagten, war kein gutes Zeichen.

»Wir müssen rüber zu den Lagerräumen. Die Box befindet sich dort.« Steven zeigte durch die Wand hindurch in die entsprechende Richtung. »Wir benötigen aber den Schlüssel des Hallenmeisters.«

Doch Nazar erwiderte: »Nicht nötig. Armer Kerl ist heute Morgen unglücklich gestürzt und sich stark verletzt. Konnten gerade noch die Schlüssel auffangen.« Er wedelte mit einem Bund Schlüssel und Plastikkarten. »Gehen wir!«

Steven, Jens, Julian wie auch der wieder erwachte Chef-Experte wurden in die Mitte genommen und nach draußen geführt. Die anderen wurden in der Kabine eingeschlossen.

Zunächst nahm niemand von ihnen Kenntnis. Die Gänge waren bereits brechend voll. Tausende von Besuchern, vor allem Schüler, drängelten sich durch diese hindurch. Ein Schusswechsel würde ein Blutbad verursachen. Da war sich Steven sicher. Er begann zu beten, dass jetzt niemand die Nerven verlor, sich des Laufs der Schnellfeuerpistole in seinen Rippen wohl bewusst. Schnell gab er Sebastian und seinen Begleitern mit der Hand ein Zeichen, dass sie sich fern halten sollten. Sie verstanden nicht sofort und wollten auf ihn zustürmen. Steven musst deutlicher werden und wedelte mit den Händen, bis sie stehen blieben. Sein Bewacher rammte ihm den Gewehrlauf tief in die Rippen, dass es Steven beinahe den Atem nahm.

Sie gelangten, glücklicherweise ohne Aufmerksamkeit bei den Menschen zu erregen, zum Hallentor, das hinaus auf den Hinterhof und von dort zur Lagerhalle führte. Steven schnaufte schwer. Der Schlag in den Unterleib und in die Rippen hatte ihm arg zugesetzt. Seine Gedanken wanderten hin und her. Was würde gleich geschehen, wenn sie in der Halle waren und die Gangster hatten, was sie wollten? Würden sie schießen und mit den Geiseln und ihm ein Ende machen? Was würde aus Andrea-Domenica werden? Er dachte an seine Kinder und Herrn Max. An seine Frau … Was war jetzt zu tun? Auf Steven, streng dich an. Was hast du in der Ausbildung in Sachen Geiselnahme gelernt?

Zu wenig offensichtlich, denn es fiel ihm absolut gar nichts ein. Geiselnahmen fanden in Oberschwaben nicht unbedingt oft statt. Eigentlich gar nie. Und somit gab es keine Erfahrungen aus der Praxis.

Steven beobachtete aufmerksam seine Geiselnehmer. Ihre nervösen Bewegungen verhießen nichts Gutes. Sie waren nicht wirklich Herr der Lage, das war ihm schnell klar. Solche Kriminellen waren die Gefährlichsten. Doch er kam nicht dazu, seine Gedanken zu Ende zu führen. Die Ereignisse überschlugen sich plötzlich: Gerade als sie nach scheinbar endlos langer Prozession über den Lagerhof der Messe an die Tore der Lagerhalle gelangten, erschollen aus mehreren Richtungen schrille Pfeifgeräusche. Uniformierte rannten durch die Besucher hindurch in ihre Richtung. Jetzt konnte es lebensgefährlich für die Geiseln werden.

»Oh Gott«, stöhnte Steven auf. Wer konnte nur bei so vielen möglichen Opfern einen solchen Einsatz befohlen haben? Er duckte sich, wurde aber brutal an den Haaren mitgerissen. Ganze Haarbüschel schienen in den Händen des Geiselnehmers zurückzubleiben, als dieser Steven durch die enge Tür der Halle zerrte und auf den Hallenboden schleuderte. Schnell drängten sich die anderen Geiselnehmer mit ihren Opfern zur selben Tür herein. Schüsse donnerten von außen gegen das metallene Hallentor. Sie duckten sich. Als einer der südamerikanischen Bewacher die letzte noch offene Tür zuwarf und verriegelte umfing sie tiefe Dunkelheit.

Sirenen heulten auf. Einsatzfahrzeuge näherten sich. Jemand hatte den Lichtschalter gefunden und drehte an den Schaltern. Neonröhren leuchteten auf. Ihr unruhiges Flimmern reizte die Augen. »Wo ist Kiste?« Nazar brüllte und gestikulierte wild mit der Waffe. Er wollte sich nicht von dem Lärm beeindrucken lassen. »Hast uns wohl in eine Falle locken wollen, Hurensohn!« Er schlug auf Steven ein, der schnell erkannte, dass ein Argumentieren nichts helfen würde. Der Gewehrkolben seines Peinigers schlug unentwegt auf ihn ein. Er versuchte, mit dem Arm abzuwehren, was möglich war, aber die Schläge schmerzten zu sehr.

»Dort«, presste er schließlich hervor, »dort habt ihr euren Scheiß«, und zeigte auf ein Lagerregal, in dem die silberne, sargähnliche Kiste unter einer Schutzfolie lagerte.

Alle rannten hin. »Den Code gebe ich euch aber erst, wenn die Geiseln gehen dürfen.«

Ein »No!« schleuderte sich ihm entgegen. »Öffne Kiste!«, brüllten sie ihn an. Doch Steven weigerte sich.

Die Rufe vor der Halle wurden lauter. Die Einschläge der Gewehrkugeln prasselten gegen das Tor.

»Ihr könnt es euch aussuchen. Gleich werden sie die Halle stürmen. Dann haben sie euch und uns. Tot oder lebendig. Es liegt in eurer Hand: Lasst sie gehen!«

Nazar grunzte unwillig und regte sich nicht.

»Lass sie gehen«, drängte Steven mit aller Kraft, gegen den Lärm anschreiend. Doch der Kerl regte sich noch immer nicht. Eine Explosion am Hallentor riss ein kleineres Loch in das Metall.

Endlich gab der Anführer ein Zeichen. »Sie sollen dort in die Räume und einschließen. Raus geht niemand!« Schnell begaben sich die Geiseln in den schützenden Raum und warfen sich auf den Boden.

»Schließt die Tür von innen!«, brüllte Steven rüber. Sein Arm war taub von den Schlägen. Als die Tür endlich verschlossen war, schleppte er sich zur Kiste. Der Lärm der Sirenen und Einsatzfahrzeuge war inzwischen ohrenbetäubend. Ob er wirklich noch den Code kannte? Er versuchte es. Doch der erste Versuch schlug fehl. Steven war aufgeregt. Er versuchte es ein zweites Mal. Wieder verwehrte sich ihm das Schloss. Erneut traf ihn die Faust eines seiner Peiniger von hinten in die Nieren. Der Geifer schoss ihm aus dem Mund, als er ihn anbrüllte: »Mach hin, Kerl!«

Steven zitterte. Verdammt, welche Zahlenfolge war es? Eine weitere Explosion detonierte und zerfetzte das schwere Hallentor. Zeitgleich mit dem Zünden der finalen Spreng- und Blendgranaten schaffte es der gepeinigte Kommissar endlich, mit klammen Fingern die richtige Kombination einzugeben. Die Schlösser klackten auf. Steven schnaufte tief durch, wurde aber gleich brutal von den Gaunern zur Seite geschleudert. Sie hatten, was sie wollten. Die Box wurde aufgeworfen, und schnell griffen sich die Männer zielgerichtet die Gerätschaften und packten sie in die mitgebrachten Rucksäcke.

Steven mühte sich vom Boden hoch und bewegte seinen ramponierten Körper langsam rückwärts. Er wollte nicht zwischen die Fronten geraten und versteckte sich hinter schweren Gitterboxen.

Erste Soldaten stürmten in die Halle und verschanzten sich mit lautem Gebrüll hinter den vorderen Regalen. Steven duckte sich noch tiefer und wollte das Geschehen in seinem Versteck abwarten. Als aber die Südamerikaner plötzlich ihre Waffen gegen Nazar und seine Kumpane richteten, musste er handeln. Sie schienen zu haben, was sie brauchten und wollten sich ihrer lästigen Mitwisser entledigen, so sein erster Gedanke. Keine weiteren Toten, durchzuckte es Steven. Entschlossen warf er sich auf den nächststehenden Südamerikaner. Mit einem kräftigen Schlag streckte er ihn nieder. Ein Tumult entstand, in dem jeder den anderen zu verprügeln schien. Die Gewehrsalven und Blendgranaten waren nur noch Beiwerk in einer brutalen Symphonie. Steven schlug wild um sich, ließ alle angestaute Wut und unterdrückte Aggression gegen die Täter hervorbrechen und streckte einige nieder, bevor er selbst von den eindringenden Polizisten und Soldaten niedergeschlagen wurde. Er verlor kurzfristig das Bewusstsein und klappte wie ein nasser Sack zusammen. Er spürte nicht, wie sie ihm Handschellen anlegten und grob zu den anderen Gefangenen zerrten.

Als er mit dröhnendem Schmerz im Kopf und am ganzen Körper wund aufwachte, hörte Steven laute Stimmen, die miteinander diskutierten. Eine davon war diejenige von Andrea-Domenica. Sie redete auf die

Polizisten ein und zeigte immer wieder auf ihn. Doch die Antwort war immerzu nur vehementes Kopfschütteln. Der Gefesselte drehte sich mühevoll auf die andere Seite. Der Geruch von verbranntem Schwarzpulver lag in der Luft. Rauch verhinderte den Blick in Richtung Hallenausgang. Er sah nur wenige der Gangster neben sich liegen. Ob ohnmächtig oder tot, konnte er nicht feststellen. Blut breitete sich auf dem Boden aus. Aber das hieß nichts. Auch Steven blutete aus einer Platzwunde am Kopf. Er schaute genauer hin. Ärger brandete in ihm hoch. Das waren doch mehr gewesen! Wo waren Nazar und seine Bande? Er fand sie nicht unter den leblosen Gestalten.

Die Schulter schmerzte. Eigentlich schmerzte alles an ihm und in ihm. Wer hatte auf ihn eingeschlagen? Besser gefragt, wer hatte nicht auf ihn eingeschlagen? Verständnislos blickte Steven zu Andrea-Domenica hoch, die noch immer leidenschaftlich diskutierte. Ihm schien es besser, erst einmal zu schweigen. Wie hatte es geschehen können, dass die Kerle verschwunden waren, während er gefesselt auf dem Boden lag?

Auch die Taschen der Gangster fand der noch immer hilflos am Boden Liegende nirgends. Sie waren ebenfalls mitsamt den Gerätschaften verschwunden. Konnten Nazar und seine Kriminellen im Wirrwarr tatsächlich am Ende entkommen sein? Und mit ihnen die Geräte? Das war ein Desaster. Was für ein Stümper hatte nur diesen desaströsen Einsatz zu verantworten?

Endlich hörten die Diskussionen auf, und Leben kam in die Trupps. Uniformierte wurden angewiesen, die festgenommenen Mitglieder der kolumbianischen Bande für den Abtransport bereit zu machen. Ihn ließ man einfach liegen.

»Ich hab's gleich, gib mir noch eine Sekunde«, flüsterte Andrea-Domenica im Vorbeigehen.

Steven lauschte den einzelnen Stimmen. Einer der Uniformierten sprach mit anderen Beamten auf Englisch. Der Kommissar spitzte die Ohren. Eventuell ein Kollege aus Europa? Vom LKA oder BKA aus Deutschland? Der Kommissar aus Oberschwaben konnte es nicht prüfen. Sie würdigten ihn keines Blickes.

Endlich wurde auch Steven unsanft nach oben gehievt. Die Handschellen schmerzten am Handgelenk. Schockiert beobachteten Andrea-Domenica und die deutsche Delegation, wie er abgeführt wurde. Sie hatte anderes erwartet und blickte erbost in Richtung des Einsatzleiters. Steven sprach kein Wort. Zu überwältigt war er von den Vorkommnissen. Seine Erfahrung sagte ihm außerdem, dass es besser war, jetzt zu kooperieren und alles später zu klären, wenn Ruhe und Zeit dafür war. Auf dem Präsidium. Dafür musste er diese demütigende Show vor der gesamten WorldSkills-Familie ertragen. Und wenn ihn der Präsident von WorldSkills International bisher trotz eines ersten Treffens vor wenigen Tagen noch nicht gekannt hatte, dann war es spätestens jetzt der Fall.

Mit blassem Gesicht beobachtete der oberste Repräsentant von WorldSkills die Szene, wie man die

Gangster und Steven – das Mitglied der deutschen Delegation von WorldSkills – abführte.

Andrea-Domenica begann zu weinen. Die Tränen rollten ungehindert die Wangen herunter. »Steven«, stammelte sie. »Steven. Es tut mir so leid. Ich hab's vergeigt.« Ihn in die Gefängnisse Bogotás entschwinden zu sehen, verursachte blankes Entsetzen bei ihr.

Der Kommissar senkte den Kopf, als er das Spalier der WorldSkiller entlangmarschierte. Schweigend beobachteten diese die Prozession. Wie konnte das alles nur bei WorldSkills geschehen? Die Veranstaltung hatte ihre Jungfräulichkeit verloren.

***

»Gibst du mir mal Ketchup und Majo rüber?« Valmir machte es sich auf dem oberen Balken eines Holzzaunes gemütlich. Die Soße des doppelstöckigen Burgers in seiner Rechten triefte auf den Waschbeton zu seinen Füßen.

Kerstin schnappte sich die roten und weißen Flaschen vom Tresen und reichte sie ihm. Der Duft des Frittierfettes drängte sich in ihre Nase. Sie hielt den Atem an und wandte sich ab, um ein paar Schritte von der Imbissbude wegzugehen.

»Da haben wir uns aber ein schönes Urlaubsplätzchen ausgesucht, was?« Sie lachte vergnügt auf und blickte über den großen grauen Parkplatz vor dem Einkaufszentrum in Weingarten.

»Na, es soll ja nicht nur unser Kollege Plodowski eine schöne Zeit haben! Auch wir wollen etwas Entspannung bei der Arbeit. Toller Ausblick, oder?« Die Plastikflasche schmatzte kräftig, als er nochmals einen Nachschlag an Majo auf den Burger presste. Kerstin schnappte sich ihre Pommes vom Imbissbudenbesitzer und setzte sich neben Valmir.

»Ja, wirklich klasse hier. Wo sieht man schon so viele Autos aus aller Welt?«

Genüsslich schmatzten sie vor sich hin. Beobachteten die mit Bergen von Lebensmitteln vollgeladenen Einkaufswagen, wie sie von Jungen, Alten, Dicken, Dünnen, Hellen, Dunklen, Netten und nicht so netten Menschen durch die engen Gassen zwischen den Autos bugsiert wurden.

»Ist Morgen irgendein Feiertag? Droht eine Naturkatastrophe? Oder warum kaufen die Leute wie wild ein?« Valmir zuckte mit den Schultern bei seiner Frage.

Doch die Kollegin war in Gedanken schon woanders. »Ich frage mich, wie es Steven gehen mag. Er hat einige Tage nichts mehr von sich hören lassen. Muss man sich Sorgen machen?« Kerstin blickte gebannt auf den Hintern eines über seine Einkäufe gebeugten jungen Mannes, der sein Leben im Fitnesscenter zu verbringen schien.

»Ach ne, das glaube ich nicht. Steven wird das Leben genießen. Was will er denn da drüben auch erreichen? Die Berichte sind doch nur so spannend geschrieben, damit der Staatsanwalt zufrieden ist.« Was kommen musste, geschah: Valmirs Burger brach aufgrund unsachgemäßer Handhabung auseinander und verteilte sich auf seinem Designer-Shirt.

Kerstin lachte unwillkürlich auf. »Hübsches Muster. Passt irgendwie zu dir. Musst du heute noch wohin?«

Valmir zog eine Grimasse und schnappte sich einen Stapel Servietten, um damit nur noch mehr Schaden auf dem Shirt anzurichten. Irgendwann gab er auf und aß die letzten Reste des Burgers, die sich auf den Hosen verteilten. »Na, unser Steven wird jetzt sicherlich gerade königlich in einem Luxushotel am Frühstückstisch sitzen und das Leben genießen.

Da kommen wir nicht hinterher. Ich hol mir jetzt noch ne Currywurst.« Er stand auf und marschierte zum Imbissstand. Über die Schulter hinweg sprach er zu ihr. »Ich muss eigentlich noch heute zum Staatsanwalt. Er hat mich um eine Stellungnahme gebeten.«

Kerstin wandte sich von dem hübschen Anblick ab, der inzwischen alle Waren in seinen kleinen Polo gepackt hatte. »Ach, und warum nur du? Warum nicht wir beide?« Sie war etwas gekränkt. Auf der anderen Seite hätte sie ja nicht viel zu berichten gehabt. Wenn man alles zusammenfasste, was seit der Abreise von Steven geschehen war, dann war das nicht viel: Die Aussagen der bisher verhörten Personen brachten sie zunächst ein Stück weiter, danach aber war es, als ob man gegen Mauern lief. Alles entpuppte sich als Sackgasse. Die Kollegen vom Landes- und auch vom Bundeskriminalamt behandelten sie in gewohnter Weise höchst arrogant und teilten keinerlei Erkenntnisse mit ihnen. Der Tote war tot, die Gangster verschwunden, ein Teil der im Fall Involvierten verbrachte eine gute Zeit in Bogotá, und der kleine Drogendealer befand sich auf der Flucht. Er war aber ohnehin nicht wirklich relevant, außer dass er wohl über lange Zeit eine ganze Firma und ihren Wachdienst unter Drogen gesetzt hatte.

»Was willst ihm denn berichten? Seit wann ist er denn wieder zurück?« Ihr Ton war etwas schnippisch.

Valmir schnappte sich eine kleine Holzgabel und positionierte sich mit der Currywurst am Stehtisch ihr gegenüber. »Nicht viel. Er will auch nie wirklich was wissen. Wenn ich ihm sage, dass wir noch nicht weitergekommen sind, dann reicht ihm das irgendwie – ich kann mich aber auch täuschen.« Er brach ein Stück seines Laugenweckens ab und tauchte es tief in die rote Soße seiner Currywurst ein. Genussvoll fischte er es mit der Holzgabel wieder auf, um den Leckerbissen in den Mund zu schieben.

»Dass du nicht dick bist bei deinen Essgewohnheiten. Macht es das exzessive Nachtleben aus?« Kerstin war fasziniert. Das rege Treiben auf dem Parkplatz um sie herum flaute zum Nachmittag hin etwas ab. Gemächliche Ruhe machte sich breit.

»Nur nicht neidisch werden. Das ist ein wichtiger Ausgleich zu meinem anstrengenden Leben. Ein erfülltes Nachtleben macht auch vor dem Alter nicht halt.« Sein vielsagender Blick zwang sie regelrecht dazu, nachzufragen. Auch wenn sie ihm den Gefallen nicht tun wollte, obsiegte am Ende doch noch ihre Neugier. »Was willst du damit sagen? Wen meinst du damit?«

Er lächelte vielsagend. »Na, der Herr Staatsanwalt. Es ist rührend, wie er sich um Dagmar kümmert, solange Steven weg ist.«

Erbost schleuderte seine Kollegin ihre leere Pommesschale in den Mülleimer neben ihr. »Spinnst du? Willst du böse Gerüchte streuen?« Sie stellte sich vor ihn und blickte Valmir fest in die Augen.

Doch der ließ sich nicht beirren. »Na, kürzlich, da kam sie aus seinem Zimmer, als ich zum Termin kam. Entweder hat er ihr besondere Geschichten vorgetragen, oder etwas anderes hat ihr die schönen roten Flecken auf das Dekolleté gezaubert.«

Das wollte Kerstin nun gar nicht hören. Steven war ihr Kollege, den sie sehr schätzte. Und das wünschte sie keinem Menschen! Betrogen werden, solange man weit weg war von zu Hause – und dann noch vom Kollegen. Schlimmer noch, vom Vorgesetzten. Dem Staatsanwalt würde sie den Marsch blasen! »Auf, lass uns gehen. Ich komme mit zum Termin mit dem Kerl.«

Valmir schluckte sein letztes Stück Wurst hinunter. Traurig blickte er auf die restliche Soße in seiner Pappschale. Normalerweise würde er diese noch mit dem Laugenwecken blitzblank auswischen. Doch Kerstin schnappte sie und warf das Zeug in den roten Mülleimer. »Auf. Erzählen wir ihm nette Geschichten.« Mit diesen Worten verließen sie den Parkplatz, um mit Valmirs schicken Ford Capri rüberzufahren, zum Herrn Staatsanwalt.

***

»Libertad y Orden, Commissario, wissen Sie, was das ist?« Er hielt Steven das Wappen des Landes Kolumbien unter die Nase. »Hier, lesen Sie selbst.« Doch Steven konnte es nicht. »Freiheit und Ordnung, Kollege. Das sind unsere Grundwerte! Und dazu gehört auch der Anstand, dass ein Ermittler, auch wenn er aus Deutschland kommt, sich an unsere Regeln und Gesetze hält.« Er wandte sich von ihm ab und blickte auf das Porträt des aktuellen Präsidenten Juan Manuel Santos. »Sie sind nichts weiter als ein Tourist, der unsere Gastfreundschaft schändlich missbraucht hat! Was erlauben Sie sich denn? Wilde Verfolgungsjagden bei einem der friedlichsten Feste der Welt, den WorldSkills, zu veranstalten? Wissen Sie denn eigentlich, wie wichtig unserem Präsidenten diese Veranstaltung ist?« Steven konnte es vermuten, sagte aber nichts. »Es soll der Startschuss für eine bessere Zukunft unserer Jugend werden. Mit diesen WorldSkills wollen wir der Welt das neue Kolumbien zeigen. Ein Land der Verbrüderung und Bereitschaft, sich zu erneuern. Bildung, Wirtschaft und Investoren. Das brauchen wir jetzt und keine Cowboys, die Unruhe stiften.«

Das Ergebnis der Ereignisse war tatsächlich desaströs. Beinahe wären die Wettbewerbe abgebrochen worden, als die Verrückten mit ihren automatischen Gewehren auftauchten. Und mittendrin er, Steven. Er war weise genug, jetzt nicht zu protestieren. Auch wenn er nicht der Initiator des ganzen Schlamassels war.

»Plodowski, wie gesagt, wir haben kein Amtshilfeersuchen aus Ihrem Land erhalten. Selbst Ihre Botschaft hat keinerlei Informationen zu Ihrem Aufenthalt hier und vor allem zu Ihren Machenschaften.«

Das erstaunte nun Plodowski doch sehr. Laut Staatsanwalt sollte alles mit der Botschaft vertraulich geklärt sein. »Hören Sie, werter Herr Capitano. Es war nie mein Ansinnen, auch nur irgendein Gesetz zu verletzen oder Menschen in Gefahr zu bringen.«

»Das haben Sie aber! Das haben Sie!« Sein Gegenüber brüllte.

Hilfesuchend blickte Steven zu den zwei Beamten des BKA, die stumm im Raum saßen. Warum halfen sie ihm nicht? »Ich habe das nicht!« Steven wurde nun ebenfalls laut und bestimmend. Jetzt galt es, Position zu beziehen und seinem Gegenüber Kontra zu geben. »Warum verwechseln Sie die Positionen? Nicht ich bin der Böse. Nicht ich habe Menschen ermordet, andere bedroht und gefangen genommen!« Der deutsche Kommissar war nun wirklich wütend.

Der Capitano schüttelte immer wieder den Kopf und sprach vor sich hin: »Mon dio. Mon dio!«

Steven blickte zu den deutschen Kollegen. »Sagen Sie es mir! Was für ein Spiel wird hier gespielt?« Ihm kam Unglaubliches in den Sinn. »Wofür soll ich geopfert werden? Hier stinkt doch etwas gewaltig! Verdammt, sprechen Sie endlich. Andernfalls werde ich eine Dienstaufsichtsbeschwerde stellen.«

Einer der beiden brach endlich sein Schweigen und entgegnete ruhig: »Die werden Sie bekommen. Und zwar eine gewaltige, sodass Sie in Zukunft im städtischen Dienst von Ravensburg Strafzettel verteilen dürfen. Wir selbst waren nie hier! Uns hat niemand gesehen. Wir holen das Diebesgut zurück, regeln mit unseren kolumbianischen Kollegen das Übrige, und dann ist alles wieder gut.«

Wieder gut? Steven glaubte, nicht richtig zu hören. »Ticken Sie noch richtig? Mindestens ein Mensch wurde ermordet. Mehrere verletzt oder bedroht. Wir reden weiterhin von Geiselnahme. Und Sie kümmern sich um irgendwelchen Metallschrott? Und wollen mich weiterhin hier verrotten lassen?«

Kurze Stille trat ein. Zum ersten Mal nahm Steven wahr, dass Regen gegen die Fenster prasselte. Bogotá befand sich in der regenreichen Zeit und schien das Vorgefallene zu beweinen. Kein vertrautes Gluckern einer alten Heizung begleitete das Schmuddelwetter. Wie gern wäre er jetzt in Ravensburg in seinem alten Büro. Wie gern hätte er die Stimme seiner Freunde und Kollegen vernommen. Doch stattdessen erklang wieder die metallische, eiskalte Akustik des BKA-Beamten. »Manches Mal sind Vorgänge, die die internationale Stabilität und Sicherheit bedrohen, wichtiger als Einzelschicksale. Plodowski, Sie haben doch selbst in Ihren Berichten artig aufgeführt, welch internationale Vernetzung diese bestohlene Firma hat und wie sehr die Politik dort mit eingebunden ist. Warum sind Sie so naiv und wollen nicht verstehen? Wenn unsere internationalen Partner erfahren hätten, dass eine feindliche Macht wichtige Technologie vor unseren Augen klaut und diese auch noch fröhlich durch die ganze Welt schippern lässt, ohne dass unsere Sicherheitssysteme eingreifen können, was glauben Sie, was das für das Ansehen unseres Landes als sicherer Partner bedeutet hätte? Ganz zu schweigen davon, was mit dieser Technologie in falschen Händen geschehen kann.« Was wollte man da noch erwidern? »Herr Plodowski, Ihnen können wir leider nicht helfen. Was Sie in Kolumbien treiben, entzieht sich offiziell unserer Kenntnis.«

Verärgert wandte sich Steven von den arroganten Kerlen ab, hin zum Polizeichef. »Darf ich Sie alle daran erinnern, dass ich offizieller Teil der deutschen Nationalmannschaft bin? Der Präsident selbst ist Patron dieser Veranstaltung. Unsere Bundeskanzlerin ist Schirmherrin unserer Mannschaft. Die deutsche Botschaft in Bogotá steht in engem Kontakt mit der Delegation. Das hier wird ein heftiges Nachspiel haben. Capitano. Ich bitte Sie!«

Der Angesprochene stockte kurz, um sich dann einen Ruck zu geben. »Für uns sind Sie eine Privatperson, die in kriminelle Vorgänge verwickelt ist. Wir werden Sie festsetzen müssen. Sie und Ihre ganze Bande.« Er zeigte in die anderen Räume, die mit Glasscheiben miteinander verbunden waren. Dort saßen Jens Heber, Julian und weitere Menschen, die er nicht kannte. Kolumbianer, die plötzlich mitmischten. Doch Stevens Einwand zeigte Wirkung: »Sie erhalten Hausarrest! Bis auf Weiteres. Das Hotel wird rund um die Uhr bewacht. Ich rate Ihnen, es nicht zu verlassen!« Er wandte sich ab und verließ mit seinem Tross und den deutschen Beamten den Raum.

Steven selbst wurde abgeführt und gemeinsam mit Julian und Heber zum Hotel gebracht. Dort saßen die deutschen Delegationsmitglieder und ihre Fans und Freunde in der Lobby und blickten stumm auf die verregnete Straße vor ihnen. Die Stimmung war gedrückt. Niemand wollte wirklich aufschauen, als Steven hereingeführt wurde, gefolgt von den arg mitgenommenen Polymechanikern aus Schwaben. Nur einzelne Blicke trafen sie. Feindseligkeit in den Augen, als sie Steven sahen. Mitleid, als die beiden anderen folgten.

Traurig warf sich Steven in seinem Zimmer aufs Bett, während zwei Polizisten vor der Tür ihre Stühle zurechtrückten.

Es war tiefste Nacht, als Steven aus einem unruhigen Traum erwachte. Mitsamt seinen Kleidern lag er quer über dem Bett. Ein Geräusch hatte ihn aus dem Schlaf geholt. Steven konnte sich nicht genau daran erinnern. Dann nahm er das Klopfen an der Tür wahr. Erst vorsichtig, dann immer energischer. Wollten die Polizisten etwas von ihm? Träge erhob sich der unter Arrest gestellte Kommissar und öffnete vorsichtig einen Spalt, um nicht die Polizisten, sondern eine junge Frau zu erspähen. Rasch schlüpfte sie hindurch und drückte ihn aufs Bett. Heftige Küsse und Berührungen folgten.

»Was machst du nur für Sachen, Liebster. Was stellst du nur an?« Sie küsste ihn weiter heftig und schmiegte sich fest an ihn. »Du hättest sterben können. Warum wolltest du den Helden spielen? Und dann noch einen V-Mann unseres nationalen Geheimdienstes niederschlagen. Was hat dich denn dabei geritten?«

Steven streichelte gedankenverloren ihren Kopf und spielte mit ihren Haaren, während sein Blick hinaus zum Mond wanderte, der hinter den langsam aufreißenden Wolkenbergen hervorblickte.

»Einer von denen, die ich niedergestreckt hatte, das war also ein V-Mann? Was hatte der dort zu suchen? Spielen die kolumbianischen Drogenkartelle eine Rolle? Ach, sei's drum: Leben retten wollte ich. Menschen in Sicherheit bringen und vor allem die Spiele retten.«

Die Traurigkeit seiner Stimme berührte sie. Andrea-Domenica hob den Kopf und schaute ihn an. »Steven, du kannst nicht allein die Welt retten. Schon gar nicht, wenn internationale Geheimdienste eine gemeinsame Aktion planen, die du ihnen mächtig versaut hast.« Das war es also. Er hatte Pläne durchkreuzt, die er nicht gekannt hatte. »Sie waren kurz davor, die Falle zuschnappen zu lassen, sobald die Ware gesichert worden wäre. Das hat nun leider nicht geklappt. Einige der Kerle sind über alle Berge. Ist nicht gerade wenig für einen Kriminaler aus Ravensburg, Oberschwaben! Respekt.« Sie küsste ihn. Dankbar, dass ihm nichts geschehen war.

»Süße, woher weißt du das denn alles? Das sind mehr Insiderinformationen, als ich wahrscheinlich in meinem ganzen Leben erfahren werde.«

Sie folgte seinem Blick, der noch immer hinaus aus dem Fenster führte, wo der Mond gerade mit einem Wolkenberg kämpfte und kurzfristig verschwand.

»Ich habe so meine Quellen. Ich arbeite hin und wieder im Innenministerium und erhielt diese Informationen aus der Leitzentrale. Man braucht in diesem Land seine Netzwerke. Das ist wichtig.«

Sie zog ihn fester an sich und kletterte auf seinen Bauch. Geschickt streifte sie Steven das Hemd über den Kopf und zog seine Hosen runter. Er ließ es willig geschehen und tat dasselbe bei ihr. Ihrer beider Körper strahlten eine enorme Hitze aus, noch immer voll vom Adrenalin des vergangenen Tages. Sie genossen es, einfach nur nackt aufeinanderzuliegen und die Wärme des anderen zu spüren. Streichelnd glitten ihre Hände über den Körper des anderen hinweg. Steven wollte nicht fragen, wie sie vorhin seine beiden Bewacher umgehen konnte. Wollte einfach nur genießen.

Am nächsten Morgen, die Sonne stand schon hoch am Himmel, machte Steven erst einmal löslichen Kaffee von der Hausbar. Dabei führten sie ihre Gespräche der Nacht nahtlos weiter.

»Ich weiß, dass ich überreagiert habe. Doch es ist ein schlimmes Gefühl, so angefeindet zu werden. Ich wollte mit allen Mitteln verhindern, dass das deutsche Team nicht antreten darf. Deshalb will ich die Gangster kriegen und das Beweismaterial sicherstellen, bevor die Kollegen vom BKA es entdecken und verschwinden lassen können.«

Andrea-Domenica nahm vorsichtig einen Schluck vom heißen Getränk. Noch immer nackt saßen sie sich gegenüber, ihre Füße miteinander verbandelnd. Steven liebte ihren Anblick genauso wie sie den seinigen, und beide konnten sich nicht aneinander sattsehen.

»Das ist ein gefährliches Spiel, Steven. Sie werden eher morden, als dich gewähren lassen. Ich würde es nicht tun. Mach keine Alleingänge, und versuche nicht, diese Kerle herauszufordern.«

Unten in der Straße hörten sie lautes Hupen mehrerer Busse. Offensichtlich verließen die Mannschaften gerade das Hotel. Sie fuhren ohne ihn. Dabei hätte er so gern gesehen, wie weit die Wettkämpfer am zweiten Tag kamen.

»Alles Gute für euch«, flüsterte er vor sich hin.

Andrea-Domenica lächelte ihm zu. »Selbstloser Kerl«, freute sie sich und fuhr mit dem großen Zeh seine Fußsohlen entlang. Sie wusste, er liebte das.

Ihr Handy gab ein Lebenszeichen von sich, was sie dann auch pflichtbewusst aus der Tasche holte. Beim Lesen hellte sich ihr Blick auf. »Gut, wenigstens das!« Steven wartete geduldig, bis sie fertiggelesen hatte und berichtete: »Julian und Jens. Sie dürfen heute mit auf die Wettkampffläche. Die Jury hat sie für unschuldig befunden und wieder für den Wettkampf zugelassen. Euer Offizieller Delegierter ist ein geschickter Verhandlungsexperte, wie ich lese.«

»Und der Arrest?« Steven konnte sich noch nicht freuen.

»Der ist wohl auf Antrag von WorldSkills International und auf Geheiß des Präsidentenbüros auf die Wettkampffläche ausgeweitet worden. So ist sichergestellt, dass noch Polizei zur Bewachung mit dabei ist.«

Steven stieß einen tiefen Seufzer der Erleichterung aus. »Wenigstens das ist nun geregelt. Gott sei Dank.«

Sie nippten an ihrem Kaffee. Ein paar trockene Kekse mussten als erstes Frühstück reichen. Sie verschwieg Steven, dass ein generelles Zutrittsverbot für die Wettkampfstätten für ihn selbst nur deshalb nicht ausgesprochen wurde, weil er ohnehin unter Hausarrest stand. Somit mussten sie keine Sorge haben, er könnte auf der Veranstaltung auftauchen.

Dieser aber ging in Gedanken schon weiter. »Dann kann ich mich auf die Beweismaterialien und Festnahme der Diebe und der Mörder von Strecker konzentrieren.« Aber zunächst musste Steven dringend die deutsche Botschaft sowie Frau Würstle, seine Vorgesetzte, informieren und um offizielle Hilfe bitten. Was für eine Rolle spielte der Staatsanwalt? Hatte er ihn absichtlich ins offene Messer laufen lassen? War sein Vorgesetzter mit in die Machenschaften der Führung von FuSchKa involviert? So ungern sich Steven mit solch einem Gedanken anfreunden wollte, so unrealistisch war das aber auch nicht. Es gab immer wieder Beispiele solcher Verstrickungen in der deutschen Strafgeschichte.

»Steven, du verrückter Kerl! Wie willst du das denn machen? Da draußen sitzen welche, die dich rund um die Uhr überwachen.«

Er lächelte. »Na, genauso wie du gestern reingekommen bist.«

Er hatte sie überrumpelt. Andrea-Domenica lächelte. So was gefiel ihr. Sie streichelte sanft seine Füße, knetete die Zehen. »Es gibt eben Momente, in denen sie unaufmerksam sind oder gern mal für einen Dollar kurz wegschauen.«

Wenn sie es schon einmal gemacht hatten, warum nicht ein zweites Mal? Steven musste dieses Risiko eingehen. Denn wenn er sich für etwas entschieden hatte, dann führte der Oberschwabe das auch zu Ende. Komme, was wolle!

Dank Andrea-Domenicas Charme und ein wenig Geld als Beigabe blickten die Herren bei deren Verlassen des Zimmers gerne kurz weg, nachdem beide versprachen, dass Steven zum Schichtwechsel wieder zurück wäre. Doch wer konnte das garantieren?

Steven war nunmehr nicht mehr allein Verfolger, sondern steckte gleichzeitig auch in der Rolle des Verfolgten. In einem für ihn rechtslosen Raum. Ohne Rückhalt seiner Organisation und ohne Hoffnung, Hilfe von der Botschaft zu erhalten, solange der eigene Geheimdienst und das BKA andere Ziele verfolgten.

Doch es gab kein Zurück mehr. Steven hatte seine Prinzipien. Und das hier ging ihm voll und ganz gegen den Strich. Er blickte seiner Geliebten fest in die Augen, drückte sie an sich und schritt entschieden mit ihr in die Straßen der Stadt, um unerkannt in deren Gewirr zu entschwinden.

## Die letzte Minute

Hardi erreichte endlich Bad Waldsee. Die Flucht mit dem Fahrrad hatte einige Stunden in Anspruch genommen. Die Hänge des Schussentals auf kiesigen Wegen emporzuhecheln, erforderte an sich einiges an Kondition. Die aber konnte Hardi nicht für sich in Anspruch nehmen, und das genussvolle Leben machte sich zumindest jetzt negativ bemerkbar, als er versuchte, im kleinsten Gang voranzukommen.

Die hügelige Jungmoränenlandschaft Oberschwabens bot sonst so lauschige Orte, mit würzig duftenden Mischwäldern, saftigen Wiesen und zahlreichen kleinen Quellbächen. Doch Hardi hatte keinen Blick dafür und verfluchte sich alle paar Minuten, dass er kein Mofa geklaut hatte. In Gaisbeuren beim Gasthof Adler wurde es zu allem Überfluss auch noch brenzlig, als er einer Polizeistreife begegnete, die Fahrzeugkontrollen durchführte. Auch sein Rad wurde geprüft. Hardi schwitzte Blut und Wasser, als die Beamten misstrauisch alles in Augenschein nahmen, prüften und ihn vor allem immer wieder befragten, woher er kam und wohin er wollte.

»Verpisst euch, was geht das euch an?«, hätte er am liebsten gebrüllt. Die Schweißränder unter den Armen waren bereits durch die Radtortur gigantisch groß. Da brauchte er keinen Stress mit Polizisten, die sich auf dem Land langweilten und Opfer suchten. Doch Hardi war helle genug, sich zurückzuhalten und brav

Antworten zu geben. Seinen Ärger schluckte er hinunter und dankte gar noch artig, als sie ihm das Rad zurückgaben.

»Dass sie mich nicht nach dem Ausweis gefragt haben, ist ja ein Ding!« Hardi konnte sein Glück nicht fassen. Das Angebot, ihn mit nach Bad Waldsee zu nehmen, schlug er gern aus und radelte erleichtert in die Kurstadt, um dort vor dem Haus seiner Großmutter feststellen zu müssen, dass er keinen Schlüssel bei sich hatte.

Vorsichtig vergewisserte sich Hardi, dass ihm niemand folgte und stieg wie in Jugendzeiten über eines der Kellerfenster unterhalb des Treppenaufgangs ins Haus. Sofort umfing ihn jener feuchtkühle Geruch, der Hardi sofort in die wilden Jugendzeiten zurückversetzte und alte Erinnerungen wachrief. Mühsam klopfte er den Staub von den Hosen und öffnete die Tür. Kein Geräusch ließ sich im Haus vernehmen. Wer hätte auch hier sein sollen außer dem Entführten im Obergeschoss?

Beklommen stieg Hardi die Treppen hoch, da er nicht wusste, was ihn gleich oben erwarten würde. Die Stufen ins obere Stockwerk knarrten, als er vorsichtig einen Fuß nach dem anderen aufsetzte. Nur spärlich drang Tageslicht ins Treppenhaus. Die kaputten Hanfpflanzen im ersten Raum des Dachgeschosses zeigten in trauriger Weise, wie viele Tage schon niemand mehr hier war. Er kannte das Haus nur in Verbindung mit seiner Großmutter. Immer war sie hier gewesen, solange er nur denken konnte. Hardi schaltete die Lampen ab.

Er setzte sich erst einmal in die Ecke des Raumes. Kauerte sich hin und stierte auf die Tür, hinter der der Gefangene sein musste. Was, wenn dieser nun verhungert und verdurstet war? Wenn er an einer Erkältung gestorben war? Hardi sog die Luft tief ein. Roch er Verwesungsgeruch? Nichts dergleichen drang in seine Nase. Dennoch brachte er nicht den Mut auf, hineinzugehen. Die Minuten verrannen, wurden zu gefühlten Stunden. Doch Hardi brachte es nicht über sich aufzustehen. Das nasskalte Klima eines mittelalterlichen Stadthauses, zu dem wenig Sonnenlicht hindurchdrang, so eng standen die Häuser beieinander, kroch in seine Knochen hinein, jetzt, wo die wärmenden Lampen ausgeschaltet waren. Der Modergeruch machte sich breit. Vermischte sich mit dem Geruch der niedergegangenen Pflanzen.

Als dann ein Rascheln an sein Ohr drang, überwand sich Hardi endlich, aufzustehen und zu der Tür zu gehen. Dass das Geräusch von einer Taube kam, die es sich auf dem Fenstersims des kleinen Fensters bequem gemacht hatte, war ihm jetzt egal. Er wollte Gewissheit und riss die Tür auf.

Der Anblick war erschütternd. Ein Häuflein Etwas lag vor ihm auf dem Boden. In kauernder Haltung, ohne Lebenszeichen. Vollkommen verwahrlost, eingenässt und zugekotet.

Hardi taumelte, würgte wegen des durchdringenden Gestanks, der ihm entgegenschlug. Nach Halt suchend stemmte er sich mit dem rechten Arm gegen den Türrahmen.

Mit zitternder Hand drehte er an dem schwarzen Lichtschalter. Das Licht sprang an und erleuchtete den kargen Raum.

Lukas blinzelte erstaunt. Aus weiter Ferne schien er wieder in seinen Körper zurückkehren zu müssen.

»Er lebt. Gott sei Dank!« Hardi fiel ein Stein vom Herzen. Schnell rannte er ins Vorzimmer zurück und suchte in den Schubladen einer Kommode nach dem Schlüssel fürs Kettenschloss. »Halte durch, mein Freund. Halte durch«, flüsterte er. Mehr um sich zu beruhigen, als dass er zu Lukas sprach. Doch der reagierte auf die Stimme und lächelte schwach. Er murmelte etwas, aber Hardi verstand nicht. Die Ketten fielen schwer zu Boden und ließen den arg mitgenommenen Gefangenen frei.

Hardi zerrte ihn energisch aus dem Raum heraus, weg vom Gestank und Unrat. Im Vorraum zog er ihm mit den geübten Händen eines ehemaligen Pflegers schnell und nicht zimperlich die stinkende und verschmutzte Kleidung aus.

»Alles wird gut, Lukas. Alles. Es tut mir so leid.« Hardi verfiel in einen regelrechten Singsang. Lukas reagierte darauf, begann, sich im Rhythmus der Worte zu wiegen und lächelte wie ein kleines Kind.

»Duschen oder Essen geben?« Hardi war sich nicht ganz sicher, entschied sich aber dann zugunsten des Duschens, nachdem er entdeckte, wie schnell sein Opfer wieder zu sich kam und sein Kreislauf sich stabilisierte. Es war Hardi egal, dass Lukas ihn erkannte, hatten sie doch in der Vergangenheit im Nationalteam einige Zeit miteinander in den Trainings verbracht. Er wusch ihn, trocknete ihn ab und trug Lukas hinunter in die Küche seiner Oma. Diese ging nach hinten hinaus in einen von außen unbegehbaren Hinterhof. Somit konnte kein Polizist das Licht im Haus sehen. Er fütterte Lukas mit einem Brei und allem, was an genießbaren Nahrungsmitteln in der Vorratskammer und im Kühlschrank zu finden war. Der Befreite aß anfangs erst zögerlich, dann aber mit immer mehr Appetit. Übergab sich zwar aufgrund des vielen und schweren Essens, kümmerte sich aber nicht darum und schob weiter beständig nach. Hardi gab ihm Wein zu trinken. Irgendein Fusel aus dem Supermarkt, aber der rote Traubensaft regte die Geister in Lukas an.

Hardi spürte erst jetzt seinen eigenen Schock, den er beim Anblick des jungen Mannes erlebt hatte und seine panische Angst, dass eventuell jemand wegen ihm hätte sterben können. Er setzte sich zu ihm hin und trank kräftig mit, sodass sich beide recht bald mit glasigen Augen gegenübersaßen und zu lallen begannen. Lukas brachte nach wie vor kein verständliches Wort hervor. Wirr rasten alle Gedanken durch seinen Kopf. Zu sehr verharrte er noch in der alten Apathie, in die er während der langen Tage seiner Gefangenschaft verfallen war. Die Erkältung quälte ihn nicht mehr ganz so wie vor einigen Tagen, aber sie tat das ihrige. Spät schleppte Hardi sein befreites und zum Leben wiedererwachtes Opfer die Treppen hoch ins Schlafzimmer seiner Großmutter. Erleichtert hievte er ihn und sich selbst mit in deren verwaistes Bett. Lukas schmiegte sich an ihn wie ein kleines Kind, bevor er in einen tiefen Schlaf verfiel. Glücklich schloss auch Hardi seine Augen und wusste, es war gerade noch mal gut gegangen. Wie hatte er nur damals auf so einen saudummen Gedanken kommen können: Einen Kandidaten entführen, damit der eigene Wunschkandidat reisen kann.

Der Mond schien an die Fenster der Häuser gegenüber. Ein streunender Kater sprach zu diesem in klagenden Tönen, die durch die engen Gassen hallten und einen der Bewohner dazu veranlasste, das Tier wüst zu beschimpfen. Doch keiner der Jungs bekam das noch mit. Sie schliefen tief und lange bis in den nächsten Morgen hinein. Eng umschlungen wachten sie beinahe zeitgleich auf und schoben sich erschrocken voneinander weg. Lukas brauchte sehr lange, bis er seine Worte fand: »Hardi, was machst du hier? Wo bin ich, und was ist passiert?«

Stumm stand der Angesprochene auf und ging erst einmal in die Küche, um Kaffee zu machen. Die Essensreste der Nacht lagen noch auf Tisch und Boden verstreut. Der Geruch verschütteten Rotweins lag in der Luft. Hardi beeilte sich, den Kaffee rasch fertig zu bekommen, um damit die engen Stiegen wieder nach oben zu steigen. »Guten Morgen, du Dauerschläfer! Mach die Augen auf.« Hardi stupste Lukas an und reichte dem verwirrt Dreinblickenden die Tasse mit dem Nescafé. »Milch gibt es nicht mehr. Aber Zucker wäre hier.« Er reichte ihm eine mit rötlichen Schnörkeln verzierte Porzellanschale.

Stumm saßen sie da und schlürften an ihren Tassen. Lukas konnte sich nach dem guten Schlaf und Essen wieder besser konzentrieren. Er kombinierte schnell und blickte Hardi misstrauisch an. Doch er brauchte noch etwas Zeit, um seine Gedanken zu sortieren. »Welchen Tag haben wir eigentlich heute?«, wollte er wissen. »Wie lange bin ich hier? Sucht man nach mir?« Er blickte zum ersten Mal seinem Gegenüber in die Augen. Es strengte ihn enorm an, dabei Schärfe in den Blick zu bekommen. Immer wieder entglitt ihm dieser und verschwand in einer Art Nebel. Die Müdigkeit übermannte ihn wieder, und er schlief erneut ein. Hardi konnte gerade noch die Tasse schnappen.

Unten an der Haustür klapperte die Abdeckung des Briefkastens. Der Postbote musste Werbung eingeworfen haben. Hardi schleppte sich in die Küche, um dort die Unordnung der Nacht zu beseitigen. Sollte er einfach abhauen und Lukas sich selbst überlassen? Er würde jetzt sicherlich gut zurechtkommen. Doch dieser wusste jetzt, dass er, Hardi, was mit der Sache zu tun hatte. Er konnte nicht einfach verschwinden, wollte sich ihm wenigstens erklären. So viel Mut musste er noch aufbringen!

Den Erschöpften ließ er bis spät in den Abend hinein schlafen, um ihn mit einem guten Stück Fleisch zu wecken, das er im Tiefkühlfach gefunden hatte.

Lukas war so weit. Er wollte nun von Hardi Auskünfte, die ihm zustanden. »Hardi, ich wurde entführt, misshandelt und wäre beinahe gestorben. Oh Gott.« Der Schock stieg in ihm mit seinen eigenen Worten wieder nach oben. Unvermittelt erfassten ihn Weinkrämpfe. »Hardi, was sollte das alles hier? Weißt du, wie scheiße es mir geht?«

Diesem aber blieb die Sprache wie ein Kloß im Hals stecken. Wie sollte er die Wahrheit berichten können? Den ganzen Tag über hatte er die Entschuldigungen und Erklärungen hin- und hergewälzt. Doch keine ergab wirklich Sinn. Hardi gab sich einen Ruck, erhob sich und forderte Lukas auf, mit ihm zu kommen. »Lass uns das woanders besprechen.«

Irritiert schaute der Angesprochene an sich herunter. »Wie soll ich das tun mit diesen Klamotten?«

Hardi musste unwillkürlich lachen. Mit der Unterwäsche seiner Großmutter, ihren Hemden und den dicken, selbst gestrickten Socken sah er tatsächlich urkomisch aus. Das war das, was am gestrigen Abend am schnellsten greifbar gewesen war. Doch Hardi hatte ja eine eigene kleine Kommode mit seinen Sachen hier. Von dort holte er einige Kleidungsstücke und warf sie Lukas zu. »Hier, das müsste passen. Komm, lass uns einen kleinen Spaziergang machen.«

Schnell packte er einen Rucksack, stopfte rein, was er an restlichem Essen und Trinken entdecken konnte. Oben drauf eine der letzten Keksdosen.

Die Gassen der Stadt breiteten sich grau und verlassen vor ihnen aus. Hardi öffnete die Dose und nahm mehrere der Kekse heraus. »Hier nimm, die schmecken recht gut.«

Lukas erkannte das Naschwerk sofort, lächelte und schob sich die ersten in den Mund. »So schlimm also die Vorgeschichte von all dem hier?« Er wollte wohl selbst nicht in nüchternem Zustand die nackte Wahrheit erfahren. Und so wurde der Abendspaziergang zu einer Wanderbeichte der eigentümlichen Art, die sie hinunter zum Stadtsee und von dort hinüber zum benachbarten Schloss-See führte.

Unten am Ufer angekommen stampfte Lukas erbost mit den Füßen auf. »Du Arsch – ich hätte dabei draufgehen können.« Er schimpfte trotz des Drogenrausches, der sich ankündigte. »War dir das nicht bewusst?« Hardi nickte. »Glaub mir, das war alles komplett anders gedacht. Ehrlich. Ich wollte doch nur kurz … wäre ich nicht eingebuchtet worden … und außerdem war meine Omi doch sicherlich eine gute Gastgeberin. Oder?« Lukas erinnerte sich. »Oh ja, sie war witzig. Eigenartig, aber witzig. Wir haben uns wirklich gut verstanden.« Und er erzählte von seiner Zeit mit Hardis Großmutter.

Das seltsame Pärchen erreichte das Ziel der Wanderung: eine Parkbank, versteckt im Uferbereich des Sees, von gut drei Meter hohen Binsen umwachsen. Nur ein kleiner, alter Steg führte dorthin. Sie genossen die Abendstimmung und das milde Frühlingswetter. Ein dicker Joint machte die Runde.

»Der letzte unseres Lebens. Einverstanden?« Beide nickten synchron. Der Duft des Krautes verbreitete sich mit dem lauen Abendwind. Die Unterhaltung wurde zunehmend albern. »Du altes Stockholmsyndrom«, prustete der eine. »Monster«, kicherte der andere. Sie schienen wie zwei alte Freunde, die sich seit vielen Jahren kannten und gemeinsam eine gute Zeit verbrachten. Könnte man meinen. Mehrere leere Packungen Chips lagen um sie herum. Wasserflaschen und Bierflaschen machten abwechselnd die Runde.

»Wirst du mir jemals verzeihen können? Wirklich, es tut mir sehr, sehr leid.« Hardi suchte in der klaren Vollmondnacht den Blick des anderen.

»Niemals«, prustete dieser hervor. »Niemals.«

»Verstehe.« Hardi nahm diese klare Antwort an. »Aber können wir uns wieder mögen?« Lukas nickte. Doch sein Gegenüber konnte das in der Nacht nicht sehen. Machte aber nichts. Sie verstanden sich dennoch und schwankten ohne weitere Worte über wackelige Holzstege hinweg zurück in die Stadt. Dort trennten sich ihre Wege.

»Mach's gut. Und pass auf dich auf«, sprach der eine.

»Ja, du auch, und lass dich nicht unterkriegen«, erwiderte der andere.

Das Heulen der Sirenen eines zu einem Einsatz fahrenden Polizeiautos störte die Ruhe der Nacht. Kam immer näher. Lukas fixierte die Lichterkegel des heranfahrenden Fahrzeuges und lief auf diese zu. Beinahe hätten die Beamten ihn überfahren, bevor das Fahrzeug mit quietschenden Reifen zum Stehen kam.

Hardi selbst war bereits im Haus angekommen, hatte seine wenigen Sachen und das Rad gepackt und lenkte dieses in schneller Fahrt die Landstraße nach

Hittisweiler hoch. Irgendein Heuschuppen sollte es für die Nacht schon tun.

# Das fehlende Teil

»Willst du uns tatsächlich reinlegen?« Mit einem Wisch fegte der bullige Argentinier alle Gläser und Flaschen vom Tisch des schäbigen Appartements. Jetzt waren es Nazar und seine Kollegen, die sich vor der akuten Bedrohung in Form der tobenden Kerle in Acht nehmen mussten. Eine noch volle Flasche mit Hochprozentigem traf Nazar unvermittelt an der Augenbraue. Sofort platzte diese auf und hinterließ einen klaffenden Schnitt, aus dem schnell Blut strömte.

Die ganze Unternehmung war der reinste Fluch. Worauf hatten sie sich nur eingelassen? Einer der ihren lag bereits blutend in der Ecke. Ein kolumbianischer Helfer, den Nazar über einen seiner alten Kontakte bei der Ankunft akquiriert hatte.

Das Brüllen ging weiter. »Wo ist das fehlende Teil? Ihr kennt die Listen! Wo ist es?« Wieder schlug er mit seiner Pranke auf den Tisch, der mächtig knarrte. »Wir sind eure letzte Chance, das hier zu überleben! Und nun wollt ihr selbst uns bescheißen?«

Nein, so lebensmüde waren sie nicht. Das wollten sie wahrhaftig nicht. Aber sie konnten sich auch keinen Reim darauf machen, wo diese vermaledeite Steuerungseinheit abgeblieben war. Entweder war jemand an der Kiste gewesen oder Strecker hatte das Teil woanders versteckt. Nein, es musste dieser deutsche Polizist gewesen sein, da war sich Nazar inzwischen sicher!

Dieser Schnüffler hatte auch die Codes der Schlösser gekannt. Ihn mussten sie aufspüren.

Der Ukrainer presste eine schmutzige Serviette auf sein schmerzendes Auge. Es kostete ihn viel Mühe, wenigstens einen Funken Selbstbewusstsein in seine Stimme zu packen. »Ich verspreche dir, ich finde sie! Wir suchen Deutschen, und dann finden wir auch Modul. Er kannte den Code von Kiste. Er wird auch wissen, wo ist, was wir suchen.«

Der Argentinier blickte ihm eindringlich in die Augen. »Deine letzte Chance. Verstanden? Sonst seid ihr nur noch tote Versager, und wir werden dieses lächerliche Schauspiel in dieser Messe mitsamt ihren Hampelmännern in die Luft jagen. Egal, wer das ist und woher die Menschen kommen! Es wird ein Spektakel geben, das verspreche ich. Findet diesen Deutschen, und bringt mir das, was meine Auftraggeber benötigen!« Sein Englisch war erstaunlich gut.

Nazar nickte eifrig. Dieser Deutsche war sein letzter Strohhalm. Und der unsicherste. Wo mochte er sein, und wo mochte sich diese Steuerung verbergen? Nazar hatte damals die Sachen nicht in die Kiste gepackt. Wie mochte sie wohl aussehen, diese sogenannte Steuerung? Wo sollte er suchen gehen? Schwer polterten die genagelten Stiefel der Kolumbianer auf dem hölzernen Boden, als sie den Raum verließen und die Treppen hinunterstürmten. Die einkehrende Ruhe wirkte bedrohlich. Die Uhr tickte. Ihnen würde nicht mehr viel Zeit bleiben, um den rettenden Strohhalm in Gestalt des

Deutschen zu finden. Doch der Köder war bereits für ihn ausgelegt.

Mit Andrea-Domenicas Hilfe wusste Steven ungefähr, wo er die richtigen Botschaften zu hinterlassen hatte, damit sie bei Nazar und seiner Bande ankamen. Der Gejagte strengte sich an, zum Jäger zu werden.

Es war bereits der Abend des C2, des zweiten Wettkampftages. Steven schlich gut verkleidet mit tief ins Gesicht gezogenem Baseballcap und landestypischer Weste durch die Gassen der südlichen Stadtviertel. Keine gute Gegend. Man musste sein Umfeld gut im Blick behalten. Jede rasche Bewegung ließ den Kommissar zusammenzucken. Er hielt Abstand von Eingängen und Seitengassen. Niemand sollte ihn mit einem Messer überraschen können. Leichter Nieselregen perlte von seiner Jacke ab. Der feuchtmodrige Duft lehmiger Straßen erfüllte seine Nase. Doch Steven achtete nicht darauf. Konzentriert und energisch schritt er voran. Die Fährte, die er legte, war im Prinzip simpel: So tauchte er in Bars jener Viertel auf, in denen sie die Bande laut Insider vermuteten, sprach offen aus, wen oder was er suchte und hinterließ Notizen.

Steven hatte sich mit einem Schlagstock und Schlagring ausgestattet. Es fühlte sich ungewöhnlich an, aber von einer Jugendgang wollte er auf keinen Fall ausgeraubt werden.

Der nächste Punkt seiner Mission stand nun fest: Er musste seine Rückversicherung abholen. Hoffentlich war der Mann auffindbar und bereit, das Modul herauszurücken. Ein kleiner Zettel in seiner Linken verriet ihm die Adresse. In der rechten Handfläche lag das Handy, auf dem ihm Maps den Weg wies. Noch riskierte es Steven, dieses anzulassen. Er benötigte die Navigation dringend und musste einfach schneller sein als die Behörden, die es eventuell orten konnten. Steven war sich sicher, dass sie ihn suchen würden, sobald sie entdeckten, dass er aus dem Hotelzimmer geflohen war. Bis dahin musste er seine Zielperson gefunden haben.

Die Dunkelheit des Abends half ihm. Ob Nazar und seine Bande ebenfalls die Info hatten, wo das Steuermodul sein könnte? Steven bezweifelte das.

Er achtete nicht auf die feiernden und lachenden Menschen der Stadt. Noch immer hatte der Regen nicht ganz aufgehört. Aus den Tavernen und Bars scholl gedämpfter Lärm. Matsch breitete sich unter seinen Füßen aus. Der Geruch der Straße verband sich mit der Feuchtigkeit zu einem unguten Gemisch, das ihn würgen lassen wollte. Besonders ihn, der zu Hause die saubersten Straßen der Republik bewachen durfte und in dessen Elternhaus die schwäbische Kehrwoche das erste war, was die polnische Immigrantenfamilie adaptiert hatte. Doch Steven versuchte, darüber hinwegzukommen. Er hatte ein wichtiges Ziel, und das wartete auf der anderen Seite der großen Kreuzung am Hang endlich auf ihn.

Plodowski spähte in alle Richtungen. Das Polizeiaufgebot in dieser Nacht schien hoch. Offenbar war eine Razzia im Gange. Die Blaulichter erfüllten die Dunkelheit. Jetzt nur nicht irgendwem in die Hände fallen.

Eilig pfiff er einen kleinen Jungen herbei und gab ihm den Zettel und einen Dollarschein. Einen weiteren offerierte er ihm für später und machte klar, dass er unerkannt an besagtes Ziel gelangen musste. Der Junge nickte und ging voraus. Ihm waren solche Aufträge nicht unbekannt, und er lenkte seinen Auftraggeber geschickt um die Polizeiblockaden herum.

Zur selben Zeit herrschte Panik in Ravensburg. Steven sollte verschwunden sein, wie die neuesten Meldungen aus Kolumbien berichteten. Niemand wusste Genaueres. Doch waren die Nachrichten, die Kerstin von der deutschen Delegation erhielt, mehr als verstörend. Steven zunächst in Arrest? Und dann spurlos verschwunden? Man hatte Angst, dass er in die Hände alter Drogenschwadronen geraten war. Keiner der World Skiller, die sie kontaktierten, konnte Auskunft geben.

Entführt? Eine erste Anfrage bei der Polizei in Bogotá ergab kein Ergebnis. Man bat sie, sich an die deutsche Botschaft zu wenden.

Auch die Kollegen vom LKA verhielten sich seit Tagen äußerst seltsam. In keinerlei Fahndungsprozesse wurden die Ravensburger mehr miteinbezogen. Kerstin und Valmir schoben das jedoch eher auf mangelnde Ergebnisse denn Geheimhaltung ihnen gegenüber.

Gemeinsam mit ihrer Chefin Frau Würstle saßen sie an diesem frühen Morgen in deren Büro und blickten sich ratlos an. Kalter Kaffee stand vor ihnen. Lustlos schob Valmir seinen Becher hin und her. Kein Auge hatte er in der vergangenen Nacht zugemacht. Kerstin hatte ihn wieder einmal direkt aus dem Club ins Büro geordert.

Die Vorgesetzte brach das Schweigen. »Der Staatsanwalt behauptete vor einigen Tagen in einer Leitungssitzung, er hätte Steven nie den Auftrag erteilt, nach Kolumbien zu fliegen. Kollege Plodowski wäre eigenmächtig der Box hinterhergereist.« Ihr Ton verriet, dass sie dem keinen Glauben schenkte. »Warum sollte Steven das erfinden? Und nun ist der Staatsanwalt wieder nicht erreichbar. Selbst wie verschwunden.«

Kerstin nickte. »Scheinbar auf einer Klausursitzung, wo auch immer.« Sie war wütend. Einer der ihren war verschwunden, sie machten sich Sorgen um ihn, und der Staatsanwalt kümmerte sich einen Dreck darum.

Der arme Praktikant sortierte unten im Archiv seit gestern irgendwelche unwichtigen Akten. Er stand im Verdacht, ein Spitzel des Staatsanwaltes zu sein, hatte er diesen vorwitzigen Kerl schließlich ohne Not in ihre Abteilung reingezwängt. Solche Lecke in ihrer Abteilung konnten sie aktuell nicht gebrauchen. Vor allem in Momenten, in denen sie an der Aufrichtigkeit des Herrn Staatsanwaltes zu zweifeln begannen.

Kerstin tippte bereits die x-te Nachricht bei WhatsApp ein. Auch via Skype, Messenger oder SMS hatte sie Steven unzählige Nachrichten geschickt. Selbst aufs Band hatte sie ihm mehrfach in den letzten vierundzwanzig Stunden gesprochen, jedoch keine Antwort erhalten.

»Sie haben die Leiche von Strecker letzte Woche freigegeben. Eine vertiefende Obduktion hat übrigens nie stattgefunden nach der damaligen Erstuntersuchung. Ein Skandal, oder?«

Valmir begab sich in seine liebste Position: im Stuhl zurückgelehnt, die Füße auf die Tischkante gelegt. »Es muss nur von weit genug oben kommen, dann geht das schon.« Dem war nichts mehr hinzuzufügen.

Pling. Kerstins Handy reagierte. Nochmals ein Pling. Erst wollte sie nicht rangehen. Es waren sicherlich die Guten-Morgen-Grüße der Familie, die eine eigene WhatsApp-Gruppe besaß.
Doch die erwartungsvollen Blicke der anderen ließen sie das Gerät in die Hand nehmen und gelangweilt die Texte lesen:

»Wir müssen dringend reden!«

»Nur mit Vertrauten.«

»Er ist es! Hier!« Sie sprang auf. »Steven schreibt.« Sie rannte über den Gang zu ihrem Arbeitsplatz, um mit flatternden Fingern Skype zu starten. Nur kurz klingelte es, und schon war seine Stimme zu hören. »Steven, tut das gut, dich zu hören. Wie geht es dir? Wo bist du? Schalt die Kamera an!«

Doch der blieb dabei, nur per Stimme zugeschaltet zu sein. »Mir geht es so weit gut. Aber hier unten ist ein mächtiges Schlamassel. Ich sage es euch: So viele Menschen rühren in diesem Mist herum. Und mitten drin unsere Freunde vom LKA, BKA und offenbar Bundesnachrichtendienst.«

Die Verbindung war nicht die Beste, und sie zwängten sich um den Lautsprecher, um ihn zu verstehen.

»Ehrlich gesagt bin ich untergetaucht. Gerade in einer Seitengasse in irgendeinem Stadtviertel. Sie wollten mich ans Messer liefern. Bitte sprecht mit niemandem, und stellt für mich alle Anträge, die Herr Staatsanwalt bei den Kolumbianern hätte stellen sollen. Informiert bitte auch das Auswärtige Amt und die Botschaft in Kolumbien. Es kann nicht in ihrem Sinne sein, dass eine andere Bundesorganisation in Eigenregie Außenpolitik betreibt.«
Sein Ziel war, die Rivalität der einzelnen Ministerien und Behörden zu nutzen, um den Druck von sich nehmen zu lassen.

»Machen wir, Steven. So schnell wie möglich. Bist du im Mordfall weitergekommen?«

Es knackte mächtig in der Leitung. Doch sie hörten ihn einigermaßen. »Ich hoffe, ich habe es bis morgen geschafft. Dann habe ich diese Verrückten. Beinahe hätten sie die ganzen Wettbewerbe gefährdet, diese Idioten!« Er brüllte fast vor Wut.

»Steven?«

Keine Antwort. Doch dann: »... ich werde jetzt das Handy ausmachen und wegschmeißen. Versprecht mir, dass ihr schnell handelt!«

Kerstin brüllte zurück: »Steven? Steven, deine Frau ...« Die Leitung war tot.

»Wie spät mag es jetzt dort sein?« Valmir versuchte zurückzurechnen. »Irgendwas weit nach Mitternacht auf jeden Fall. Er lebt. Was für ein gutes Gefühl. Er lebt.«

Die Chefin war bereits zurück in ihr Zimmer gegangen, um Adressen, Anträge und Anleitungen für die nächsten Schritte herauszusuchen.

»Helft mir«, rief sie über die Schulter. »So was habe ich ehrlich gesagt noch nie mit einem nicht-europäischen Land gemacht. Wir müssen schnell sein.«

Schüchtern stand der Praktikant im Türrahmen. »Darf ich helfen?« Er wirkte unsicher. Offenbar hatte er gelauscht. »Ich habe vor Ravensburg im Innenministerium gearbeitet. Ich kenne die ganzen Portale und Kontakte, um das zu machen.«

Valmir packte ihn am Kragen und zog ihn mit sich. »Wenn aber auch nur ein Sterbenswörtchen nach außen dringt, wirst du mit Betonfüßen den Bodensee von unten her bestaunen dürfen.«

Der Praktikant zitterte unter dem harten Griff wie Espenlaub, nickte aber. Valmir stieß ihn in Richtung Computer und setzte sich selbst auf einen klapprigen Besprechungsstuhl neben ihn. Fieberhaft machten sie sich an die Arbeit.

***

Steven wandelte durch die Stadt. Ließ sich treiben, versteckte sich, wann immer eine Sirene zu vernehmen war. Der letzte Termin war erfolgreich verlaufen. Der Zollbeamte, dem er vor einigen Tagen das Gerät zugesteckt hatte, entpuppte sich als herzlicher Gastgeber, der ihn drängte, mit seiner Großfamilie und ihm zu

Abend zu essen. Er genoss die Herzlichkeit und Gastfreundschaft, die Steven eine kleine Erholung verschaffte. Die zahlreichen Kinder gaben ihm das Gefühl, das Geld gut angelegt zu haben, und er legte zum Abschied nochmals etwas zusätzlich in die Hand des Gastgebers.

Die erfolgreiche Aktion gab ihm Mut, auch wenn das sperrige Gerät unter seiner Jacke schwer lastete. In sein altes Hotel konnte er nicht mehr zurückgehen. Ob die beiden Wachposten wohl noch ihren Job besaßen, nachdem sie ihn hatten entwischen lassen? Fast fühlte er sich ein wenig schuldig ihnen gegenüber.

Auch keines der anderen Hotels der Stadt war für ihn eine Option. In den südlichen Vierteln Bogotás aber, wo der Arm des Gesetzes nur hin und wieder hineinreichte, boten sich Möglichkeiten. Und so konnte Steven seit gestern Nacht Unterschlupf finden bei einer echten Big Mama, wie man sie sich nicht besser vorstellen konnte. Sie war Puffmutter und betrieb ein kleines Etablissement. Wie Andrea-Domenica mit ihr in Verbindung stand, wollte er gar nicht erst wissen. Doch das Vertrauen zu seiner Gefährtin und Komplizin war tief und eng. Er machte sich keine weiteren Gedanken. Wichtig war: Hier war man sicher und geschützt. Keiner der Polizisten, die selbst gute Kunden waren, würden ihr eigenes Liebesnest auseinandernehmen wollen. Und die Mama, wie sie von allen genannt wurde, stellte keine Fragen. Steven durfte das Zimmer eines der Mädchen nutzen, das für wenige Tage zu ihrer Familie in die Provinz gereist war, was er dankbar annahm. Das

Zimmer strahlte eine schlichte Behaglichkeit aus. Das Mädchen hatte versucht, sich ein wenig Heimat und Vertrautheit ins Zimmer zu holen. Bilder ihres Zuhauses hingen an der Wand, folkloristische Holztellerchen für Früchte standen auf einer alten Kommode. Kleine, reich verzierte Döschen beherbergten Holzketten und anderen Schmuck, der eher ideellen Wert besitzen mochte.

Steven erfreute sich daran. Ihm gaben diese kleinen Akzente ein Gefühl von Privatleben inmitten dieses ungewöhnlichen Ortes, an dem Dinge geschahen, die er als Mensch und Polizist grundsätzlich nicht gut heißen konnte.

Die Damen des Hauses nahmen in freundlich auf. Er war nicht der Erste, der hier Unterschlupf suchte, wie Steven von ihnen erfuhr.

C3, also der dritte Wettkampftag, war vorüber. Steven war in Gedanken bei der Mannschaft und den Wettkämpfen. Wie mochte es ihnen heute ergangen sein? Waren sie alle noch gut im Rennen? Gab es grobe Fehler und Schnitzer, die sie aus dem Konzept und um Medaillenchancen brachten? So gern wäre er heute bei ihnen gewesen, hätte mit jeder und jedem Einzelnen mitgefiebert und die Daumen gedrückt. Die Bauwerke der Maurer mussten schon in die Höhe gewachsen sein. Die Apparaturen der Mechatroniker standen sicherlich bereits vor dem ersten Test. Konnten die Pfleger in ihrem Beruf die kranken Patienten gut versorgen und Demenzkranke überzeugen, das zu tun, was gut und richtig war? Wie mochte es Julian gehen? Auch wenn ihm niemand mehr Medaillenchancen zutraute nach all dem Durcheinander, würde es ihm Steven wünschen, möglichst weit vorn zu liegen.

Der Kommissar seufzte. So gern wäre er in diesen Momenten bei ihnen gewesen. Doch stattdessen schlich er sich wie ein Verbrecher durch die Straßen, immer in Bewegung, um keinem der vielen Verfolger eine Möglichkeit zu bieten, ihn zu erwischen. Das Steuergerät unter seiner Jacke machte sich wieder durch seine scharfen Kanten bemerkbar, die ihm in die Rippen stachen. So klein, wie dieses Ding war, so viel Wirbel hatte es verursacht.

Steven wollte das Gerät nicht mehr aus der Hand geben. Und so begleitete es ihn schon den ganzen Tag. Sein Plan war, die Täter in eine Falle zu locken und sie dingfest zu machen. Er wollte dann den Fall den örtlichen Polizeibehörden übergeben, in der Hoffnung, dass die eigenen Kollegen in Deutschland schnell arbeiteten und alle erforderlichen Anträge auf Amtshilfe und die rückwirkende, offizielle Anmeldung für seine Anwesenheit rechtzeitig vorlagen.

Doch diesem Ansinnen wurde schnell ein Strich durch die Rechnung gemacht, als er wieder das Haus seiner Gastgeberin betrat. Viele Gäste schienen bereits in den einzelnen Räumen zu weilen, dem Lachen, Stöhnen und den Unterhaltungen nach zu urteilen. Steven wollte unbemerkt in seine Kammer schleichen, als die Patronin des Hauses im Gang erschien und ihn stumm zu sich winkte.

»Andrea-Domenica«, stotterte sie, »in großer Gefahr. Böse Männer. Hier.« Sie übergab ihm ein altes Prepaidhandy.

Steven stockte der Atem. Allein der Name der Geliebten in Verbindung mit diesem Fall ließ ihm den Schweiß aus allen Poren treten.

»Anrufen«, sprach die Patronin noch, bevor er schnell die Tür hinter sich zuzog.

Fachmännisch untersuchte Steven das Telefon. Keine Notiz war zu entdecken. Keine besonderen Merkmale. Beim Aufruf des Wählspeichers aber war eine Nummer vermerkt. Zögerlich drückte er darauf und wartete auf das Wählzeichen.

Das Stöhnen in den anderen Räumen schwoll deutlich an. Das schmerzverzerrte Schreien einer Frauenstimme drang an sein Ohr. Steven brauchte einen Moment, um zu verstehen, dass das nicht aus dem Haus selbst, sondern aus dem Telefonhörer kam. »Na, werter Kamerad – ich darf doch so bezeichnen, oder? Wir kämpfen an gleichen Front! So schnell man wieder kommt in Kontakt.« Der Kommissar erkannte die Stimme von Nazar. »Spur hättest du nicht legen müssen. Deine Freundin hat uns schon zu dir geführt.« Er lachte heiser auf.

Steven brüllte in den Hörer. »Was macht ihr mit ihr? Was tut ihr ihr an?« Er lief unruhig in dem kleinen Zimmerchen hin und her. Ein verirrter Freier tauchte auf und steckte seinen Kopf herein. Steven knallte mit dem Fuß die Tür zu.

»Beruhig dich. Ihr gehen es gut. Sie zeigt nur gerade besonderes Temperament. Gib uns, was wir brauchen, und dann alles gut.«

»Verdammte Kacke«, brüllte Steven in sich hinein, bevor er voller Wut die Hand auf die Kommode seines Zimmers schmetterte. Der Schmerz ließ schwarze Punkte vor seinen Augen tanzen.

»Bastarde«, brüllte er nur noch. Doch in seinem Kopf formten sich bereits die ersten Gedanken und Strategien. Er holte tief Luft. »Also gut. Ihr sollt das verflixte Steuergerät haben. Aber am Ort meiner Wahl! Sonst seid auch ihr tote Leute. Ob durch meine Hand oder die eurer Auftraggeber!«

Nazar konnte dem in diesem Moment nichts entgegensetzen. Notgedrungen willigte er ein. Wie konnte das nur gehen, dass er der Geiselnehmer war, und der Gegenspieler bestimmte die Regeln? Dieser Auftrag war so was von verdreht und verkehrt, wie es schlimmer nicht mehr sein konnte.

# WorldSkills-Finale

»Schnappt euch die Frau!« Nazar lief nervös in der kleinen Küche des Appartements hin und her. Die Eiseskälte, die die drei argentinischen Bewacher ausstrahlten, ließ ihn erschauern. Nicht einen Moment würden diese zögern, sie auszuschalten, wenn der Befehl kam.

Sie stapften die Treppen hinunter zur Straße. Im Hinterhof parkte ein alter Van, in den sie nun stiegen. Das Fahrzeug war brechend voll: Nazar und zwei seiner eigenen Gruppe, zwei der kolumbianischen Kollegen, die sie engagiert hatten, sowie die drei Argentinier und Andrea-Domenica. Nazar und seinen Kumpanen war bewusst, dass jetzt der schwierigste Part der Mission auf sie wartete. Was, wenn die Steuerung in ihren Händen und somit in Händen ihrer Auftraggeber war? Würden sie dann schneller umgenietet werden, als sie mit der Wimper zucken konnten? Er musste sich einen Plan ausdenken. Doch das konnte nicht gelingen, solange er nicht wusste, wo der Deutsche die Übergabe plante. Nur er selbst wusste von dieser unglückseligen Situation. Den anderen gegenüber behauptete Nazar, dass alles in seiner Hand läge. Als er aber am ersten, von Steven verordneten Stopp halten ließ und unsicher am Parkeingang umherschaute, wurde schnell klar, dass ein anderer Regie führte: Ein kleiner drahtiger Junge kam auf sie zu und übergab einen Umschlag.

Die Schnitzeljagd durch Bogotá begann. Hoch zur ersten Aussichtsplattform unterhalb des Monserrate, rüber zum Flughafen, mitten durch die Stadt. Die Insassen wurden wütender und wütender. Was sollte das alles? Gehässige Kommentare der Bewacher drangen von hinten zu den Fahrern. Doch Nazar wurde zunehmend klarer, was sein Gegenspieler vorhatte. Nicht dumm, dieser Gedanke. Wenngleich auch gefährlich.

Steven war sich dessen auch bewusst, als er schließlich nach vielen Stunden den alten Transporter am Eingangstor zum hinteren Messehof erblickte. Ein weiterer Bote hatte kurz zuvor einen von seinen World-Skills-Freunden ausgestellten Einfahrtschein an die Bande übergeben, sodass sie jetzt hineinfahren konnten. Alles war in kürzester Zeit bestens vorbereitet worden. Steven wollte dort weitermachen, wo sie aufgehört hatten.

Es war heute der berühmte C4! Der Tag der Entscheidungen. In wenigen Minuten an diesem inzwischen fortgeschrittenen Tag würden die ersten Wettbewerbsdisziplinen zu ihrem Ende kommen und erschöpfte Teilnehmer an ihren Wettkampfplätzen erst einmal ausgelaugt in sich zusammensacken. Glücklich, alles überstanden zu haben, egal welche Position es geben könnte. Auch die Polymechaniker befanden sich im Endspurt, wie er von Jens durch einen Boten erfahren hatte. Julian schien noch mit im Rennen zu sein. Das freute Steven. Dann hatte er die Nerven bewahren können und sich doch auf den Wettkampf konzentriert. Was für ein starker Kerl.

Der alte Van bog bereits in die Gasse zur Lagerhalle ein. Immer wieder hielt er. Der Fahrer zögerte offenbar, weil er sich unsicher war, wie er einer möglichen Falle entgehen könnte. Doch Nazar wollte das nun endlich zu Ende bringen. Die stundenlange Irrfahrt durch die Stadt hatte alle zermürbt. Offen gesagt, sorgte ihn seine Blase sehr. Und das knoblauchgetränkte Essen von gestern Nacht stieß ihm mächtig sauer auf. Keine gute Grundlage, um einen klaren Kopf zu behalten.

Steven schien ihn in die Halle dirigieren zu wollen. Also gut. Doch nicht alle von ihnen sollten nach Nazars Entscheidung dort rein. Hinter einem Stapel voller Messestand-Rückwänden hielt er kurz an und ließ zwei seiner Leute und einen der Killer aussteigen. Sie bezogen Posten.

Aus den Messehallen dröhnten die Jubelrufe. In immer kürzeren Abständen endeten die einzelnen Wettkämpfe. Steven konnte sich gut vorstellen, wie sie alle von einem Areal zum anderen wanderten, um dort die letzten Sekunden im Wettkampf ihrer Teilnehmer runterzuzählen und mit Jubel zu beglückwünschen. Wie gern hätte Steven das jetzt Hand in Hand mit Andrea-Domenica erlebt.

Er versuchte verzweifelt, von seinem Posten aus einen Blick von ihr zu erhaschen. Doch die Scheiben des Fahrzeugs der Entführer waren abgedunkelt. Schnell schaltete Steven sein Funkgerät aus. Nun galt es, sich voll und ganz auf die nächsten Minuten zu konzentrieren.

Auf den Dächern postierten sich Scharfschützen der Präsidentengarde. Der Geschäftsführer von World-Skills Germany und die WorldSkills-Funktionäre konnten auf dem kleinen Dienstweg wichtige Personen rund um den Präsidenten überzeugen, dass dies hier wichtig für die internationale Reputation Kolumbiens wäre. Hoffentlich würden zu seiner eigenen Rettung die Papiere von der Botschaft rechtzeitig bei den kolumbianischen Behörden und dann vom Innenministerium bei den Polizeibehörden eintreffen. Vorhin fehlten sie noch. Sie würden Steven und sein Handeln legitimieren und die Grundlage für die dringend notwendige Amtshilfe bilden. Doch er konnte nicht mehr länger abwarten. Die Achterbahnfahrt hatte begonnen!

Ohne weitere Deckung bewegte er sich auf die Halle zu. Der Kommissar hatte einen Seiteneingang gewählt, um von vorn auf die Verbrecher zugehen zu können. Warum hatte er nur auf eine schusssichere Weste verzichtet? Kerstin hatte ihn in der letzten Skype-Besprechung darum gebeten. Aber Steven verzichtete darauf, weil sie aufgefallen wäre und misstrauisch gemacht hätte, sagte er sich ein weiteres Mal.

»Guten Nachmittag, Seniores«, brüllte er in Richtung des im Eingangsbereich zum Stehen gekommenen Vans. »Kommen Sie ruhig zu mir, ich beiße nicht.« Er sprach Deutsch, da er wusste, dass Nazar und seine Kollegen ihn verstehen würden.

Bewegung war beim Fahrzeug zu erkennen. Die Türen öffneten sich vorsichtig. Die Kerle schoben ihre Waffen zur Öffnung raus und inspizierten die

Umgebung. Langsam stieg einer nach dem anderen aus dem Wagen. »Na, eine schöne Zeit gehabt in Kolumbien?« Steven wollte etwas Zeit gewinnen, aber vor allem seine Nervosität überspielen. Er stand nun gut vier Meter entfernt vor Nazar, der mit einer Handwaffe herumspielte.

»Lassen wir jetzt endlich ganze Spielchen. Einverstanden? Wir beide kennen Ablauf nur zu gut. Du geben mir, was ich will, und ich gebe, was du willst. So einfach das. Dann kommt niemand zu Schaden.«

Steven nickte. An sich ja. Doch er wollte ja noch mehr. Er wollte seine Liebste heil zurück, und er wollte die Gangster. Aber wie nur diese argentinischen Killer ausschalten, ohne dass es Opfer gab?

»Nun? Machen kein Drama draus. Her mit dem Gerät, und Freundin kommt zu Ihnen. Sie haben lange genug gespielt.«

»Ich will die Frau sehen. Wo ist sie?« Auf einen Wink tauchte Andrea-Domenica in der Tür auf. Sie lächelte ihm beruhigend zu. Diese mutige Frau konnte ihre Angst besser unterdrücken als er!

Zögerlich und mit zittriger Hand zog Steven das Gerät aus seiner Tasche und legte es vorsichtig vor sich auf den Boden. »Lasst sie nun aus der Halle herausgehen!«, forderte er. Nazar nickte und gab seinem Kollegen ein Zeichen. Doch die Killer hielten Andrea-Domenica weiterhin fest. Einer hob seine Waffe und richtete sie auf die Gefangene. Der andere bedrohte Nazar, seine Leute und Steven. Die Szene erstarrte.

»Kollegen, lasst mich Steuergerät mitnehmen, und dann verschwinden wir, okay?« Nazar wollte sich gerade nach vorn beugen, als ein Schuss die Stille zerschmetterte. Das Steuergerät flog in hohem Bogen durch die Luft und verteilte sich in tausend Teile. Alle blickten schockiert in Richtung des Schützen.

»Waffen nieder«, brüllte es in Spanisch und Englisch. »Sie sind umstellt. Widerstand ist zwecklos!«

Weitere Schüsse peitschten durch die Luft. Getroffen sackte einer der Soldaten auf der Empore zusammen und stürzte nach unten auf den Betonboden. Die zuvor ausgestiegenen Bandenmitglieder rannten los. Wild schossen sie um sich. Die Gangster in der Halle verschanzten sich hinter Gitterboxen und Regalen. Steven packte Nazar, der einen Streifschuss abgekommen haben musste und warf sich mit ihm hinter einen Holzstapel. Einzelne Teile des zersplitterten Steuergerätes steckten in Nazars Wange. Doch er schien das nicht zu spüren.

Steven sondierte die Lage. Die Schüsse über ihnen hallten nach wie vor durch die Halle. Verstärkung musste von außen anrücken. Es war schwer zu entscheiden, was zu tun war. Andrea-Domenica musste ein paar Meter weiter bei den Geiselnehmern sein. War sie unversehrt? Konnte sie sich in Deckung bringen? Er traute sich nicht zu rufen. Wilde Schreie über ihnen und am Halleneingang verrieten, dass ein mächtiges Gerangel zugange war. Schmerzensschreie ertönten.

Steven wagte es erstmals, den Kopf weiter hochzuheben. Dann spürte er den Gewehrlauf in seinem Rücken.

Vorsichtig wandte er den Kopf und blickte in die hasserfüllte Fratze eines der Kriminellen. Er beschimpfte ihn auf Spanisch, sicherlich aufs Schändlichste, und setzte seine Waffe an. Die Schreie und Schüsse waren in Stevens Wahrnehmung verstummt. Die Sekunden dehnten sich zu einer Ewigkeit. Der Kommissar wusste, dass er hier nichts mehr würde tun können. Mit einem eigentümlichen Gefühl der Gleichgültigkeit beobachtete er die Mündung des Gewehres, wie sie auf seine Stirn zielte. Er schloss die Augen, wartete auf den Schuss. Mit erstaunlicher Klarheit nahm er die Kühle des Bodens und den Geruch der verschossenen Patronen wahr. Er trieb hinweg. Der Schuss würde gleich kommen. Steven begann unvermittelt zu zählen: eins, zwei, drei …

Es knallte tatsächlich ohrenbetäubend. Steven spürte den Schmerz nicht. Spürte keinen Schlag. Er verharrte noch immer in seiner misslichen Position, bis mit dumpfem Schlag ein schweres Gewicht auf ihn niederfiel. Noch immer traute sich der Kommissar nicht, seine Augen zu öffnen. Er hatte Angst vor Blut und Schmerzen.

»Steven!«

Jemand rief seinen Namen. Noch immer tat ihm nichts weh, und endlich blinzelte er vorsichtig. Das Gewicht auf ihm nahm ihm beinahe den Atem. Angeekelt drückte Steven den leblosen Körper von sich. Fasste an seinen eigenen Kopf. Doch da war nichts. Keine Wunde, keine Verletzung. Der Schuss hatte offenbar seinen Peiniger getroffen. Und vor ihm stand ein Mann mit einem überdimensionalen Schraubenschlüssel in der Hand und lächelte ihn mit blinkenden Zähnen an. Es musste jemand anderes geschossen haben. Er half, den toten Körper von ihm herunterzuziehen. Dankbar nickte der Kommissar seinem Retter zu. Seine Glieder begannen gefährlich zu zittern. Ihm wurde flau im Bauch. Weitere Personen tauchten auf und verprügelten in bester Manier die Geiselnehmer mit ihren mitgebrachten Werkzeugen. Steven erkannte ihre Gesichter: sämtliche Experten des Skills Polymechanik vermöbelten die Missetäter und rächten sich für deren Taten gegenüber World-Skills und einem der ihren.

Steven lachte hysterisch auf. Er wollte aufstehen, doch seine Beine sackten ihm immer wieder weg. Er übergab sich, schüttelte sich und versuchte es wieder, bis er endlich schwankend zum Stehen kam. Er suchte nach Andrea-Domenica. Sie aber rannte bereits los und warf ihn mit einem Schrei der Freude gleich wieder um. So lagen sie liebkosend auf dem kalten Betonboden und lachten sich an, während die Experten und die nationalen Sicherheitskräfte reinen Tisch machten.

»Commissario, Gratulation zu Ihrem gelungenen Coup und Fahndungserfolg. Wir sind glücklich und dankbar, dass wir Sie bei dieser internationalen Kooperation unterstützen durften.«

Sie unterbrachen ihre Liebkosungen und blickten auf. Der Polizeichef von Bogotá persönlich stand vor ihnen und gab beiden die Hand.

»Was ...?«, stotterte Steven. Er wollte bereits in Abwehrhaltung gehen. Die Flucht aus dem Hotelarrest stand noch im Raum.

»Aber ja doch. Das Schreiben der Botschaft kam rechtzeitig an, versehen mit einem Dringlichkeitsverweis des Innenministeriums und Büro des Präsidenten. WorldSkills-Partner und Berufskollegen werden in unserem Land immer vorrangig behandelt, wissen Sie?«

Steven blickte sich vorsichtig um, ob die Beamten des BKAs oder sonstigem Geheimdienst da wären. Doch kein bekanntes Gesicht war zu erblicken.

Der Polizeichef verstand den Blick richtig zu deuten. »Sie sind in Ihrem Hotel. Wir dachten, das machen wir auf unserer Ebene aus, wenn Sie dem zustimmen.«

Der langsam wieder zu Kräften kommende Oberschwabe nickte zu den Worten. »Ja sicher. Sicher.« Sein Blick wanderte weiter zu den Experten, die stolz und mit strahlenden Augen vor ihnen standen. »Danke Mädels und Jungs, Danke!«, rief er ihnen laut zu und reckte das Siegeszechen in die Luft.

»Yeah!!!!!« Die Mannschaft ließ ihrer Freude freien Lauf und brüllte und johlte, was sie konnte. Steven packte Andrea-Domenica fest bei der Hand und herzte sie. Alle sollten erfahren, was er für sie empfand.

»Jetzt, wo das geklärt ist, wollen wir uns die letzten Minuten auf den Wettkämpfen anschauen?«

Alle nickten fröhlich und gingen gemeinsam in die Wettkampfhallen, während die Verbrecher abgeführt beziehungsweise mit Krankenwagen abtransportiert wurden.

»Unser Wettbewerb ist glücklicherweise vorbei, aber lasst uns die anderen bejubeln gehen, die kurz vor dem Finale stehen.« Jens Heber klopfte ihm kräftig auf die Schultern und nahm das Pärchen in die Arme. Steven war rehabilitiert.

»Wie ist es gelaufen? Stehen die Sieger bei euch schon fest?« Stevens Neugierde war groß.

Jens schüttelte jedoch den Kopf. »Jetzt wird ausgewertet. Alles ist möglich. Ich habe aber wenig Hoffnung, nach all den stressigen Situationen für Julian.« Er öffnete ihnen die Tür zur Messehalle und ließ sie eintreten. »Auf der anderen Seite hatten auch die anderen Wettkämpfer schwere Momente.«

In der Halle tobte der Applaus von Skill zu Skill. Ein Wettbewerb nach dem anderen endete. Überall feierten sie, hielten sich in den Armen, fachsimpelten, lachten und wischten sich den Schweiß aus der Stirn.

Steven drückte seine Geliebte an sich, wollte sie gar nicht mehr loslassen, so glücklich war er, sie unversehrt bei sich zu haben. »Ich hab dich so lieb, du Engel.« Auch sie zitterte noch immer, voll von Aufregung, die nur langsam von ihnen weichen wollte. Umso schöner war die gemeinsame Ablenkung an den Arbeitsplätzen der deutschen Wettkämpferinnen und Wettkämpfer, denen sie gemeinsam mit zahlreichen anderen Fans lauthals zu ihrem erfolgreichen Abschluss gratulierten.

Spät in der Nacht fuhr Steven noch ins Polizeipräsidium von Bogotá. Von den Kollegen des BKA fand sich keine Spur. Sie scheuten die Öffentlichkeit, und der Fall war nun offiziell und in aller Munde. Steven vermutete sie in der deutschen Botschaft.

Nazar war vernehmungsfähig. Und Steven hatte einige Fragen. Die Räumlichkeiten kannte der Kommissar aus Deutschland inzwischen gut. Nur wenige Tage war es her, als er hier verhört und wie ein Verbrecher behandelt worden war. Ein gutes Gefühl für ihn, endlich wieder auf der richtigen Seite stehen zu können.

Nazar sah arg mitgenommen aus. Einige Verwundungen im Gesicht mussten getackert werden. Blaue Beulen überzogen Kopf und Arme. Wahrscheinlich den ganzen Körper. Auch seine Kumpane machten sich optisch nicht besser.

»Wenigstens seid ihr am Leben!« Steven war sich sicher, dass keiner das überlebt hätte, hätten die Killer das Steuergerät in ihre Hände bekommen. Dafür war die Sache zu verfahren. Nazar antwortete nicht.

»Wisst ihr denn, wer jetzt eure Auftraggeber waren?«

Sein Gegenüber schüttelte den Kopf. »Nein. Bis zum Schluss waren es immer nur Mittelsmänner, mit uns in Kontakt standen. Doch es muss haben eine ganze Organisation dahintergestanden. Woher auch immer.«

Steven sah das auch so. Es war bekannt, dass staatliche Organisationen nicht immer auf legalem Wege und mit viel Geld versuchten, strategische Vorteile zu erlangen. Industriespionage gehörte dazu.

Auch das fragwürdige Verhalten der obersten deutschen Sicherheitsbehörden ließ dies vermuten.

»Warum musste Tobias Strecker sterben?«

Nazar zuckte die Schultern. »Keine Ahnung.«

Steven blickte den kolumbianischen Kollegen an, der das Verhör akustisch aufzeichnete. Ein Übersetzer flüsterte im Hintergrund.

»Nazar, was soll das? Ihr werdet des Mordes, Menschenraubes, Diebstahls und der Erpressung bezichtigt! Warum willst du es nur noch schlimmer machen? Jetzt ist die Gelegenheit, reinen Tisch zu machen.«

Der Beschuldigte beugte sich nach vorn. »Ihr könnt uns alles anhängen, ich habe auch Nase voll und will hinter mich bringen. Doch Mord hat in Deutschland niemand von uns begangen! Kerl lebte noch, als wir in Firma waren. Er war nur zur falschen Zeit am falschen Ort! Wir ihm lediglich eine kräftige Abreibung verpasst haben, weil er uns gestört hat, weil er uns erpressen wollte, weil er mehr Geld wollte – und er lebte noch, als wir verschwinden mussten. Haben ihn doch deshalb da reingesperrt, damit er uns nicht hinterherrennen konnte.«

Steven spürte, dass es nun so weit war. »Dann rede jetzt! Wer ermordete den Ausbilder? Ich will das nochmals klar sagen: Die Indizien sprechen komplett gegen euch! Diese kleine Abreibung, von der du sprichst, führte zur massiven Beschädigung einer Lackieranlage. Da war viel Gewalt im Spiel! Welcher Idiot hat zudem den Körper mit dem Zeichen einer ukrainischen militärischen Organisation markiert? Einer deiner Leute?«

Nazar nickte. »Ja, das war wirklich Mann aus meiner Mannschaft. Idiot eben. Damit wollte er Verräter kennzeichnen und Zeichen setzen.« Mit diesem Geständnis begann Nazar eine lange Erzählung und redete und redete. Steven kam mit seinen eigenen Notizen beinahe nicht hinterher.

Die Spur führte zurück nach Deutschland. Dorthin, wo alles begann: Zu FuSchKa. Zu den Wachleuten, die sich schmieren ließen, wie weithin bekannt war, zu den obersten Chefs, die involviert waren und zu Strecker, der besonders bereitwillig zur Hand ging.

Nazar bestätigte mit seinem Geständnis in vielen Bereichen die Version von Jonas Scharf, jenem betrogenen Ehemann von Streckers Geliebten. Nazars Gangstergruppe hing in den Monaten zuvor in den Kneipen Kiews in der Ukraine herum, ohne Auftrag und ohne Geld. Nach ihren Einsätzen im herrschenden Krieg im Osten des Landes hatten sie sich auf kriminelle Auftragsgeschichten spezialisiert. Zumeist mussten diese Raubzüge im Westen Europas ausgeführt werden. Dabei waren die Herren nicht zimperlich. Fahrzeuge wurden genauso geklaut und in den Osten gebracht, wie im Gegenzug Zwangsprostituierte in die Bordelle der reichen Länder eskortiert wurden.

Ein anonymer Mittelsmann warb sie an einem späten Sommertag in einer der Bars an und spielte fortan den Kontakt. Sie mussten sich in Ulm ein Appartement mieten und dort eine Operationsbasis einrichten, weit weg von der Firma. Die Observation von FuSchKa war anstrengend, und es dauerte Monate, bis sie die Spur über das Casino und das Schweizer Ehepaar entdeckten, um ins Innere der Firma zu gelangen. Da war es ein Geschenk, dass Jonas Scharf erwähnte, wie sehr der Wachschutz in den Handel mit leichten Drogen und in sonstige Geschäfte verstrickt war. So konnten Scharf und einige seiner Kollegen mit Geld geködert werden. Und Strecker war mit seinem Fachwissen ein besonderer Glücksfall.

Über Monate hinweg wurde alles fein säuberlich vorbereitet. Und am Tag des Diebstahls brachte Strecker, angestachelt von seiner Geliebten, Unruhe in den Ablauf, indem er mehr Geld einforderte. Doch es gab keine Zeit zu verlieren, und Nazar brachte ihn mit seinem Team zum Schweigen. Sie verabreichten ihm eine Abreibung, mussten aber flüchten, als der Wachschutz sie warnte und rausschickte, noch bevor Strecker ihnen verraten konnte, wo er das so wertvolle Spionagematerial versteckt hatte.

»Streckers Tod aber war entweder ein Unfall oder Rache des Wachschutzes. Wer weiß, vielleicht haben korrupte Chefs der Firma Tod angeordnet? Ich bin überzeugt, er war eine Gefahr für ihre Machenschaften. Diese Kerle von Wachschutz sind skrupellos. Einige selbst Söldner in den Kriegen Osteuropas gewesen, bevor sie nach Deutschland kamen und in Sicherheitsdienst wechselten. Da geht niemand nett mit dir um, wenn du aus Reihe tanzt«, mutmaßte Nazar noch am Ende.

Als Steven spät in der Nacht die Polizeistation verließ, hatte er zwar noch keinen Mörder, aber die Decke über einem umfassenden Komplott weit gelüftet. Was für ein Mief kam dabei zum Vorschein!

Er musste das noch in dieser Nacht vom Hotel aus an Kerstin weitergeben. Am besten telefonisch, damit nichts Schriftliches in falsche Hände gelangte.

Nazar und seine Freunde verblieben erst einmal in Gewahrsam. Es musste noch geklärt werden, an welches Land die Auslieferung zu erfolgen hatte. Es konnte durchaus sein, dass die deutschen Behörden ihre Überstellung verlangten, um sie in Deutschland anklagen zu können.

# Sieg

Das große Stadion in Bogotá war wieder bis auf den letzten Rang gefüllt. Die Nacht hatte bereits eingesetzt, sodass die Lichtspiele, die durch Laserkanonen in den Himmel gezeichnet wurden, bestens zu sehen waren. Das gesamte Innere des Stadions war in die Farben des Landes getaucht. Dort befanden sich die tausenddreihundert Wettkämpferinnen und Wettkämpfer, die anstrengende Tage hinter sich hatten. Doch nichts hielt sie mehr auf ihren Stühlen. Sie tanzten, marschierten bunt durcheinandergemischt, vollführten eine Polonaise durch das Stadion, schwangen ihre Fahnen und sangen die Lieder mit, die aus den Lautsprechern tönten.

Steven spürte das Knistern in der Luft. Gerade eben war wieder eine La-Ola-Welle bei ihnen durchgelaufen. Alle sprangen sie von ihren Sitzen auf und schwangen die Arme nach oben. Die Welle zog weiter, die Stimmung aber steigerte sich von Woge zu Woge. Die Deutschen hatten sich mit Plastiktrompeten versorgt und bliesen wie die Wilden hinein. Der Experte für Kältetechnik schwang sein Jagdhorn und blies ein Halali. Die Schweizer schwangen Kuhglocken. In Orange gekleideten Holländer klapperten mit ihren Rätschen und sonstigen Gerätschaften. Brasilien glänzte mit vielfältigen Percussion-Instrumenten. Große Trommeln gaben den Takt vor. Der Lärm indes schien ins Unermessliche anzuwachsen.

Andrea-Domenica stand direkt neben Steven und beobachtete alles mit weit geöffneten Augen. Das hatte sie noch nie erlebt. Sie küssten sich beide in der Deckung der Menschenmassen. Eine Stadionkamera erfasste das deutsch-kolumbianische Liebespaar, beide mit ihren eigenen Landesfahnen auf den Schultern und projizierte sie auf die großen Leinwände des Stadions. Jubel ertönte – diese Art der Völkerverständigung war ganz nach dem Geschmack der Menschen.

Doch dann wurde es still im Stadion. Die Fanfaren erklangen, und auf der großen Showbühne tauchten die ersten Künstlergruppen auf.

Bogotá und Kolumbien wollten sich so farbenfroh von ihren Gästen verabschieden, wie sie diese vor wenigen Tagen begrüßt hatten. Nur wenige Reden wurden gehalten. Die beiden Moderatoren der Eröffnungsveranstaltung waren auch jetzt wieder da und kündigten den Rückblick der vergangenen Tage an. Was folgte, war ein Film zu den Highlights, der im Zeitraffer die Emotionen der Wettkämpfe in das Stadion brachte. Der Dolby-Surround-Ton massierte den Besuchern die Eingeweide. Alle standen sie in diesen Minuten auf, die rechte Hand an die Brust gelegt. Tausende Gäste konnten ihre Gefühle nicht mehr im Griff behalten. Selbst gestandene Facharbeiter und Experten ließen die Tränen nur so die Wangen herunterkullern. Die Bilder von den wetteifernden, kämpfenden, weinenden, jubelnden und miteinander feiernden jungen Menschen aller Kontinente konnten niemanden kalt lassen. Hier feierte die

Welt ein Fest der Freundschaft und Einheit. Hier wurde Zukunft geschenkt.

Die Siegerehrung begann. Auch wenn mehr als dreihundert Medaillen zu vergeben waren, so war keine einzige Minute zu lang. Alle Siegerinnen und Sieger wurden frenetisch gefeiert.

Sehr zur Freude der deutschen Delegation ertönte in regelmäßigen Abständen: »The Winner is … from GERMANY!« Steven reckte den Daumen in Richtung des offiziellen und des technischen Delegierten. Er war überrascht von der Häufigkeit der Nennung GERMANY. »Wir haben mächtig aufgeholt in den vergangenen Jahren«, kommentierten sie denn auch hoch erfreut. Jetzt wurde es für Steven und alle anderen nochmals spannend: Der Skill Polymechanik wurde zur Siegerehrung ausgerufen. Aufmerksam blickte Steven nach vorn. Julian hatte sicherlich einen guten Job gemacht und konnte stolz auf sich sein.

Bronze ging an die Schweiz, Silber nach Korea. Deutschland hatte in diesem Skill bisher noch nie gewonnen in den vergangenen zwanzig Jahren. Steven hatte auf Bronze gehofft. Dann eben nicht. Doch als die Verkündung des Weltmeisters erfolgte, hielt nicht nur er den Atem an. Jedes einzelne Wort las er dem Moderator von den Lippen ab. Sein Gehirn benötigte jedoch ein paar Augenblicke, bis es ihm bestätigen konnte, dass …

»The winner is Julian Jäger from GERMANY!«

Die Deutschen blickten sich gegenseitig überrascht an. Konnte das sein? Oder war es ein Fehler? Julian

Weltmeister? Julian Jäger aus Friedrichshafen, Bodensee? Jener Julian, der in einer kleinen Firma gelernt hatte, seine Heimat liebte und bisher lediglich das Schwäbische Meer, den Bodensee, überquert hatte?

Das konnte nicht sein.

Doch es war so!

Julian war der Sieger.

Ein echter Weltmeister.

Julian selbst saß noch immer inmitten seines Teams wie angenagelt auf dem Stuhl. Eifrig winkten die Teamleiter ihm zu und forderten ihn auf, zu ihnen zu kommen. Nur allmählich realisierte er das Unfassbare, sprang wie eine Eisenfeder in die Höhe, schnappte sich die Deutschlandfahne und rannte los. Hüpfend, tanzend, wie ein Ringkämpfer brüllend, stürzte er nach vorn. Das Adrenalin schoss ihm aus den Poren.

Steven war überwältigt. Schon wieder Tränen in den Augen. Ein Orkan der Gefühle jagte durch sein Innerstes. Was waren das nur für Achterbahnfahrten! Überwältigt schnappte er sich Andrea-Domenica und hob sie mit einer herzlichen Umarmung hoch in die Luft und tanzte mit ihr durch die Ränge.

Er sah nicht, dass jemand Zweites mit auf die Bühne kam. Gemeinsam mit Julian stand diese Person auf dem Podest ganz oben. Die Offiziellen ließen es geschehen. Beide hielten sie die Deutschlandflagge in ihren Händen und jubelten. Beide die Arme gegenseitig um die Schulter des anderen gelegt. Frenetischer Jubel im deutschen Team. Wer war das? Steven schnappte sich das Opernglas einer Nachbarin und stierte nach vorn. Und tatsächlich, das war Lukas! Der entführte Lukas. Er war hier! Wie konnte das geschehen? Angestrengt blickte er in die Augen von Jens Heber und des Delegierten. Schulterzucken bei beiden. Aber siehe da: Steven meinte, am unteren Ende des deutschen Blocks jemand Bekanntes zu entdecken – Hardi Maier! Dieser winkte ihm fröhlich zu, versuchte, pantomimisch ein »Entschuldigung« zu übersenden und verschwand in der Menge.

Die Sensation war perfekt.

# Abschied

Bis weit in die Nacht hinein wurde ausgelassen gefeiert. Deutschland hatte Rang vier belegt. So gut wie noch nie in den Jahren zuvor.

»Steven, vom Pechvogel bist du zu unserem Glücksbringer mutiert. Reschbekt«, brüllte ihm einer der schwäbischen Experten ins Ohr. Die Musik war ohrenbetäubend in der Vorhalle zum Stadion, die zur Disco umfunktioniert worden war. Die WorldSkiller feierten sich und die Welt – und ihre Freundschaft.

Es war für einige dementsprechend schwierig, am nächsten Morgen zeitig aus dem Bett zu kommen, um das Shuttle zum Flughafen zu erwischen. Einige Kopfschmerzen mussten noch behandelt werden. Doch die Gesichter waren glücklich und zufrieden. Selbst diejenigen, die keine Medaille mit nach Hause brachten, hatten einen besonderen Glanz im Gesicht. Sie waren Teil einer großen Sache und hatten ein einzigartiges Erlebnis erfahren dürfen. Zudem hatte so gut wie jeder deutsche Teilnehmer eine sogenannte »Medal of Excellenz« erhalten. Damit wurden Leistungen ausgezeichnet, die über einem bestimmten Punktwert lagen. Die Teamleader verteilten diese Medaillen traditionell am Flughafen kurz vor dem Abflug. Alle standen sie im Kreis, gegenseitig die Arme um die Schultern gelegt. Die zusätzlichen Medaillen trösteten manch enttäuschtes Gemüt. Lukas und Julian standen eng beieinander und unterhielten sich aufgeregt.

Auf Julians Schulter thronte seine geliebte kleine Schwester. Glücklich streckte sie ihren Eltern, die ein paar Meter entfernt die Szenerie bestaunten, die Goldmedaille entgegen und rief: »Julian hat mir erlaubt, diese in unsere Schatzkiste zu packen.« Sie wedelte wild mit der Auszeichnung durch die Luft.

»Na, na, ist das die volle Wahrheit?«, tadelte ihr Bruder ein wenig neckisch. Er war überglücklich, dass seine Familie bis nach Kolumbien zu ihm gereist war. Eine besondere Anerkennung für ihn und seinen Beruf. Die Kleine hielt ihm mit der noch freien Hand den Mund zu und gestand: »Na gut, wenigstens für ein paar Tage. Das hast du mir doch versprochen. Gell?« Er biss ihr leicht in den Finger und sie tanzten durch die Reihen.

Steven stand etwas verloren in der großen Abflughalle des Flughafens von Bogotá. War es wirklich erst vor zwei Handvoll Tagen gewesen, als sie hier landeten? War es nur ein Traum, als ihm damals an dieser Stelle der Engel erschien, der nun wieder vor ihm stand? Er hielt sie fest bei der Hand. Blickte durch den Tränenschleier in ihre traurigen Augen.

»Es ist Zeit.«

»Ich weiß.« Schluchzen.

Schmerz breitete sich in ihrer beider Brust aus.

»Ich kann nicht mitgehen und du nicht hierbleiben. Außerdem bist du mir mit deinen lebensgefährlichen Aktionen etwas zu anstrengend«, versuchte sie zu scherzen. Schmervolles Lächeln in ihren Gesichtern.

Steven stockte der Atem. Ein Kloß in seinem Hals wollte kein Wort aus ihm herauslassen. Immer wieder setzte er an, doch seine Stimme versagte.

»Steven, ich werde kommen. Eines Tages. Ich weiß es. Dann, wenn es Zeit ist und passt.« Sie blickte ihn fest und ernst an. »Wenn du deine Dinge geregelt hast. Ich warte auf dich. So was wie dich habe ich noch nie zuvor erlebt. Steven Plodowski – ich liebe dich!«

Sie drückten sich wieder und wieder fest und innig. Dann aber löste sie sich abrupt von ihm und rannte davon. Abschied zu nehmen war etwas Schreckliches. Er streckte die Hand nach ihr aus. Ein Stechen drang in sein Herz. »Bleib, bitte bleib«, schluchzte er. Etwas von ihm rannte ihr hinterher. Die Füße wollten es gleichtun. Doch die brutale Realität packte ihn fest bei den Schultern.

»Steven, verdammt noch mal, wo bleibst du. Komm jetzt endlich. Wir verpassen gleich den Flieger.« Eine starke Hand drehte ihn um und deutete unerbittlich in Richtung Security-Bereich. Steven nickte mechanisch und folgte willenlos dem Experten.

Alles ließ er stumm und apathisch über sich ergehen. Den Body-Scan, die Fragen nach dem Inhalt seiner Tasche und das Schuhe ausziehen. Die Duty-Free-Shops glitten in weiter Ferne an ihm vorbei. Nichts davon interessierte ihn. Der Pulk der Nationalmannschaft wanderte vor ihm her. Steven folgte wie ein kleines Herdentier. Er benötigte Ruhe, auch wenn er gern mit dem Team zusammen war. Es war ein Zufall, aber auch Geschenk, dass die Airline ihn kostenfrei in die nächsthöhere Klasse befördert hatte. Dort konnte Steven allein sitzen und musste mit niemandem reden und feiern. Er musste erst einmal seine Gedanken sortieren.

Die Stewardess brachte Whisky. Dankbar lächelte er ihr zu und nahm einen kräftigen Schluck. Was war nur mit ihm innerhalb dieser wenigen Tage passiert?

Der Flieger hob ab, schwang sich behäbig aber kontinuierlich in die Höhe, zog eine Schleife und nahm Kurs Richtung Europa.

Steven musste sich ablenken. Nur mit Mühe, aber unter großem inneren Zwang öffnete er sein Tablet und rief die Mail mit dem langen Anhang auf. Kerstin hatte ihm einen hausinternen Statusbericht zu den bisherigen Ermittlungen geschickt: »Im Zuge der Ermittlungen seitens der Kriminalstelle Ravensburg und des Landeskriminalamtes wurden die Überprüfungen deutlich ausgeweitet. Es war zwingend notwendig, die innere Revision mit in die Untersuchungen einzubeziehen, da zu vermuten war, dass auch interne Mitarbeiter in den Fall verstrickt sind. Anlass zu dieser Maßnahme gaben festgestellte Unregelmäßigkeiten im Ablauf der Ermittlungsprozedur. So wurden die sterblichen Überreste des Opfers Tobias Strecker nicht umfassend kriminaltechnisch untersucht oder gar einer eingehenden Obduktion unterzogen. Einzelne interne Ermittlungsstände scheinen weiterhin in bestimmte Kreise gelangt zu sein, die Teil des Ermittlungsumfeldes waren, sodass Hausdurchsuchungen wie auch die Durchsuchung der Firma FuSchKa ins Leere liefen.

Nachträgliche Untersuchungen ergaben, dass Tobias Strecker gewaltvoll zu Tode kam. Mit Nutzung der Ergebnisse der Vernehmungen der Verdächtigen in Bogotá wurde der Täterkreis eingegrenzt. Zielgerichtete Vernehmungen, unter Zuhilfenahme gezielter Impulse, ...«, Steven wusste nur zu genau, was das bedeutete – unter Druck setzen und weichkochen, »... konnten erste Ermittlungserfolge vor Ort verzeichnet werden. Es wurde ersichtlich, dass sich ein umfangreiches, weit verzweigtes Netz entwickelt hatte, welches bereits seit einigen Monaten Industriespionage betrieb. Es ist eindeutig davon auszugehen, dass höchste Managerpositionen bei FuSchKa und andere Stellen im Umfeld in den Fall verstrickt sind. Sie sind Teil der internationalen Spionagetätigkeit rüstungsrelevanter Güter. Haftbefehle wegen Totschlags und Industriespionage wurden ausgestellt für ...«

Es folgte eine Auflistung der verhafteten Manager von FuSchKa, in der auch die zwei ihm bekannten Führungspersonen vermerkt waren. »Unter direktem Mordverdacht stehen Mitarbeiter des Wachschutzes Best Secure, die den getöteten Tobias Strecker als Gefahrenpunkt für ihre eigenen Machenschaften ausschalten wollten.« Steven las aufmerksam die Geständnisse zweier Mitarbeiter des Wachschutzes.

»Das Bundeskriminalamt wurde eingeschaltet, schien jedoch bereits Kenntnis von dem Vorgang zu haben. Der Fall wurde unserer Dienststelle entzogen, wie auch dem Landeskriminalamt. Der gesamte Vorgang liegt nun beim BKA. Es soll die Kronzeugenregelung für ein bis zwei Personen zur Anwendung kommen. Die Interne wird in Abstimmung mit dem BKA weiter ermitteln. Die Ergebnisse werden dorthin übermittelt.

Eine hochgestellte Person im Verwaltungsbereich Ravensburg-Oberschwaben wird seit einigen Tagen vermisst. Verbleib ist derzeit unbekannt.«

Steven hatte eine starke Vermutung, um wen es sich wohl handeln mochte. Der Staatsanwalt! Was hatte denn nur diesen Kerl geritten? Wie war er in diesen Fall verstrickt? Doch: Bestechungsgelder hatten schon so manchen anständigen Beamten zu Fall gebracht!

»Der ermordete Tobias Strecker war nach dem jetzigen Stand der Ermittlungen zur falschen Zeit am falschen Ort. Er hatte den Diebstahl zunächst unterstützt, wollte ihn aber am Ende aus Eigennutz verhindern. Nachdem er von den Dieben in das Gatter rund um den Roboter eingesperrt worden war, wurde die Anlage später von geständigen Dritten aktiviert, in der klaren Absicht, einen Augenzeugen zu eliminieren. Dank der Ermittlungen durch Kommissar Plodowski konnten die entwendeten Materialien im Umfeld der WorldSkills-Wettbewerbe, den Weltmeisterschaften der Berufe, in Bogotá, Kolumbien, sichergestellt werden. Es sollte eine gute Gelegenheit für die Diebe sein, die Materialien außer Landes zu bringen. Die Beweismaterialien wurden ebenfalls dem Bundeskriminalamt zur Verfügung gestellt. Die ausführende Gruppe, die den Diebstahl durchführte, wurde dingfest gemacht. Ein Auslieferungsantrag ist gestellt.«

Das Whiskyglas wanderte zum Mund, ohne dass Steven den Blick vom Dokument abwendete. »Der gesamte Vorgang wurde zu einem Fall der nationalen Sicherheit mit höchster Geheimhaltung hochgestuft. Sämtliche Akten sind innerhalb der nächsten vierzehn Tage an das BKA zu überstellen. Kopien dürfen nicht gemacht werden.«

Steven leerte vollends seinen Whisky. Mühsam kramte er in seiner Gesäßtasche nach ein paar Euro für den nächsten. Doch der wurde schon mit einem höflichen Lächeln serviert. »Kostenfrei für Sie heute, lieber Herr Plodowski.« Dankbar nahm er diesen entgegen und wollte gerade den Bericht schließen, als er am unteren Ende eine weitere Zusatznotiz entdeckte, die sein Herz stocken ließ. »Dagmar Plodowski, Ehefrau von Kommissar Plodowski, wurde vor fünf Tagen als vermisst gemeldet. Die Anzeige erfolgte durch die Kinder, während Kommissar Plodowski zu genannten Ermittlungen in Bogotá weilte. Erwähnte Vermisste tauchte jedoch nach zwei Tagen wieder auf, ohne Angaben zu ihrem Verbleib zu machen. Die Fahndungsakte nach der Vermissten wurde somit geschlossen. Ein Versuch, den Kollegen Plodowski zu informieren, schlug fehl.« Steven atmete zunehmend flach und hektisch. Er lass den letzten Absatz der Zusatznotiz. »Interne Ergänzung: Bei der Fahndung nach der Vermissten wurde festgestellt, dass sie ein Ticket nach Frankfurt, Flughafen, und am selben Tag wieder zurück gebucht hatte.«

Ratlos blickte er aus dem Fenster des Fliegers. Stockdunkle Nacht schlug ihm entgegen. Was hatte sie in

Frankfurt gewollt? Am Flughafen. Wollte sie verschwinden? Mit wem? Hatte sie kalte Füße bekommen und war deshalb wieder zurückgereist?

Die Information zu Hardi Maier geriet dadurch zur reinen Nebensache: Dieser ward nicht mehr wiedergesehen. Nachdem seine Großmutter kurz nach seinem Besuch friedlich entschlafen war, vermutete man, hielt ihn nichts mehr in Oberschwaben, und er versuchte sein neues Glück in Übersee. Er war ein guter Kerl, das wusste Steven. Klar hatte dieser Halodri dummes Zeug gemacht, aber auch versucht, es auf seine Weise wiedergutzumachen, wie Steven von Lukas erfahren hatte. Etwas ungelenk zwar und in Deutschland gäbe es hierfür keine Haftverschonung, aber in Mittel- oder Südamerika konnte er guten Gewissens ein neues Leben aufbauen. Lukas schien ihm jedenfalls verziehen zu haben. Steven konnte nur hoffen, dass er den Quatsch mit den Kleindrogen ein für alle Mal bleiben ließ. Das passte nicht.

Der Empfang in Frankfurt war fulminant. Die Ankunftshalle in Terminal 1 wurde kurzerhand zur Fan-Zone umgewandelt. Von allen Seiten kamen die Begeisterten mit Bannern und Transparenten, um die Heldinnen und Helden des Nationalteams zu begrüßen. Ganze Firmenbelegschaften waren angereist, um ihre Kollegen willkommen zu heißen.

Auch Jessica tauchte aus der Menge auf und näherte sich erst zögerlich, dann aber voller Freude Julian, um ihn innig zu umarmen. Medien und Presse drängten sich um die Medaillenträger, fingen diese emotionalen Bilder auf. Manch enttäuschter Wettkämpfer oder enttäuschte Wettkämpferin versuchte, sich abzusondern, wurde aber schnell von den anderen wieder eingefangen und in die Gruppe geholt.

Steven selbst trennte sich erfolgreich und heimlich von der Mannschaft. Er war nur WorldSkiller auf Zeit, auch wenn ihn diese Welt begeistert und mitgerissen hatte. Etwas davon würde sicherlich in ihm weiterleben.

Ihm war, als würde er mit dem Betreten deutschen Bodens aus einem besonderen Traum erwachen. Angestrengt suchte er die Schilder mit dem Hinweis »Fernzüge«, zog den Bügel an seinem Koffer hoch und schlich mit diesem zur Rolltreppe, die ihn zu seinem ICE nach Stuttgart mit Anschluss nach Ravensburg, Oberschwaben bringen sollte. Auf dem Weg zum Bahnsteig stoppte Steven in einem Schreibwarengeschäft, kaufte einen großen Briefumschlag, steckte sämtliche Untersuchungsunterlagen und eine Notiz mit einem Download-Link für weitere Dateien hinein, klebte den Brief sorgsam zu und notierte auf der Vorderseite »Peter Mayer, Süddeutsche Zeitung München.« Nein, diesen Fall sollte niemand unter den Teppich kehren dürfen. Hoffentlich würde der Journalist genügend Staub aufwirbeln, um auch die Täter zu erwischen, die in den obersten Etagen der Behörden und Unternehmen saßen. Nachdem er eine Briefmarke aus dem Postautomat gekauft hatte, frankierte Steven den Brief und steckte diesen entschlossen in den

Briefkasten, anstelle eines Absenders notierend: »Wir haben uns nach unserem kurzen Gespräch in Oberschwaben leider nicht mehr getroffen, aber das hier hilft sicherlich weiter. Machen Sie was draus!«

Steven nahm den Henkel seines schweren Rollkoffers in die Hand und marschierte die letzten Meter zu Gleis 5 des Fernbahnhofs. Er trat seinen schweren Weg nach Hause an, wohl wissend, dass er etwas zu klären hatte. Etwas, was seit vielen Jahren zu klären war, doch nie die nötige Zeit dafür erhalten hatte. Jetzt wollte er mit Dagmar Klarheit schaffen!

Die Landschaft des Nordschwarzwaldes schoss an diesem nasskalten Aprilwetter an ihm vorbei. Nächster Halt würde Stuttgart sein. Die Freude auf seine Heimat machte sich bei aller Müdigkeit und Traurigkeit in ihm breit.

Neue Geschichten würden auf ihn warten. Neue Fälle, die er mit seinem tierischen Gefährten Herrn Max sowie den Kollegen Kerstin und Valmir würde lösen dürfen.

Und Andrea-Domenica würde in seinem Leben noch eine wichtige Rolle spielen. Davon war Steven überzeugt.

»Zeit für einen Wechsel«, sprach er zu sich und stieg mit schwerem Gepäck am Bahnhof Stuttgart um.

*ENDE*

## Der Autor Paul Steinbeck ...

... Jahrgang 1967, ist studierter Historiker, Kulturgeograf, Kommunikationsexperte und Schriftsteller. Paul Steinbeck ist Oberschwabe und lebt in der Region Stuttgart. Er veröffentlichte bereits mehrere Romane. Die Zukunftssaga mit den drei Bänden *Der Flug des Zitronenfalters*, Band 1 (ISBN: 9783746729312) und *Der Tresor im Ewigen Eis*, Band 2 (ISBN: 9783347023949), sowie *Apokalypse 2146*, Band 3 (ISBN 979-8671111170) bilden den Auftakt der Steinbeck-Werke. Die Erzählungen rund um Kommissar Plodowski fanden mit dem WorldSkills-Krimi *Der Tod kam in der Nachtschicht* und *Die Rache der Schwabenkinder* (ISBN: 9783750412958) ihren ersten Aufschlag. In beiden Plodowski-Erzählungen nimmt sich der Autor besonderer Begebenheiten an, um sie der Öffentlichkeit in spannender Erzählform näherzubringen.

Im Bereich der Jungendliteratur erschien weiterhin das Werk „*Lilly und Mia in gefährlicher Mission*“ (ISBN: 978-3981060447). Ein Abenteuer-Krimi, in dem Steven Plodowski ebenfalls Gast ist.

Blog: paulsteinbeckschreibt.blog/
Instagram: instagram.com/paul.steinbeck/
Facebook: facebook.com/PaulSteinbeckSchreibt
Homepage: paul-steinbeck.de